Garry Disher wurde 1949 im Süden Australiens geboren und wuchs auf einer Farm auf. Auf sein Konto gehen preisgekrönte Kinderbücher, klassische Romane, Sachbücher und Crime Fiction. Hierzulande gelang ihm mit Letzterem auf Anhieb der Durchbruch: Sein Romandebüt GIER um den Berufsverbrecher Wyatt wurde 2000 mit dem Deutschen Krimipreis ausgezeichnet, genauso wie 2002 sein erster Polizeiroman DRACHENMANN. Zuletzt erschien: HINTER DEN INSELN. Garry Disher lebt mit seiner Familie auf der Mornington Halbinsel.

GARRY DISHER

Ein Wyatt-Roman

pulp master

pulp master
Band 15

Erschienen im MAAS Verlag, Berlin

Deutsche Erstausgabe
Erste Auflage 2004

Titel der australischen Originalausgabe: Crosskill
Copyright © 1994 by Garry Disher
Deutsche Übersetzung © Frank Nowatzki / PULP MASTER 2004
Alle Rechte vorbehalten

Herausgegeben von Frank Nowatzki
Übersetzt aus dem Englischen von Bettina Seifried
Lektorat: Angelika Müller
Redaktion: Ute Nowatzki, Marcus Starck
Cover: 4000
C.o.U.: Hannes Schütte
Umschlagsgestaltung und Layout: MM-Grafomat
Druck und Verarbeitung: NØRHAVEN, DK-Viborg

Veröffentlicht als
PULP MASTER Paperback 3-929010-54-2

Bibliografische Information Der Deutschen Bibliothek.
Die Deutsche Bibliothek verzeichnet diese Publikation in der Deutschen
Nationalbibliografie; detaillierte bibliografische Daten sind im Internet
über http://dnb.ddb.de abrufbar.

www.maasverlag.de
www.pulpmaster.de

Eins

Gegen Mittag am Tag eins der ›Operation Mesic‹ erschien dieser Typ auf der Bildfläche. Er fuhr einen roten Ford Capri mit heruntergelassenem Verdeck und Wyatt beobachtete, wie er den Wagen am Bordstein parkte, sich aus dem Sitz schälte, schnellen Schrittes auf das Tor des Anwesens zuging und der Gegensprechanlage im Mauerpfosten sein Gesicht präsentierte. MESIC prangte über der Sprechanlage, in roten schimmernden Mosaiksteinen, die der Typ jetzt sachte mit den Fingern berührte, als wären sie Glücksbringer. Ein leichter Ruck, das Tor schwang auf und er betrat das Grundstück. Der Typ war um die dreißig, eine jener obskuren, fahrig-nervösen Erscheinungen, die sich in der Hauptsache von Kaffee und Gerüchten ernährten. Der Wagen, das teure Jackett und die Designerjeans – Wyatt zählte eins und eins zusammen und kam zu dem Schluss, dass dieser Mann den Mesics von Nutzen war und umgekehrt.

Die Mesics – Schmalspurganoven mit hochfliegenden Plänen, deren Anwesen Wyatt durch das Heckfenster seines Mietwagens beobachtete. Er hatte ihn mit dem Heck zum Tor geparkt und saß jetzt auf dem Rücksitz, um den Eindruck zu zerstreuen, er wolle etwas auskundschaften. Überhaupt, der Volvo hatte sich als ausgezeichnete Idee erwiesen; er passte perfekt in die Umgebung und Wyatt war sicher, dass er kein Aufsehen erregen werde. Die Anwohner von Templestowe, ob kriminell oder bürgerlich, bevorzugten Volvos, Saabs und dergleichen Marken.

Das hier war Wyatts zweiter Anlauf, die Mesics zu observieren. Vor zehn Monaten hatte er schon einmal vor dem Tor gestanden, beherrscht von dem Gedanken, irgendwie auf das Grundstück zu gelangen. Doch seinerzeit war er ein wandelnder Steckbrief, flüchtige Beute für sämtliche Polizeieinheiten Victorias und alle Kopfgeldjäger des Landes. Also hatte er beschlossen, sich erst einmal aus dem Staub zu machen. In Queensland dann überfiel er eine Bank, tötete insgesamt zwei Männer und opferte ein kleines Vermögen für eine Frau, um ihr die Flucht ins Ausland zu ermöglichen. Die Folgen waren zehn Monate Warten auf bessere Zeiten, in denen er von der Hand in den Mund leben musste.

Doch jetzt hatte sich die Lage entspannt und er war wieder in Melbourne, um die Mesics dranzukriegen. Das Grundstück sah immer noch aus, als sei es erst gestern aus einem Hektar Brachland gestampft worden; eine künstlich aufgeschüttete Terrassenlandschaft, in der sich junge Bäume, eine im Sonnenlicht schimmernde Garage aus Aluminium und zwei einfallslose Backsteinwürfel verloren. Das Ganze hätte gut in einen Katalog für Ferienanlagen am Mittelmeer gepasst, wäre da nicht dieser drei Meter hohe elektrische Zaun gewesen, der das Anwesen umgab.

Wyatt sah, dass im ersten Haus die Vordertür aufging. Oben, am Treppenabsatz, erschien eine junge Frau. Sie wirkte verwöhnt, unzufrieden, fuhr mit ruhelosen Händen über ihren Körper – über Hüften, Oberschenkel, Brust, Ärmel, den Kragen, den Saum des Rockes. Während sie so dastand und ihre Gestalt erforschte, zauberte die Sonne Lichtreflexe auf das dichte mahagonibraune Haar, das in großzügigen Wellen über die Schultern fiel. Als der Mann die Stufen heraufkam, entspannten sich ihre Züge. Sie berührte seinen Arm und führte ihn ins Haus.

Sonst war niemand zu sehen. Zwar waren kurz zuvor Reinigungskräfte der Firma Dustbusters da gewesen, doch Wyatt hatte weder einen Wachdienst noch Kinder oder Hausangestellte entdecken können, die ihm in die Quere kommen könnten. Gut so, denn er war nicht versessen darauf, eine Armee gegen eine Armee antreten zu lassen. Es sah also nach einem leichten Unterfangen aus – wenngleich Wyatt diesen Job in jedem Falle durchgezogen hätte. Ihn interessierte lediglich das Wie und Wann. Schließlich bunkerten die Mesics da drüben sein Geld. Sie hatten keine Ahnung, dass es sich um sein Geld handelte, doch das beeindruckte Wyatt herzlich wenig. Vor etwas mehr als zehn Monaten hatte er in der roten Dreckswüste Südaustraliens einen Überfall auf einen Geldtransporter organisiert, mit dem Ergebnis, dass ihm die Beute von einem Typen abgejagt wurde, der seinerseits den Mesics einen Haufen Geld schuldete. Im Anschluss gab es nicht nur viel Ärger, sondern auch einige Tote, und jetzt wollte Wyatt nur sein Geld. Verdammt viel Geld. Mehr als dreihunderttausend Dollar. Genug, um ihn fürs Erste zu sanieren, genug, um es ihm zu ermöglichen, wieder eine Farm zu kaufen, von wo aus er in aller Ruhe die großen Coups planen konnte. So wie früher, bevor ihm die Felle weggeschwommen sind.

Wyatt bewegte den Kopf hin und her, um die Nackenmuskeln zu lockern, dann konzentrierte er sich wieder auf das Anwesen. Die Vorteile lagen auf der Hand. Erstens, es gab mehrere Ausgänge. Örtlichkeiten, bei denen die Gefahr bestand, sich selbst in eine Sackgasse zu manövrieren, schieden für Wyatt prinzipiell aus. Zweitens, die anmaßenden Herrenhäuser in Templestowe verschanzten sich alle hinter hohen Hecken und

Bäumen, was neugierige Blicke der Nachbarn abschirmte. Drittens, die Straßen waren breit und in gutem Zustand, man benötigte also nicht viel Zeit, um auf die Autobahn zu gelangen. Er wäre also längst auf und davon, bevor die Bullen hier einträfen. Falls sie überhaupt einträfen. Die Mesics waren Kriminelle und garantiert nicht versessen darauf, dass die Bullen hier herumschnüffelten. Es gab mit Sicherheit keine Verbindung zwischen ihrer Alarmanlage und dem zuständigen Polizeirevier.

Wyatt stutzte. Es tat sich etwas. Zum einen schwang das elektronisch gesteuerte Tor wieder auf, zum anderen glitt ein Schatten am Seitenfenster des Volvo vorbei. Wyatt rutschte etwas tiefer, als ein schwarzer Saab in die Einfahrt bog.

Vorsichtig reckte er den Hals, dankbar, dass die Hecke entlang des Sicherheitszauns von eher spärlichem Wuchs war und ihm so Einblicke ermöglichte. Er sah, wie das Tor sich wieder schloss, und vernahm das entfernte Knirschen von Reifen auf Kies, als der Saab die Auffahrt hinauffuhr, um vor dem ersten Gebäude zu halten. Wie auf ein Stichwort wurde die Eingangstür geöffnet und die junge Frau und ihr Besucher gingen die Stufen hinunter.

Zwei Männer stiegen aus dem Saab. Wyatt glaubte, eine gewisse Ähnlichkeit in den Gesichtszügen zu erkennen, und nahm an, es handele sich um Brüder. Ansonsten jedoch hatten sie nichts gemein. Der Beifahrer trug Jeans und Sportschuhe, war groß und massig, ein Mann um die dreißig, der beim Gehen schwerfällig hinter dem Zweiten zurückblieb. Der Fahrer mochte ungefähr zehn Jahre älter sein, war schmaler, kleiner und drahtiger als sein plumper Begleiter. Der cremefarbene Zweireiher und das schwarze Hemd – ohne Krawatte, dafür bis obenhin zugeknöpft – machten aus ihm eine Fleisch gewordene Hollywood-Vision von einem Mafioso der neueren Generation. Sein dichtes schwarzes Haar kräuselte sich dort, wo es auf die Schultern stieß, und Wyatt sah, wie die Locken flogen, als der Mann wohl in einem Anfall von Wut mit seinem Zeigefinger in die Luft stach, die Fäuste reckte und offenbar die junge Frau zusammenstauchte. Ihr Besucher schien ihn auszulachen, während sie eine missmutige Miene zur Schau trug.

Wyatt wandte sich ab. Die Fragen waren klar: Wer hatte bei den Mesics das Sagen? Von welcher Seite drohten die meisten Schwierigkeiten? Wo waren ihre offenen Flanken? Bevor diese Fragen nicht geklärt waren, konnte er nicht planen. Rossiter würde Antworten haben – falls Rossiter noch bereit war, mit ihm zu reden. Früher war er Wyatts Mittelsmann gewesen, doch er hatte gute Gründe, Wyatt die Pest an den Hals zu wünschen. Dessen nahezu chronisches Missgeschick im letzten Jahr hatte Auswirkungen auch auf andere gehabt; Rossiter war einer von ihnen.

Noch einmal spähte er hinüber, um sofort wieder abzutauchen. Mehrmals fuhr er sich mit den Fingern durchs Haar, zerrte das Hemd aus dem Bund und öffnete den Reißverschluss seiner Hose. Dann langte er nach der Flasche Scotch, die auf dem Boden lag, nahm einen tiefen Schluck, verteilte danach einige Spritzer im Innern des Wagens und auf seinem Hemd. Schließlich bearbeitete er sein Gesicht mit beiden Händen, um die Durchblutung anzuregen, und ließ sich auf die Rückbank fallen. Obwohl er die Augen geschlossen hatte, bemerkte er den verminderten Lichteinfall, da jemand vor dem Volvo Position bezogen hatte. Die Tür hinter seinem Kopf wurde aufgerissen und eine Hand schlug ihm ins Gesicht. »Aussteigen!«

Wyatt blinzelte, brummte vor sich hin und versuchte betont schwerfällig, sich auf die Seite zu rollen. Er erkannte den vierschrötigen Beifahrer aus dem Saab.

Die Hand schlug noch einmal zu. »Na los, Mister, wird's bald?«

Wyatt blickte ihn an und rappelte sich hoch, nicht ohne dem Dicken die Alkoholfahne ins Gesicht zu blasen. Der wich zurück und rief: »Du meine Güte! Also los, raus hier.«

»Hab 'n bisschen viel getankt«, lallte Wyatt, »lass mich doch schlafen.«

»Scheiße, von wegen«, sagte der Mann und langte mit seinem kräftigen Arm hinein.

Ein verschlagen-trunkener Ausdruck erschien auf Wyatts Gesicht. »Sie können einen nicht drankriegen, wenn man auf der Rückbank seinen Rausch ausschläft und die Schlüssel in der Tasche hat, oder?«

»Hör auf, mich zu verarschen. Keine Ahnung, für wen du arbeitest, aber richte ihnen aus, die Mesics stehen nicht zum Verkauf.«

»Was?« Wyatt blinzelte und runzelte die Stirn.

Der Dicke zog eine Grimasse. Die kurzen Haare auf dem geröteten Schädel standen ab wie dünne Holzspäne, und Wyatt konnte seine Ausdünstungen riechen, eine Mixtur aus Schweiß und Wut. Speicheltröpfchen flogen durch die Luft und landeten in Wyatts Gesicht, als der Mann anfing zu brüllen: »Sag deinem Boss, bei den

Mesics wird umorganisiert. Wir kriechen nicht zu Kreuze, vor niemandem!«

Wyatt brabbelte, er wisse nicht, wovon überhaupt die Rede sei, und stieg aus. Vorgeblich unsicher auf den Beinen und leicht benebelt, äußerlich eher abstoßend – er passte so gar nicht nach Templestowe. Dem Dicken kamen langsam Zweifel. »Solltest du dich noch mal hier blicken lassen, landest du im Yarra!«

Mit einem gemurmelten »Halt mal den Ball flach« sank Wyatt auf den Fahrersitz des Volvo und versuchte zu starten. Als der Wagen endlich angesprungen war, legte er krachend den ersten Gang ein, fuhr mit aufjaulendem Motor vom Bordstein weg und steuerte auf die Straßenmitte zu. Geräuschvoll, ungelenk – Wyatt fuhr wie ein Betrunkener und hatte dabei nur einen Gedanken: Sollte im Lager der Mesics tatsächlich die Luft brennen, musste er seine Operation so schnell wie möglich durchführen.

Zwei

Schweigend verfolgten sie, wie Leo Mesic erst den Volvo vertrieb, dann am Tor stand, bis der Wagen außer Sichtweite war, und sich schließlich die mit Kies bedeckte Auffahrt hochschleppte. Bax war nervös. Der Volvo auf der anderen Straßenseite war ihm bereits aufgefallen, als er den Capri abgestellt hatte, nur hatte er nicht mal in Erwägung gezogen, ihn unter die Lupe zu nehmen – einer von den Fehlern, die er sich absolut nicht leisten konnte. Als Bulle wäre er erledigt, sollten sich die Schnüffler von der Innenverwaltung an seine Fersen hängen. »Wer war das?«, fragte er.

Hochrot im Gesicht und außer Atem, stieß Leo hervor: »Entweder ein Besoffener oder einer, der nur so getan hat, als ob. Zehn zu eins, dass er nur so getan hat.«

»Es geht schon los«, bemerkte Stella Mesic mit bitterem Unterton. »Die Geier und Hyänen umkreisen uns bereits.«

Und wieder fuhren ihre Hände über Haare, Brüste, über die Vorderseite des Wickelrockes. Bax beobachtete sie dabei. Leos Frau und sein, Bax', Knotenpunkt in Sachen Erotik. Er fragte sich, wie viel Berechnung in diesen narzisstischen Streifzügen lag. Ob Leo diese Marotte je bemerkt hatte? Er fragte sich ferner, ob es dem stämmigen Mann niemals zu denken gab, dass er ihn, Bax, mitunter antraf, wenn er nach Hause kam, so wie heute zum Beispiel. »Wir werden Schadensbegrenzung betreiben, Stel«, sagte er.

Er lächelte, als er dies sagte, denn er spürte, wie die Anspannung wich. Schließlich war es nur allzu logisch, dass man die Mesics aufs Korn nahm, nicht ihn. Logisch, dass Geier und Hyänen auf den Plan gerufen wurden, jetzt, wo der Alte tot und das Mesic-Imperium quasi zur Plünderung freigegeben war. Plötzlich meldete sich der dritte Mesic zu Wort. Ein Beben ging durch seine aufgetakelte Erscheinung, als er ausrief: »Bist du immer noch hier, Bax? Du hast doch deine Kohle bekommen, also schwing dich aufs Rad und zieh Leine.«

Am liebsten hätte Bax dem kleinen, herausgeputzten Arschloch eins aufs Maul gegeben. »Halt die Klappe, Vic.«

Victor baute sich vor ihm auf. »Ich komme aus den Staaten zurück und was finde ich vor? Eine Organisation in Auflösung, Typen, die Alleingänge unternehmen und eine Firma, die den Bach runtergeht, und ihr Schwachköpfe faselt was von Schadensbegrenzung!« Er schlug sich mit der flachen Hand gegen die Stirn, eine Geste, die er, wie Bax annahm, aus den USA importiert hatte genau wie den Akzent.

Victors Stimme wurde lauter. »Vergesst eure Schadensbegrenzung. Ich hab euch gesagt, Schluss mit dem Autohandel, Schluss mit diesem Kinderkram.« Er hob die Hand wie zum Abschied. »Mach's gut, Bax, für einen Cop haben wir keine Verwendung mehr.«

Bax' Blick schweifte über das Gelände, über die beiden hässlichen Häuser, die dürren Büsche und vertrockneten Rasenflächen und er dachte an die fünf Hunderter pro Woche, an die er sich gewöhnt hatte. Zu Victor gewandt, sagte er: »Willst du meinen Rat, Kumpel? Konzentriert euch auf das, womit ihr bisher erfolgreich wart. Andernfalls tretet ihr nur gefährlichen Gegnern auf die Füße.«

»Du musst es ja wissen.«

Bax wusste es. Er sah erst Stella an und dann Leo und fragte sich, ob sie diesem Widerling etwa auf den Leim krochen. Während der letzten drei Jahre hatte Victor Mesic in den Vereinigten Staaten gelebt und von dort aus gestohlene Mustangs, Thunderbirds, Cadillacs und andere Klassiker nach Melbourne verfrachtet. Allerdings hatte er sich in jüngster Zeit vermehrt in Mobsterkreisen der Las-Vegas-Szene herumgetrieben, und nun, da er wegen der Beerdigung seines Vaters zurück in Melbourne war, wurde er nicht müde, sich großspurig über die verheißungsvolle Zukunft der Familie Mesic zu verbreiten.

Jetzt ergriff Stella die Initiative. Sie berührte ihren Schwager am Arm. »Hör auf ihn, Vic.«

Bax genoss es, sie dabei zu beobachten. Virtuos zog sie bei solchen Gelegenheiten alle Register, von heiß bis kalt, hatte so schon ihren Ehemann getäuscht und nun wartete Bax gespannt, wie Victor darauf reagierte.

Victor Mesic machte einen Satz nach hinten, als müsse er einem vorbeirasenden Radfahrer ausweichen. »Ich brauch keine Ratschläge von korrupten Bullen. Verpiss dich, Bax. Drück die Schulbank, mach deinen Senior Sergeant, versuch einfach, auf legalem Weg zu einer Gehaltserhöhung zu kommen. Hier wird sich nämlich eine Menge ändern.«

Bax starrte ihn an. Alte Ängste krochen hoch in ihm, hoch bis unter die Schädeldecke. Er war es gewohnt, für mehr als fünfhundert Dollar die Woche zu koksen und zu zocken, und er hatte einen Chef, der von ihm erwartete, dass er das durch den Tod des Alten ausgelöste Zerbröckeln des Mesic-Clans ausnutzte und die Autoschiebereien aufklärte. Bax war überzeugt, dass er nicht nur seine fünfhundert Kröten die Woche, sondern auch seine Machtposition sichern könnte, würde er Stella und Leo dabei unterstützen, die Mesics neu zu gruppieren. Auf die Art bekäme er weiterhin seine Informationen von ihnen, Namen von kleinen Ganoven, kriminellen Autoschlossern und von Autodieben, genug, um den Inspector ruhig zu stellen. Seit nunmehr fünf Jahren lief das so, seit der alte Mesic ihn rekrutiert hatte, und Bax hatte natürlich kein Interesse, dass sich daran etwas änderte. Er konnte es sich nicht leisten. Gestohlene Autos und Ersatzteile brachten viel Geld. Sollte Victor aber versuchen, die Familiengeschäfte in Richtung Casinos und Spielautomaten zu lenken, dann stünde nicht nur Bax im Regen, auch die Mesics wären nach gut sechs Monaten erledigt.

Die Behörden waren instruiert worden, die neuen Casinos von Melbourne sauber zu halten, die Durchführung der Gesetze knallhart sicherzustellen. Die Mesics wären bereits am Ende, kaum dass sie den Wechsel vollzogen hätten, und Victors clevere Kumpel aus Las Vegas bräuchten nur noch die Beute einzusammeln.

»Dein Vater würde sich im Grab umdrehen«, sagte Bax.

»Mein Vater war nicht mehr auf der Höhe der Zeit«, erwiderte Victor.

Leo hatte sich bisher zurückgehalten. Doch nun bekam der jüngere Bruder sein Stichwort. »Was soll das heißen, nicht mehr auf der Höhe der Zeit? Wer hat das hier aufgebaut? Wer hat dich großgezogen, dich in die Staaten geschickt?« Seine Miene sprach von alten Wunden, die jetzt aufbrachen. »Ich ... ich bin doch nur so 'ne Art Manager und hab die ganze Arbeit am Hals, für nichts und wieder nichts.«

»Ich werde uns reich machen, Leo.«

Bax sah den beiden Streithähnen zu. Wie Stella berichtet hatte, enthielt das Testament des Alten komplizierte Verfügungen, durch die sein Lieblingssohn, Victor, mehr oder weniger die gesamte Kontrolle über die Finanzen erhielt. Und der redete nun von Veräußerungen, um an größere Mengen Bares zu kommen, die Sorte Kapital oder Vorschuss, die seine Las-Vegas-Connection einforderte, bevor man ihn in die neuen Casinos in Melbourne investieren ließ. Leo und Stella lagen sich deshalb mit ihm in den Haaren. So etwas sprach sich herum und erweckte den Eindruck, die Mesics seien angreifbar. Die Spatzen pfiffen es bereits von den Dächern: Die Mesics waren Geschichte. Wenn nicht gegnerische Organisationen ihnen zuvorkämen und sie einfach schluckten, würden sie sich über kurz oder lang selbst die Luft abdrehen. Irgendjemand hatte aus einem ihrer Unfallmechaniker eine lebende Fackel gemacht und der Leiter eines ihrer Autohöfe wurde durch einen Kugelhagel gejagt. Stella beklagte sich, dass sie und Leo kaum noch ausgehen konnten, ohne sich bedroht zu fühlen.

»Autodiebstahl«, sagte Victor verächtlich, »absolut armselig.«

Ein Anflug von Triumph zeigte sich auf Leos grobschlächtigem Gesicht. »Wir stehlen nicht, wir handeln. Daran ist nichts armselig.«

Victors Hand sauste wie ein Fallbeil durch die Luft. »Das ist Hühnerkacke und das weißt du genau«, rief er.

Bax ließ die beiden streiten. Ihm schenkten sie sowieso keine Beachtung mehr. Der Streit war so alt wie die Welt und er betraf auch ihn, doch er musste andere Wege gehen, um sich durchzusetzen.

An den Brüdern vorbei verhakte sich sein Blick mit dem Stellas. Für einen Augenblick verzichtete sie auf die Liebkosung ihrer Schenkel, lang genug, um knapp mit den Schultern zu zucken und ihn anzulächeln. Das war ihre Art, ihm zu signalisieren, dass sie ihn wollte, und zwar sofort.

DREI

Gewarnt durch den Zwischenfall vor dem Anwesen der Mesics und somit vorsichtig, stellte Wyatt den Volvo in der Collins Street ab. Er legte die Schlüssel unter den Vordersitz und rief den Autoverleih an, um ihnen eine Geschichte von einer defekten Benzinleitung aufzutischen. Dann suchte er einen Secondhandladen in der Elizabeth Street auf, zog die nach Alkohol stinkenden Klamotten aus und verließ – um vierzig Dollar ärmer – das Geschäft in einer billigen Gabardinehose und einem Navypullover. Auf dem Weg zu einem Taxistand unweit der Staatsbibliothek stopfte er die alten Sachen in eine Mülltonne. Mit den Worten »Zum Flughafen« stieg er in das erste Taxi.

Er lehnte sich zurück. Die nächsten neunzig Minuten würden öde. Es war wenig wahrscheinlich, dass der Arm der Mesics so weit reichte, um ihn schnell ausfindig zu machen, dennoch, einer von ihnen hatte sein Gesicht gesehen, und das allein genügte. Umsicht und Tarnung waren Bestandteile der Luft, die Wyatt atmete.

Am internationalen Terminal ließ er sich absetzen, ging durch bis zum Ansett-Schalter und nahm dann den Skybus zurück in die City. In der Spencer Street standen Taxis, doch er ging weiter bis zum Victoria Markt und erst dort winkte er ein freies Silver Top Taxi heran. »Box Hill«, sagte er.

Der Fahrer hatte die Brillantine-Frisur eines Altrockers und ein von zu viel Sonne, Glimmstängeln und Elvisträumen zerknittertes Gesicht. Er runzelte die Stirn, trommelte aufs Lenkrad und ging in Gedanken die Route durch. »Wohin genau?«

»Die Whitehorse Road entlang.«

»Alles klar.«

Es dauerte fünfunddreißig Minuten. Die erste Viertelstunde standen sie im Stau und schoben sich, Stoßstange an Stoßstange, von einer Ampel zur nächsten. Als sie das Zentrum hinter sich gelassen hatten, bestimmten hohe Hecken und rote Dachziegel die Umgebung; Wyatt sah propere Einfamilienhäuser, ordentliche Einzelhandelsgeschäfte und wusste, dass sie – ihn und das da draußen – Welten trennten. Am weißen Pferd vor dem Einkaufszentrum sagte er: »The Overlander«.

Das Taxi brachte ihn zu einem Motelkomplex aus den Siebzigern, der wie hingelümmelt in der Landschaft lag. Er befand sich in der Nähe des TAFE-College an der Whitehorse Road – Gebäude aus hellem Backstein, ausgestattet mit einem Restaurant, diversen Veranstaltungsräumen und einem Swimmingpool. Wyatt bezahlte das Taxi und ging hinein. Sein Zimmer ging auf einen Parkplatz im Innenhof. Die Örtlichkeit war mehr als geeignet. Wyatt plante seine Coups niemals in unmittelbarer Nachbarschaft der zukünftigen Ereignisorte.

Es war Montagabend, sechs Uhr. Er legte sich eine Stunde hin, duschte dann, zog sich an und machte sich auf den Weg ins Restaurant. Direkt neben dem Eingang befand sich ein Konferenzraum. Ein Hinweisschild hieß die Teilnehmer des ›Online-Computing‹ im Namen des Overlander willkommen und von drinnen war lautes Gelächter zu hören.

Er bat um einen Ecktisch und setzte sich so hin, dass er den Raum überblicken konnte: einige Männer ohne Begleitung, ein Ehepaar und eine Familie, die offensichtlich eine Geburtstagsfeier veranstaltete. Wyatt aß wenig und ließ sich Zeit für sein Glas Claret. Die Bedienung war irritiert. Sie schien interessiert, doch er blieb distanziert und höflich und bot ihr keinerlei Anlass zur Hoffnung.

Gegen halb neun verließ er das Restaurant. Nebenan, im Konferenzsaal, hielt jemand eine Rede. Wyatt überquerte den Parkplatz. Vor seiner Zimmertür überzeugte er sich davon, dass er nicht beobachtet wurde, kniete sich hin und untersuchte die Unterkante der Tür. Beim Verlassen des Zimmers hatte er einen Streifen Tesafilm auf die Tür und den Türrahmen geklebt, doch jetzt haftete der Streifen nur noch an der Tür. Wyatt stand auf, lauschte und tat so, als suche er in seinen Hosentaschen nach dem Schlüssel. Schließlich steckte er den Schlüssel ins Schloss und öffnete die Tür.

Geräuschvoll und scheinbar ahnungslos betrat er das Zimmer und knipste das Licht an. Der Raum war klein und Wyatt sah sofort, dass niemand drinnen war, dennoch stimmte etwas nicht. Er wusste, hier war ein Profi am Werk gewesen, jemand, der keine greifbaren Spuren hinterlässt, allenfalls eine diffuse atmosphärische Veränderung. Möglicherweise waren die Mesics besser organisiert, als ursprünglich angenommen. Möglicherweise hatte jemand anders noch eine alte Rechnung mit ihm zu begleichen. Doch dieses Risiko stellte nun mal eine Konstante in Wyatts Leben dar.

Er zog sich um: schwarze Jeans, schwarze Kapuzenjacke und schwarze Laufschuhe. Da sie ihn nicht im Zimmer überfallen hatten, war anzunehmen, dass ihr Plan darauf hinauslief, erst den Raum zu inspizieren und sich Wyatt vorzunehmen, wenn auf dem Gelände der Betrieb auf nächtlicher Sparflamme köchelte. Gegen neun Uhr kletterte er aus dem Badezimmerfenster und schlich über den Hof hinüber zum Konferenzsaal. In der Dunkelheit des Parkplatzes wartete er. Gegen zehn Uhr verließen die ersten Vertreter und Manager leicht beschwipst das Gebäude; die Männer schlugen sich zum Abschied auf die Schulter, die Frauen verteilten echte oder nur gehauchte Küsse, je nachdem, ob es sich um ein männliches oder weibliches Gegenüber handelte.

Wyatt sah sie in ihre Wagen steigen und davonfahren. Bis zuletzt war er sich nicht sicher, ob seine Idee funktionieren würde. Doch als nur noch ein Wagen dastand und der Fahrer schwankend nach seinem Schlüssel kramte, war er bereit.

Nacheinander versuchte der Mann mehrere Schlüssel und starrte immer wieder entgeistert auf sein Schlüsselbund. Dann gab er auf, legte beide Arme auf das Autodach und ließ seinen kahlen Schädel auf die Arme sinken. Wyatt hörte ein paar erstickte Laute. Der Typ lachte.

»Tut mir Leid, Kumpel«, murmelte Wyatt und ging auf den Mann zu.

In diesem Moment sank der Typ zu Boden und fing an zu schnarchen. Gleichmäßig und laut. Wyatt steckte seine Waffe weg. Er nahm dem Mann die Schlüssel aus der zur Faust geballten Hand und schleifte ihn in die Büsche. Für einen Augenblick hörte das Schnarchen auf, um sofort von neuem zu beginnen.

Wyatt wartete. Das Schnarchen könnte Aufmerksamkeit erregen. Soll das arme Schwein seinen Rausch doch im Auto ausschlafen, dachte er sich. Er schloss die hintere Tür auf, zog den Kahlkopf wieder aus den Büschen und bugsierte ihn auf den Boden zwischen Vordersitz und Rückbank. Dann setzte er sich ans Steuer und ließ den Motor an. Das Schnarchen hinter ihm hatte jetzt einen gewissen Rhythmus.

Vom Parkplatz aus bog Wyatt in die Whitehorse Road ein. An der Kreuzung Station Street/Whitehorse Road machte er einen U-Turn und fuhr zurück zum Motel. Diesmal steuerte er den Wagen zum Parkplatz der

Motelgäste und fand eine Parklücke direkt an der Ausfahrt zur Straße. Er kletterte auf den Rücksitz und platzierte einen Fuß auf den Brustkorb des Kahlkopfes. Sanft verlagerte er sein Gewicht auf diesen Fuß und das Schnarchen hörte auf. Fünf Minuten später setzte es wieder ein und Wyatt verstärkte den Druck erneut.

Der Fond des Wagens war dunkel und geräumig. Wyatt beobachtete und wartete. Er hatte seine Zimmertür im Visier. Sollten sie auftauchen, würden sie ihn nicht sehen. Der Kahlkopf regte sich und murmelte vor sich hin, wurde aber nicht wach.

Die Zeit verstrich. Ob schnell oder langsam, diese Frage stellte sich Wyatt nicht. Warten gehörte zu seinem Alltag. Es war unvermeidlich.

Nicht einer der zahlreichen Wagen, die auf den Parkplatz fuhren oder ihn verließen, kitzelte Wyatts Interesse. Doch dann, vier Minuten nach elf, wurde sein Interesse geweckt. Ein Laser mit getönten Scheiben bog von der Straße ein, ohne Licht und im Schritt-Tempo fuhr er einmal das gesamte Gelände ab, rollte anschließend über den Hof und blieb in unmittelbarer Nähe von Wyatts Zimmer stehen. Wyatt wartete. Einige Minuten lang geschah nichts. Dann eine kaum wahrnehmbare Regung: Die Fahrertür öffnete sich einen Spalt. Wyatt dachte, dass nun die Innenbeleuchtung des Wagens angehen müsse, doch alles blieb dunkel. Sie hatten einen Profi geschickt. Er wartete weiter.

Es war eine Frau. Im Nu war sie aus dem Laser geschlüpft und stand, dicht an die Wand gepresst, neben seiner Zimmertür. Sie trug enge schwarze Jeans und ein T-Shirt. In der Hand hielt sie eine Waffe mit Schalldämpfer.

Fragmente einer Erinnerung setzten sich nach und nach zu einem Bild zusammen, zu dem Bild einer schlanken, schwarzen weiblichen Gestalt. Vor etwa zehn Monaten wurde er von einem Mann, mit dem er hin und wieder zusammengearbeitet hatte, an eine kriminelle Clique aus Sydney verraten, auch das Syndikat genannt. Der Killer, den sie dann auf ihn angesetzt hatten, war eine Frau. Eben *diese* Frau. Seinerzeit konnte Wyatt ihr entkommen, doch er gab sich keinen Illusionen hin, sie verstand ihr Handwerk und würde ihm auf der Spur bleiben.

Sie steckte einen Schlüssel ins Schloss und war drinnen. Wyatt wartete. Hinter den geschlossenen Vorhängen zeigte sich kein Licht. Nicht dass er mit dergleichen gerechnet hätte, sie war professionell genug und würde wohl kaum eine Taschenlampe benutzen.

Nur wenige Sekunden später verließ sie das Zimmer, in Eile und verstört, und stieg sofort in ihren Wagen. Der Laser spuckte, als sie ihn anließ, dann setzte er zurück und brauste mit quietschenden Reifen davon.

Wyatt glaubte nicht an einen zweiten Schützen und verließ sein Versteck. Mit großen Schritten ging er hinüber zu seinem Zimmer. Die Tür war offen. Er schlüpfte hinein und machte das Licht an. Der Pulvergeruch hing noch in der Luft, dann sah er die Einschusslöcher. Sie hatte ein halbes Dutzend Schüsse auf die Bettdecke abgegeben, unter der er die Kissen zu einer Körperform arrangiert hatte. Dann hatte sie den Trick durchschaut und war geflohen.

Zumindest war sicher, dass die Mesics damit nichts zu tun hatten. Doch gleichzeitig bedeutete es, dass das Syndikat noch immer hinter ihm her war. In der Vergangenheit hatte er ihnen einigen Ärger beschert und es sah so aus, als wollten sie ihn partout daran erinnern. Wyatt spürte, wie die Wut in ihm erwachte. Das geschah so plötzlich und heftig, dass er für einen Augenblick wie mit Blindheit geschlagen war. Nichts lief mehr glatt und ohne Komplikationen ab. Alle wollten ihm ans Leder.

Kurz darauf zog er sich um und packte seine Sachen. Er beseitigte alle Fingerabdrücke und ging zum Wagen des Kahlkopfes. Zeit, sich ein anderes Schlupfloch zu suchen.

Vier

Die Anfangsphase eines jeden Coups war geprägt von einer Reihe offener Fragen. Bis sich geklärt hatte, ob der Hintergrund stimmig, die Sache also tatsächlich zu realisieren war, und bis er ein geeignetes Team zusammengestellt hatte, musste Wyatt regelmäßig einige hundert Dollar investieren und diverse Schlupflöcher klarmachen für den Fall, dass die Sache nicht reibungslos ablief. Neben dem Overlander hatte er auch Zimmer in einem Hotel und in einem Hostel angemietet und im Voraus bezahlt.

Das Hotel befand sich nahe der Universität in Parkville und hatte eine Fassade aus weißen Marmorplatten und getönten Glasscheiben, die in der Art eines Schachbretts angeordnet waren. Der Name ›London Hotel‹ zog sich als schwungvoller Schriftzug in roten Neonbuchstaben über die Vorderfront. Als Wyatt gegen Mitternacht das Hotel betrat, war die Empfangshalle menschenleer. Schnurstracks ging er Richtung Treppe und lenkte so die Aufmerksamkeit des Nachtportiers auf sich.

Ein schmächtiger, blasser Typ mit roten, aufgeworfenen Lippen, der Wyatt mit einem feuchten Lächeln bedachte. Der wiederum reagierte mit einem abschätzigen Grinsen und der Portier senkte den Blick. Wyatt ging die Treppen hoch, checkte instinktiv den Korridor und betrat sein Zimmer. Der Raum wies nichts Ungewöhnliches auf.

Er streckte sich auf dem Bett aus. Sorgen, diese ungebetenen Gäste, suchten ihn heim und er versuchte, seine Gedanken zu ordnen. Was stimmte nicht mit ihm, mit seinem Schlag gegen die Mesics? Wo war der Haken? Der Reihe nach unterwarf er die kritischen Punkte einer Analyse. Erstens: Bisher war immer der Ertrag das bestimmende Motiv seines Handelns gewesen. Diesmal jedoch hatten sich zusätzlich Rachegedanken Einlass verschafft. Zweitens: Solange das Syndikat noch hinter ihm her war, konnte er die ›Operation Mesic‹ vergessen – er musste also einen Weg finden, damit das Syndikat von ihm abließ. Drittens: Das bewährte Koordinatensystem, in dem er sich bisher bewegt hatte, war nun verschoben. Er war vierzig und die Hälfte seines Lebens hatte er damit zugebracht, Geld aufzuspüren und ein entsprechendes Unternehmen zu organisieren, um es zu holen. Er hatte klein angefangen, sich zunehmend vervollkommnet, um mit ungefähr dreißig dann ehrgeizigere Vorhaben anzupacken – Banken, Lohngelder, Goldvorräte.

Während der letzten zehn Jahre hatte er nie mehr als drei oder vier Projekte im Jahr in Angriff genommen, dazwischen immer Phasen der Regeneration. Von nennenswerten Bindungen konnte in seinem Fall keine Rede sein, und wenn er nicht arbeitete, fühlte er sich entspannt und neigte dazu, die angenehmen Seiten seiner Mitmenschen aufzuspüren, nicht die Schwächen und Abgründe ihrer Charaktere. Doch das war Vergangenheit. Er war pleite und nirgendwo mehr sicher.

Nicht zum ersten Mal musste er wieder bei null anfangen, doch aus irgendwelchen Gründen stellte er seit neuestem langfristige Überlegungen an. Wollte er für den Rest seines Lebens so weitermachen? Würde seine Courage ihm treu bleiben? Wenn er aufhörte zu arbeiten (ein Ende durch Festnahme, Verletzung oder Tod fand keine Berücksichtigung in seinen Erwägungen), besäße er dann ein hinreichend dickes finanzielles Polster für ein angenehmes Leben? Er schüttelte den Kopf. Ich unterscheide mich nicht im Geringsten von anderen Männern meines Alters, dachte er, mache mir Gedanken über die Jahre bis zum Ruhestand, bis zum Tod.

Am nächsten Morgen schlüpfte er in eine dunkle Hose und zog ein Hemd an. Er entschied sich für eine Windbreaker-Jacke und gegen einen Mantel – damit blieb man nur hängen, an Türklinken, Zäunen oder Ästen. Bevor er die .38er in der Innentasche verstaute, kämmte er sich das nasse Haar zurück. Das hatte den Effekt, sein Gesicht noch hagerer wirken zu lassen.

Gegen neun Uhr verließ er das Hotel. Ständig auf der Hut vor möglichen Verfolgern, überquerte er die Whitehorse Road und steuerte das Universitätsgelände an. Die Studenten machten alle einen satten Eindruck und kamen ihm unglaublich jung vor. Statt miteinander zu reden, brüllten sie, und sollten sie dieses Gelände eines Tages verlassen, dann vermutlich in der Überzeugung, die Weisheit mit Löffeln gefressen zu haben, ungeachtet der Tatsache, dass sie von nichts eine Ahnung hatten. Wyatt erreichte das Areal, das an die Swanston Street grenzte, und ging weiter bis zu einer Haltestelle in der Nähe von ›Jimmy Watson's wine bar‹ an der Lygon Street. Noch einmal vergewisserte er sich, dass ihm niemand folgte. Er sah die Straße hinunter, warf einen Blick auf seine Uhr, runzelte die Stirn und studierte den Fahrplan. Fröstelnd zog er die Schultern hoch, machte den Reißverschluss seiner Jacke zu und betrachtete missmutig die tief hängenden Wolken, die vom Meer her über die Stadt zogen. Ein ganz normaler Mann an einer belebten Straße, der sich nur für das Wetter und die Ankunftszeit seines Busses interessierte.

Kurz darauf kam der Bus Richtung Kew und Wyatt stieg ein. Als der Bus die Hoddle Street überquert hatte, drückte Wyatt den Signalknopf, um an einer Haltestelle unter den Hochbahngleisen in Abbotsford auszusteigen. Vier weitere Fahrgäste hatten dasselbe vor. Er ließ ihnen den Vortritt. Ein Automatismus.

Sein Ziel war das Geflecht der engen Seitenstraßen mit seinen kleinen Schuhmanufakturen und dicht an dicht stehenden Weatherboard-Häusern, vor denen griechische Frauen die Betonböden mit Wasser abspritzten.

Das ›Wheatsheaf‹ war seit seinem letzten Besuch gründlich renoviert worden. Hellblaue Markisen über Türen und Fenstern, ein Schild, das ›Bistro‹ verkündete und Blumenkästen mit Geranien. Wyatt betrat das Lokal. Drinnen saßen zwei Gäste. Beide trugen Mützen nach Art der bretonischen Fischer, mit Nieten besetzte Gürtel, Bikerboots und Lederjacken. Der Typ hinter der Bar war nur mit einer Lederhose bekleidet, doch er hatte sich zusätzlich für knallrote Hosenträger entschieden, die seine Bizeps und die Solariumbräune betonten. Sein kahl rasierter Schädel und sein Ohrring schimmerten im Licht um die Wette. Wyatt ignorierte die aufgeladene Atmosphäre ebenso wie die verspielte Wandbemalung und den neuen Teppichboden. Er bestellte ein Bier, nahm es mit zu einem Tisch am Fenster, von dem aus er Rossiters Haus gut überblicken konnte, setzte sich und wartete.

Früher war Rossiter ein kleiner Ganove gewesen, spezialisiert auf Überfälle. Aus dieser Sparte hatte er sich jedoch zurückgezogen und agierte jetzt als Mittelsmann und Geldkurier bei kriminellen Transaktionen. Niemand kannte die Szene besser als er. Der ideale Kontaktmann. Vor gut einem Jahr hatte Wyatt noch von der Mornington-Halbinsel aus operiert, von seiner abgelegenen Farm, seinem Refugium zwischen zwei Jobs, für die Rossiter Informationen lieferte und Leute vermittelte. Wer auch immer Wyatts Dienste in Anspruch nehmen wollte, wandte sich an Rossiter, der die Anfrage an Wyatt weiterleitete. Es war ein mehr als angenehmes Leben, das sich nachhaltig ändern sollte, als ein von Rachsucht getriebener Loser namens Sugarfoot Younger Rossiter zwang, Wyatts Aufenthaltsort preiszugeben. Zwar war es Wyatt gelungen, die Bedrohung durch Sugarfoot auszuschalten, im Gegenzug musste er jedoch die Farm verlassen. Es gab kein Zurück mehr für ihn und das bedeutete einen der herberen Rückschläge in seinem Leben.

Doch jetzt musste er noch einmal auf Rossiter zurückgreifen. Allerdings hatte Sugarfoot den alten Gauner seinerzeit schwer misshandelt und es war davon auszugehen, dass Rossiter Wyatt dafür verantwortlich machte. Deshalb wollte der sich zuallererst einen Überblick verschaffen, ein Gefühl für den Ort bekommen, bevor er hineinging. Es war ein Backsteinhaus inmitten kleinerer Weatherboard-Häuser. Von den Türen und Fensterrahmen blätterte der Lack. An einer Seite bot ein Halbdach einem abgewrackten Valiant und einem VW Unterstand. Der Rasen des Vorgartens hätte dringend gemäht werden müssen und vertrocknete Blumen und Gestrüpp hielten die Steine in fester Umklammerung, die den Weg zur Eingangstür markierten. Der Vorgarten wurde durch eine stümperhaft hochgezogene kleine Backsteinmauer von der holperigen Straße abgegrenzt. Das Gartentor war nicht nur verbogen und hing schief in den Angeln, es steckte auch im hohen Gras fest.

Wyatt nippte an seinem Bier. Vierzig Minuten lang. Er beobachtete, wie ein kleiner grauer Terrier sein Bein an der Mauer hob und ein Spatz das Seine dazu beitrug, dass der zerbröckelnde, schlierige Gips einer Aborigine-Statue in Rossiters Vorgarten nicht ansehnlicher wurde. Ansonsten gab es nichts zu beobachten. Bis ein magerer, bleicher Jugendlicher den Gehweg entlanggestiefelt kam, einen Hund an der Leine. Der Junge war tätowiert und trug die Uniform der ›Action Front‹, enge schwarze Jeans und ein T-Shirt, Doc Martens und einen Bürstenschnitt. Am fliehenden Kinn, den Flatterohren und den unregelmäßigen Gesichtszügen erkannte Wyatt Rossiters Sohn, Niall. Der Pitbull hielt den Kopf gesenkt, schnüffelte ohne Unterlass und je näher sie dem Haus kamen, desto stärker zog er an seiner Leine. Plötzlich blieben Herr und Hund wie angewurzelt stehen. Sie hatten den grauen Terrier entdeckt. Blitzschnell drehte Niall sich um, einen listigen, gemeinen Ausdruck im Gesicht.

Als er niemanden sah, ließ er den Pitbull von der Leine. Das Gemetzel dauerte kaum fünfzehn Sekunden. Geduckt schoss der kompakte Hund nach vorn. Mit einem Knurren schnappte er sich den Terrier, schüttelte ihn und brach ihm das Genick. Dann schmetterte er den Kleinen abwechselnd gegen die Mauer und die Gehwegplatten, um sich schließlich fallen zu lassen und an dessen Schädel zu nagen. Niall befreite den leblosen Terrier aus dem Maul seines Pitbulls, ging die Straße hinunter und warf ihn einige Häuser weiter in einen Vorgarten.

Wyatt verfolgte, wie der Junge und sein Hund Rossiters Grundstück betraten. Vorbei an den Autos, brachte Niall den Hund nach hinten. Als der Junge nicht wieder auftauchte, ging Wyatt davon aus, er habe das Haus durch die Hintertür betreten.

Er war gerade im Begriff, aufzustehen und den Pub zu verlassen, als ein verrosteter und an den Seiten stark verbeulter Kipplaster vorfuhr und ihm die Sicht versperrte. Während Wyatt noch darüber nachdachte, ob Rossiter, der alte Gauner, wohl jetzt einen neuen Job angenommen habe oder in anderen Kreisen verkehre, war ein untersetzter Typ im Overall aus dem Führerhaus geklettert und ging auf Rossiters Nachbargrundstück zu. Zwischen dem Kipplaster und einem alten Hillman am Straßenrand war eine Lücke, so konnte Wyatt den Typ im Overall beobachten. Als der Mann sein Gartentor aufsperren wollte, erschien Niall erneut auf der Bildfläche, eine gespannte Armbrust in den Händen. Haltung und Mimik des Jungen signalisierten, dass er gewillt war, die Armbrust zu benutzen. Die drei anderen im Pub schenkten Wyatt keine Beachtung, also konnte er unbemerkt das Fenster einen Spalt öffnen.

»Verdammt, hab ich dir nicht gesagt, du sollst deine Scheißkarre vor deinem eigenen Haus parken!«, brüllte Niall und bewegte dabei die Armbrust hin und her.

Zuerst nahm er die Vorderreifen des Lasters ins Visier, dann den Fahrer.

»Was soll ich machen, Niall«, jammerte der Mann und deutete auf den Hillman vor seinem Haus. »Das Ding da steht immer hier. Keine Ahnung, wem's gehört.«

»Ich hab dir gesagt, park gefälligst nicht vor unserm Haus.«

Niall stieß den Fahrer mit der Armbrust. »Du parkst hier nirgendwo, klar?« Er trat einen Schritt zurück und wies mit der Hand auf die schäbige Straße. »Meine Güte, dieser Haufen Rost verschandelt die ganze Umgebung. Außerdem nimmt er uns das Licht.«

Niall drehte sich um und verschwand. Der Mann stieg in sein Fahrzeug und ließ den Motor an. Als der Auspuff Abgaswolken spie, schloss Wyatt das Fenster. Der Nachbar hatte sich Niall gefügt, setzte vor und zurück, fuhr aus der Parklücke und stellte den Laster ein paar Meter weiter ab.

Wyatt wartete, bis auf der Straße das stille Elend wieder eingekehrt war, und huschte dann hinüber zu Rossiters Haus. Er nahm nicht den Vordereingang, sondern zwängte sich zwischen dem Valiant und dem VW hindurch und gelangte so zu einem Tor, das in den hinteren Hof führte. Eine Insel aus Beton, in ihrer Mitte ein gigantischer Wäscheständer mit Trainingsanzügen, T-Shirts, Overalls und schwarzen Dessous in Übergröße; und ihrem bretthartem Zustand nach zu urteilen, hingen die Sachen nicht erst seit kurzem dort. Am Sockel des Wäscheständers lag ein Rad mit Stützrädern auf der Seite.

Am anderen Ende des Hofes, rechts von einer kläglichen Akazie, war ein kleiner Anbau – vermutlich eine winzige Einliegerwohnung –, an dessen Seitenwand der

Pitbull sein Reich hatte, eine Hundehütte, deren Dach übersät war mit kleinen, vertrockneten Akazienblättern. Neben der Hundehütte standen zwei schmierige Fressnäpfe, beide waren leer. Der Pitbull nahm Witterung auf, als Wyatt den Hof betrat. Geduckt, lautlos und schnell kam das Tier auf ihn zu. Die Rückfront des Wohnhauses hatte eine Verkleidung aus sich wölbenden Masonite-Platten. In der Mitte, zwischen zwei mit Jalousien versehenen Fenstern, befand sich eine Fliegengittertür mit einem stabilen Holzgitter. Wyatt schlüpfte ins Haus, riss die Tür hinter sich zu und der Pitbull knallte gegen die geschlossene Tür. Gehindert durch das Holzgitter, versuchte der Hund blindwütig nach Wyatt zu schnappen und verhakte seine Kiefer in dem löchrigen Drahtgewebe. »Entweder man ist schnell oder erledigt«, erklärte ihm Wyatt.

FÜNF

Der Gang, in dem er sich befand, war düster, voller Staub und Spinnweben. Ein modriger Geruch hing in der Luft. Auf dem Boden verstreut lagen Spielzeug und irgendwelche Lumpen. Drei Türen. Alle offen. Die Erste führte in ein Badezimmer mit stetig tropfender Dusche, die Zweite in eine Waschküche, die ihre Existenz allein der teuren Waschmaschine zu verdanken schien. An der Schwelle zum dritten Raum blieb Wyatt stehen.

Eine großzügige Küche. Die Einrichtung nicht minder großzügig und vor allem – teuer: der Tisch, die Einbauschränke, der chromblitzende Kühlschrank, die Gefriertruhe, die Geschirrspülmaschine, die Mikrowelle und der Gasherd.

Auch der Zuschnitt der beiden Frauen war großzügig. Eileen, Rossiters Frau, war in den Fünfzigern, wirkte jedoch jünger. Ihr rundes Gesicht war faltenlos, sie hatte volle, rote Lippen und in ihrem kurzen Haar zeigte sich nicht eine Spur von Silber. Ihr kräftiger Körper hatte noch feste Konturen. Und was für ein Körper! Unter dem geblümten, lockeren Kleid schienen sich ganze Welten zu verbergen. Nie hatte Wyatt eine Frau gesehen, auf die die Bezeichnung Großmutter weniger gepasst hätte. Ohne mit der Wimper zu zucken, beobachtete sie ihn von ihrem Platz am Ende des Tisches aus.

Neben ihr saß Leanne, die Tochter des Hauses. Sie hatte bereits mit siebzehn geheiratet und der missmutige Ausdruck in ihrem Gesicht ließ keinen Zweifel zu, dass die Folgen dieser Heirat – die Kinder – sie überforderten. Sie war drall, wenn auch klein und machte einen ordinären Eindruck. Anders als bei ihrer Mutter wirkten die üppigen Formen Leannes krank und wenig ästhetisch. Das schwarze Haar war kurz und an den Seiten ausrasiert, das Tank-Top, das sie trug, zerschlissen und verdreckt. Ein gutes Dutzend silberner Armreifen klimperten an einem ihrer dicken Arme, als Leanne unvermittelt ein schmuddeliges Kind heftig am Ohr zog. Es hatte die ganze Zeit gequengelt, weil es einen Keks wollte, und jetzt brüllte es aus Leibeskräften. Unter dem Tisch hatten zwei weitere Kinder Quartier bezogen, die sofort in das Geschrei einstimmten. Dann fiel Leannes Blick auf Wyatt und ihre Kinnlade klappte herunter.

Nun sahen ihn auch die Männer. Niall wollte gerade einen Schluck aus seiner Bierdose nehmen. Doch er stellte sie zurück zu den anderen, die zwischen Schalen voller Kartoffelchips, Erdnüsse und Kekse auf dem

Küchentisch standen. Frühstück bei Rossiters.

»Wer sind Sie denn?«, rief Niall.

Ohne ihn zu beachten, begrüßte Wyatt den anderen Mann mit einem Kopfnicken und einem knappen »Ross«.

Zwar war Rossiter nur zehn Jahre älter als seine Frau, man hätte ihn aber auf siebzig schätzen können. Er sah aus wie ein stark gealterter Jockey; das schmale Gesicht mit den unregelmäßigen Zügen und die schlechte Haltung hatte er an seinen Sohn weitergegeben, dessen brutale Bösartigkeit gehörte jedoch nicht zur Erbmasse. Offenbar hatte Rossiter sich beim Rasieren geschnitten. Er schien sich nicht sicher zu sein, ob Wyatt ihm in seiner Küche willkommen war oder nicht. Vorsichtig blieb er auf Distanz. »Ah, Wyatt«, sagte er.

Die Reaktion ließ nicht auf sich warten. Niall sprang sofort von seinem Stuhl auf und Eileens Gesichtsausdruck wechselte von neutral zu steinern. »Sieh mal einer an«, sagte sie leise. Leanne blickte verwirrt in die Runde. Wyatt behielt alle vier im Blick. Rossiter umklammerte die Tischkante mit beiden Händen. Er war weder knallhart noch fies oder unberechenbar, doch das hieß nicht, dass er ein sicherer Kandidat war. Knallhart hingegen war Eileen, fies und unberechenbar Niall und Leanne war einfach gar nichts.

Es gab nur eine Möglichkeit, zu diesen Leuten vorzudringen. Wyatt hob beschwichtigend die Hände und sagte: »Beruhigt euch«, dann zog er einen Umschlag mit mehreren tausend Dollar aus der Jackentasche, die er in den letzten zehn Monaten durch kleinere Überfälle hatte erbeuten können. Er nahm tausend Dollar heraus. Erwartung gepaart mit Ungeduld lag plötzlich in der Luft. Wyatt legte das Geld auf den Tisch. »Ich möchte mich bei dir entschuldigen, Ross«, sagte er.

Niall sah erst auf das Geld, dann zu Wyatt. »Wie bitte? Entschuldigen? Da kommt so 'n Typ daher, drischt auf meinen Alten ein, deinetwegen, und du willst dich jetzt entschuldigen? Ich werd dir gleich von wegen Entschuldigung!« Drohend kam er um den Tisch herum.

Rossiter stellte sich ihm in den Weg. »Halt die Luft an, Junge. Ich leb ja noch. Lass ihn doch erst mal ausreden.«

Nialls Gesicht wurde spitz vor Wut. Er wollte sich nicht beruhigen, also zog Wyatt zur Sicherheit seine .38er hervor. Als Niall sie sah, trat er den Rückzug an, sagte »Hey« in einem Ton, als hätte man ihn zutiefst beleidigt, und setzte sich wieder.

Auch die anderen hatten die Pistole in Wyatts Hand gesehen. Eileen beobachtete ihn unablässig, Leanne ohrfeigte eines ihrer Kinder ohne ersichtlichen Grund und starrte dann wieder fasziniert auf die Waffe. Rossiter schüttelte nur matt den Kopf. »Hört schon auf. Er ist ein Freund.« Er sah Wyatt ins Gesicht. »Steck das Ding weg, Junge, das brauchst du hier nicht.« Nachdem eine gewisse Entkrampfung eingetreten war, sagte Rossiter: »Hab gehört, du hast ihn erschossen.«

Wyatt nickte.

Etwas wie Anerkennung regte sich in Leannes einfältigem Gesicht. »Du hast Sugarfoot erschossen?«

Wyatt spürte, wie er langsam ungeduldig wurde. Das hier war reine Zeitverschwendung. »Kann ich reinkommen, Ross?« Die Worte kamen ihm nur schwer über die Lippen.

Eileen erhob sich. Die Sinnlichkeit in ihren Bewegungen verriet, dass sie um die erotische Ausstrahlung ihres Körpers wusste und sie auch genoss. »Ich würd sagen, du bist schon drin.« Dabei blickte sie Wyatt unverwandt in die Augen.

Es war, als würde die Luft zwischen ihnen anfangen zu vibrieren und das blieb den anderen nicht verborgen. Niall zerrupfte einen Zigarettenstummel. Leanne wurde rot, griff nach den Chips und stopfte sich eine Hand voll in den Mund. Rossiter lächelte ausdruckslos und fragte: »Was kann ich für dich tun, Wyatt?«

»Können wir unter vier Augen miteinander reden?«

»Komm mit«, sagte Rossiter und verließ die Küche. Wyatt folgte ihm.

Das Wohnzimmer war mit einem aprikosenfarbenen Teppichboden aus Synthetik ausgelegt, das Mobiliar bestand aus einer aufwändig gemusterten Couchgarnitur, einer Bar und jeder Menge Unterhaltungselektronik – auf Regalbrettern aus furniertem Press-Span türmten sich Fernseher, Video und Stereoanlage. »Nett«, bemerkte Wyatt.

Rossiter starrte ihn ungläubig an, dann brach er in Gelächter aus. »Junge, das ist eine Bruchbude!«

Wyatt lächelte knapp. »Trotzdem, du hast ein paar nette Sachen.«

»Na ja, das eine oder andere vielleicht. Niall steuert auch was bei. Ab und zu mal 'nen Grünen.«

Wyatts Tonfall wurde giftig. »Er ist ein Nazi, Ross.«

»Jaja, die Familie, du weißt ja, wie das ist. Nein. Weißt du vermutlich nicht. Nimm doch Platz.«

Wyatt setzte sich so, dass er die Straße im Auge behalten konnte.

»Also«, sagte Rossiter, »sicherlich ist dir nicht entgangen, dass diese Sydney-Typen einen Killer auf dich angesetzt haben, Wyatt.«

Vor allem war ihm nicht entgangen, dass Rossiter plaudern wollte. Zum einen, weil Rossiter nervös war, zum anderen, weil man mit Leuten eben Konversation machte. Wyatt war niemals nervös und erst recht machte er keine Konversation der Konversation willen. Sie diente ihm nur als Mittel zum Zweck, um anderen etwas zu entlocken. Aber er war auch brennend interessiert an der aktuell kursierenden Version seines Privatkrieges mit dem Syndikat. »Ich bin ihnen zwanzig Riesen wert«, sagte er.

Rossiter schüttelte den Kopf. »Vierzig für den, der dich ausschaltet. Sie sind davon überzeugt, dass du ihnen die Melbourne-Sache vermasselt hast und werden nicht eher Ruhe geben, bis du endgültig ausradiert bist.«

Sie hatten das Kopfgeld erhöht. Wyatt rutschte im Sessel hin und her. Dieses Haus, diese unsäglichen Rossiters, all das drückte langsam auf sein Gemüt. Scheiß auf den Small Talk, er musste sehen, dass er an seine Informationen kam, und dann hier verschwinden. »Ich will mir die Mesics vornehmen«, sagte er.

Sechs

Das Gute an einem Ford Capri: Er ist schnittig, wendig in den Kurven und gerade mal so teuer, dass man sich nicht fragen musste, ob ein Bulle sich den leisten konnte. Bax bugsierte sein Gefährt in eine Lücke zwischen der Mauer und Coultharts konservativer Familienkutsche. Coulthart, sein Chef und der Mann, der nahezu besessen davon war, die Autoschiebereien aufzuklären. Bax stieg aus, schloss den Capri ab – ein großzügiges Geschenk vom alten Mesic, kurz bevor er starb – und betrat das Gebäude. Er nickte dem Dienst habenden Beamten am Empfang zu, der betätigte daraufhin den Summer und entließ Bax in eine flirrende Atmosphäre hastig gerauchter Zigaretten, hektisch mit beiden Zeigefingern getippter Berichte und halblaut, mit verdeckter Muschel geführter Telefonate. Sein Schreibtisch stand in der hintersten Ecke. Coulthart hatte ihm einen Stapel Akten hingelegt, jede einzelne mit gelben Haftnotizen versehen. Auf einige war der Name MESIC gekritzelt und dahinter ein Fragezeichen. Um elf Uhr rief ihn Coulthart zu einer Besprechung herein. Auf der Fensterbank im Büro des Inspectors verdorrte ein Usambaraveilchen und die Schreibunterlage war voller Kaffeeflecken. Coulthart schloss die Tür hinter Bax und senkte die Stimme. »Ich hatte dir einige Akten auf den Tisch gelegt.«

Bax nickte.

»Und?«

»Eine Operation wie diese ... wir bewegen uns bereits haarscharf an der Grenze, Boss.«

Inspector Coulthart war eine schlaffe, wenig gepflegte Erscheinung. In diesem Moment wühlte sich seine rechte Faust in seine linke Handfläche. Es war das äußerste Maß an Leidenschaft, das er aufzubringen vermochte.

»Nur bewegen wir uns leider nicht in Richtung der Mesics.«

Bedauernd zog Bax die elegant verhüllten Schultern hoch. »Es weist nichts auf sie hin, Boss. Ich kann's nicht ändern.«

»Du hast doch alles genau im Auge behalten?! Jeden Motor, jede Kupplung, die Chassis? Jeden gottverdammten Seitenspiegel?«

»Selbstverständlich.«

»Und nichts davon soll bei den Mesics gelandet sein? Komm schon, Bax.«

Der überprüfte erst einmal den Sitz seiner Krawatte. »Ich kann mich nur wiederholen, Boss. Ganz offensichtlich hat keiner von den ganz großen Fischen seine Hände im Spiel. Dafür aber eine Menge kleine, wie der Mechaniker, den wir letzten Monat geschnappt haben. Eiskalt erwischt, mit dem Chassis eines Fairmont, der vor einem halben Jahr in einem Einkaufszentrum geklaut worden war.«

»Und wer hat ihn geklaut?«, fragte Coulthart.

Bax starrte ihn nur an. Coulthart kannte doch die Regeln, schließlich war die Operation auf seinem Mist gewachsen.

»Vergiss meine Frage«, sagte Coulthart schließlich. »Aber woher wissen wir denn, dass dein Mann nicht heimlich, still und leise mit den Mesics gemeinsame Sache macht? Was diesen Punkt betrifft – sind die Berichte in Ordnung?«

Alle Berichte, von denen Coulthart Kenntnis haben musste, waren in Ordnung, deshalb antwortete Bax mit einem Ja.

»Und die kleinen Fische, wie du sie nennst«, fuhr Coulthart fort, »dieser Mechaniker zum Beispiel – arbeitet der für die Mesics?«

»Nein«, erwiderte Bax. »Und hier enden auch jedes Mal die Spuren, bei den kleinen Fischen. Aber ich bleib dran. Doch was die Mesics betrifft, die mögen vielleicht das Finanzamt übers Ohr hauen, aber das war's dann auch. Mir scheinen sie sauber zu sein.«

Coulthart überzeugte das offensichtlich wenig. Er trug die Verantwortung für eine mittlerweile recht undurchsichtige Geheimoperation, die für die Schreiberlinge von der Boulevardpresse ein gefundenes Fressen wäre. »Wie viele Autos haben wir am Laufen?«, fragte er besorgt.

»Vierzig.«

Coulthart starrte auf die Schreibtischplatte. »Vierzig«, wiederholte er dumpf, als kämpfe er mit ersten Zweifeln. Er hatte sich eine Strategie ausgedacht, die alle in Schwierigkeiten bringen könnte. Auf seine Anordnung hin hatte Bax zwei professionelle Autodiebe angeheuert und ihnen gute Bezahlung und Straffreiheit zugesichert. Dafür sollten sie neuere Ford-Modelle der Luxusklasse stehlen. Unter Bax' Aufsicht wurden die Nobelkarossen auseinander gebaut, die Einzelteile jeweils mit einer bestimmten Nummer versehen, um danach auf dem Schwarzmarkt in Umlauf gebracht zu werden. Ziel war es, die Teile bis zum Käufer verfolgen zu können. Coulthart hoffte, die Mesics auf diese Weise zu überführen, doch der Plan war reiner Wahnsinn und von vornherein mit dem Risiko behaftet, mit großem Getöse zu scheitern.

Nun, solange Coulthart den Kopf dafür hinhalten muss, dachte Bax, und nicht ich ... Seit sechs Monaten war er nun schon mit dieser Scheiße befasst, hatte ein gutes Dutzend Statisten wie diesen Automechaniker festgenagelt und sich wie blöd abgestrampelt, die Mesics aus der Schusslinie zu halten. Er selbst balancierte dabei immer nah am Abgrund.

»Vierzig Autos«, wiederholte Coulthart und unterdrückte ein Seufzen. »Wenn das stimmt, was du sagst, unterstützen wir lediglich ein Verhalten, das sowieso an der Tagesordnung ist.«

Bax rückte sein Jackett zurecht, damit es nicht unnötig

Knitterfalten bekam. »Genau so ist es, Boss. Autos werden immer geklaut und es wird auch immer Elemente geben, die Einzelteile verhökern oder woanders einbauen. Wenn Sie mich fragen, die einzige Chance zu punkten besteht darin, die Einfuhr dieser zweifelhaften Daimler aus Hongkong genau unter die Lupe zu nehmen.«

Coulthart möglichst auf eine andere Fährte bringen, egal wie. Bax musste sich jetzt richtig ins Zeug legen, um seine fünfhundert Dollar die Woche zu sichern. Bisher brauchte er die Mesics nur vor den eigenen Kollegen zu schützen. Aber seit dem Tod von Karl Mesic hieß es, Angriffe anderer Banden abzuwehren. Gestern Mittag, der Typ in dem Volvo zum Beispiel; hinzukamen Gefahren aus den eigenen Reihen in Gestalt eines Victor Mesic.

Außerdem hatte sich Karl Mesic bereit erklärt, nur komplette Fahrzeuge von Bax zu kaufen. So musste Bax nur jeden zehnten ›offiziell‹ geklauten Wagen aus dem Papierkram heraushalten, ihn in eine der Mesic-Klitschen manövrieren und schon brachte es ihm einige tausend Dollar im Jahr zusätzlich zu seinen wöchentlichen fünfhundert. Die hatte er auch bitter nötig. Doch bevor Bax dieses Verfahren zu einem festen Bestandteil seiner Geschäftsbeziehungen zu den Mesics machen konnte, verstarb der Alte und das Imperium drohte zu zerfallen. Sollte Coultharts Operation scheitern, könnte dies auch das Aus für ihn, Bax, bedeuten.

Er fixierte das welke Usambaraveilchen, während Coulthart weiter vor sich hin seufzte. Seine einzige Rettung war Stella Mesic. Sie war stark. Wenn er Stella und Leo dazu bewegen könnte, Victor aufs Abstellgleis zu schieben, indem man ihn vielleicht zurück in die Staaten schickte, könnte die Firma endlich dort weitermachen, wo Karl Mesic aufgehört hatte. Mit Leo fürs Grobe, Stella für die Organisation und er würde seinen Verstand einbringen und allen den Rücken freihalten.

Coulthart rollte seinen Stuhl zurück und erhob sich schwerfällig. Er bevorzugte Knitteranzüge aus leichten Stoffen, sommers wie winters, und manchmal konnte Bax sogar die Haut sehen, an den Stellen, wo die Knöpfe an Coultharts bügelfreien Hemden sperrten. Bax wollte sich diesen Anblick heute ersparen und stand ebenfalls auf. »Also, Boss, wie geht's jetzt weiter?«

»Geben wir der Sache noch einen Monat«, sagte Coulthart. »Ich will noch die eine oder andere Blitzaktion in den Mesic-Klitschen durchführen lassen.«

»Dafür brauche ich aber Durchsuchungsbefehle.«

»Da seh ich kein Problem.«

»Wie Sie meinen«, entgegnete Bax. »Aber ich garantiere Ihnen, Sie werden nichts finden.«

»Ein Versuch ist es wert, okay?«

Als Bax gerade die Tür öffnen wollte, um zu gehen, rief Coulthart: »Baxy?«

Er drehte sich um. »Was denn, Chef?«

»Sag mal, die Typen, mit denen du zu tun hast, kaufen die dir den einfachen Bullen ab, so wie du rumläufst?«

Meine Güte, schoss es Bax durch den Kopf, dachte Coulthart etwa, meine Kontakte halten mich für korrupt? Er sah an sich hinunter – der edle dunkle Anzug, die glänzenden Schuhe, das schneeweiße, makellose Hemd aus fester Baumwolle. »Was stört Sie daran?«

Coulthart errötete wie jemand, der gerade bei einem schäbigen Gedanken erwischt wurde. »Ich mein ja nur, es ist ein dreckiges Geschäft. Du könntest dir deine elegante Garderobe ruinieren.«

Um Coulthart aus der Verlegenheit zu helfen, setzte Bax ein Grinsen auf und sagte mit einem Augenzwinkern: »Ich setz eben gerne Maßstäbe, Chef. Das ist immer eine Gratwanderung.«

Coulthart entspannte sich. »Nun, dann sieh mal zu, dass diese Wanderung dich auch zu den Mesics führt.«

Sieben

Rossiter starrte Wyatt entgeistert an. »Du willst dir die Mesics vornehmen?!«

Wyatt schwieg, um seine Worte wirken zu lassen.

»Der Zeitpunkt ist allemal günstig, aber verlässt du damit nicht gewohntes Terrain?«

Wyatt wusste genau, was er meinte. Der Wyatt, den Rossiter kannte, überfiel Banken, Geldtransporter und war nicht interessiert am Geld anderer Krimineller.

»Nun gut, sie sind jetzt reif für eine Übernahme. Die Leichenfledderer liegen schon auf der Lauer. Aber du, Wyatt?«

»Das ist meine Sache.«

Rossiter musterte ihn eine Weile. »Es ist doch nichts Persönliches?«

»Informationen, Ross, mehr will ich nicht.«

»Informationen allein werden dich aber nicht weit bringen.«

»Das lass mal meine Sorge sein.«

Er wartete, bis der alte Gauner das geschluckt hatte. Jemand ging draußen am Fenster vorbei. Wyatt richtete sich im Sessel auf und warf Rossiter einen durchdringenden Blick zu.

»Leanne macht sich auf den Weg«, sagte Rossiter mit einem Grinsen in seinem verlebten Gesicht. »Bin gleich zurück.«

Er ging zur Vordertür hinaus. Wyatt stand am Fenster und beobachtete, wie Rossiter und Eileen sich von ihrer Tochter und den Enkeln verabschiedeten. Sonst war niemand zu sehen. Wyatt ließ sich gerade wieder in den Sessel fallen, als Rossiter zurückkam.

»Informationen, Ross.«

Rossiter zuckte mit den Achseln. »Ich sag dir, was ich weiß.«

»Gestern habe ich mich bei ihnen umgesehen.«

Rossiter verzog das Gesicht. »Im Kanakenparadies – «

Mit einer resoluten Handbewegung schnitt Wyatt ihm das Wort ab. Diese Art von Konversation war nicht sein Stil. »Ich muss wissen, wer da wohnt und was da abgeht.«

»Dass der Alte nicht mehr lebt, ist dir bekannt?«

»Ich war unterwegs. Keine Ahnung, was sich hier abgespielt hat.«

»Karl Mesic ist vor ein paar Wochen gestorben und hat Leo, dem Jüngsten – «

»Kräftiger Typ? Um die dreißig? Schnauzer wie ein Cop?«

»Genau.«

»Wer wohnt sonst noch dort?«

»Stella, Leos Frau.«

»Was weißt du über sie?«

»Attraktiv, aber unterste Schublade, wenn du verstehst, was ich meine. Leo hat sie eines Tages von einem Ausflug an die Gold Küste mitgebracht. Dennoch, sie ist recht clever und steckt Leo dicke in die Tasche.«

»Da war noch ein älterer Typ, dünn, längere Haare und ziemlich gestylt.«

»Das muss Victor gewesen sein, Papas Liebling. Er war einige Zeit in den Staaten aktiv. Sie haben sich gedacht, sie heuern amerikanische Kids an, die liefern ihnen für hundert Dollar Mustangs direkt ans Containerschiff, hier rüstet man die Karren auf Linksverkehr um und vertickt sie dann für zwanzig Riesen das Stück.«

Das war nicht das, was Wyatt hören wollte. »Gibt's noch jemanden?«

»Soweit ich weiß, nicht.«

Schritte – dann ein Schatten, der am Fenster vorbeihuschte. Kurz darauf wurde ein starker Motor für wenige Sekunden mit Vollgas hochgejagt, durfte sich erholen, um im Anschluss erneut gequält zu werden. Rossiter zuckte nur mit den Schultern. »Ist gleich vorbei.«

Sie warteten. Einen Augenblick später ging Niall um das Haus herum zur Hintertür. »Und wer ist der Kopf des Vereins?«

»Tja, das ist der Punkt. Die Mesics waren nie besonders schlau oder einflussreich, sie hatten nur Glück. Irgendwie haben sie's geschafft, bei diesen Autoschiebereien richtig abzusahnen, dann ein paar kleinere Drogengeschäfte hier und da ... nun ja, durch den Tod des Alten soll es allerdings rapide bergab gehen mit ihnen. Wird jedenfalls gemunkelt. Ein paar meiner Kumpels sind wohl der Ansicht, Stella und Leo könnten die Firma durchaus erfolgreich weiterführen, aber Victor hat andere Pläne.«

»Das heißt?«

»Das heißt, Victor hat Großes vor. Geklaute Wagen? Schnee von gestern. Mir ist zu Ohren gekommen, dass er den ganzen Besitz versilbern will. Er braucht Bares, quasi als Referenz, um den Strohmann spielen zu können für Leute, die das dicke Geld aus den Staaten einschleusen, um es hier in die Casinos und Clubs zu investieren. Solche Transaktionen eben.«

Alles Mutmaßungen. Wyatt wollte Fakten. »Sag was zu ihrem Tagesgeschäft.«

»Du meinst die finanzielle Seite?«

Wyatt nickte.

»Ganz einfach. Jeden Tag wird Cash angefahren, aus ihren Klitschen, Ersatzteilläden und ihrem Autohandel.«

»Alles legal?«

»Mit doppelter Buchführung. Eine fürs Finanzamt, die andere für den Nebenverdienst.«

»Was geschieht dann mit der Kohle?«

»Freitags ist Zahltag, der Rest wird gewaschen.«

Das gefiel Wyatt. Coups, bei denen es um Bares ging, hatten heutzutage Seltenheitswert. Als ob niemand mehr Bargeld benutzte. »Also Donnerstagnacht.«

»Aber halt dich ran. Möglicherweise ist bald nichts mehr zu holen«, sagte Rossiter. »Donnerstag in einer Woche ... das lässt dir genügend Zeit für die Vorbereitung. Ich wünsch dir jedenfalls viel Glück.«

Für Wyatt zählte weder Glück noch Unglück, was für ihn zählte, waren ausgebildete Fähigkeiten und eiserne Nerven. Er wanderte wieder hinüber zum Fenster. In Gedanken stellte er bereits seine Truppe zusammen.

»Kann ich dir sonst noch irgendwie helfen?«, hörte er Rossiter hinter sich fragen.

»Hast du was von Frank Jardine gehört?«

»Lebt jetzt in Sydney. Die Adresse kann ich dir geben.«

Während Rossiter etwas auf einen Briefumschlag kritzelte, stand Wyatt schweigend am Fenster. »Ich lass von mir hören, wenn ich die Liste fertig habe. Plastiksprengstoff, Funkgeräte, Bohrmaschinen und so weiter.«

»Schneller ausgesprochen, als beschafft«, entgegnete Rossiter ungewöhnlich bissig. »Als ich dir das letzte Mal geholfen habe, hat es mich fast das Leben gekostet.«

Wyatt drehte sich um. Sein Blick war fest auf Rossiter gerichtet, als er emotionslos fragte: »Wie viel?«

Rossiter versuchte, diesem Blick so lange wie möglich standzuhalten. Schließlich wich er ihm aus und sagte: »Tausend?«

Wyatt zählte zehn Hunderter ab und hielt sie Rossiter hin. »Vielleicht ist später noch was drin.«

»Betrachte es als Vorschuss«, meinte Rossiter.

»Vielleicht ist später noch was drin«, wiederholte Wyatt kalt. »Solange niemand Wind von der Sache bekommt.«

»Ist klar und deutlich angekommen«, sagte Rossiter, nahm das Geld und verstaute es in seiner Brusttasche.

Hätte Wyatt nicht am Fenster gestanden, wäre ihm der Laser vermutlich gar nicht aufgefallen, der vor dem Pub parkte. Jetzt, bei Tageslicht, war er blau, letzte Nacht war er schwarz gewesen.

Wyatt drehte sich wortlos um und verließ Rossiters Wohnzimmer. Er ging durch die Küche, ohne Eileen eines Blickes zu würdigen, die noch am Tisch saß und mit einem angefeuchteten Finger die letzten Krümel aus einer Chipstüte holte. Niall war nirgends zu sehen. Im Flur kickte er ein Feuerwehrauto ohne Räder aus dem Weg und blieb an der Fliegengittertür stehen. Vor ihm lag der staubige, graue Hinterhof mit seinem hohen, verwitterten Lattenzaun. Der Hund schlief vermutlich. Wyatt schlüpfte hinaus, rannte über den Hof, nutzte die Hundehütte als Podest und sprang über den Zaun in den

Hof des Nachbarn. Der Pitbull kläffte ihm hinterher und die Tür zur Einliegerwohnung wurde aufgerissen. »Was geht denn hier ab, verdammt noch mal?« Es war Nialls Stimme.

Wyatt versteckte sich hinter einem Dickicht aus hohen Tomatenpflanzen. Garten und Hof waren menschenleer. Auch hinter den Fenstern an der Rückfront des Hauses konnte er nichts erkennen. Der Typ, der vorhin aus dem Truck geklettert war, schien nicht zu Hause zu sein.

Doch das könnte sich schnell ändern. Er schlich zum Zaun, der den Hof begrenzte, und spähte hinüber. Ein schmaler Gang. Abgenutztes Kopfsteinpflaster, ein verdrecktes Abflussrohr, vergammelte Matratzen. Verschreckt warf sich eine räudige Katze auf den Bauch, als Wyatt sich über den Zaun schwang und neben ihr auf dem Pflaster landete. Niemand hatte ihn gesehen. Niemand schlug Alarm.

Er blickte sich um. Links endete der Gang an einer Backsteinmauer, rechts, neben einem Spielplatz, mündete er in eine breite Straße. Diese Richtung, obwohl sie verlockend oder gerade weil sie verlockend war, schied aus. Zu übersichtlich. Er hastete in Richtung Backsteinmauer.

Der Typ mit der Knarre war jung und pinkelte mal eben gegen ein offenes Fass mit Altöl, als Wyatt um die Ecke bog. Als der Junge zurückwich und spontan nach seiner Waffe im Gürtel griff, bekam seine Jeans noch ein paar Flecken ab.

Wyatt blieb abrupt stehen und fixierte den Jungen und die Waffe.

»Einen Schritt näher und ich rufe die anderen!«, sagte der Typ.

Sein Gesicht war mit Aknepusteln übersät und sein Haar ebenso farblos wie seine blasse Haut. Er fuhr sich mit der Zunge über die Lippen. »Das tu ich wirklich«, sagte er und drehte den Kopf.

Ein Mann, der es vorzog um Hilfe zu rufen, statt seine Waffe zu benutzen, war harmlos. Wyatt wusste das. Betont langsam und mit eisiger Ruhe ging er auf den Jungen zu und zog dabei seine .38er. Dann stieß er den Lauf unter das vernarbte Kinn des Kleinen und ließ ihn vernehmen, wie sich der Hahn spannte. »Das Ölfass – wirf deine Knarre rein.« Ein sanftes Plätschern und die Pistole sank unter die schillernde Oberfläche. Zuerst wollte Wyatt den Typen ausquetschen. Doch dann überlegte er es sich anders. Der hier war nur Befehlsempfänger. Antworten auf Wyatts Fragen hätte er nicht parat gehabt. Also schlug Wyatt ihn mit dem Lauf seiner .38er nieder und machte sich aus dem Staub.

Acht

Er ging zurück zur Bushaltestelle an der Hoddle Street. Keine zwei Minuten hatte er dort unter den Hochbahngleisen gestanden, als er den Laser sah. Nur einige Blocks entfernt bog der Wagen aus einer Seitenstraße und hielt am Bordstein. Niemand stieg aus.

Wenn sie ihn erledigen wollten, dann gewiss nicht hier, in aller Öffentlichkeit, vor jeder Menge Zeugen. Offenbar hatten sie ihn heute Morgen an der Bushaltestelle an der Lygon Street entdeckt und sich an seine Sohlen geheftet. Vielleicht waren sie ihm auch schon vom Motel aus gefolgt.

Der Bus kam, Wyatt stieg ein und suchte sich einen

Platz nahe dem Ausgang, von dem aus er den gesamten Bus, aber auch die Straße im Blick hatte. Die Frage drängte sich auf, wie straff organisiert die Bande war. Sollten sie mit Funkgerät oder Mobiltelefon ausgerüstet sein, könnten sie problemlos jemanden in den Bus beordern. Der Bus schob sich die Johnston Street entlang. Es stiegen nur wenige Fahrgäste zu und keiner von ihnen sah verdächtig aus. Rentner, einige Jugendliche – Mitglieder der Null-Bock-Fraktion –, Frauen auf Einkaufstour mit Kleinkindern im Schlepptau. Im sicheren Abstand folgte der Laser dem Bus auf seiner Route durch Collingwood und Fitzroy bis nach Carlton. Einige Fahrgäste machten sich bereit, an der Haltestelle Lygon Street auszusteigen. Wyatt ließ ihnen den Vortritt. Anders als auf der Straße, wo sie als eine Art rückwärtiges Schutzschild fungierten, wollte er hier keine Leute im Nacken spüren. Beim Aussteigen sah er, dass der Laser den Bus eingeholt hatte. Wyatt ging die Lygon Street entlang, Richtung Innenstadt. Vor Readings Buchladen machte er Halt, tat so, als betrachte er das Werbeplakat für den letzten Roman von Claire McNab, drehte sich unvermittelt um und rannte hinüber auf die andere Straßenseite. Mal sehen, wie gut ihr zu Fuß seid, dachte er. Mal sehen, ob ihr zusätzlich noch Unterstützung habt.

Er lief die Faraday Street hinunter, vorbei an Leuten, die unter den Sonnenschirmen vor dem ›Genevieve's‹ Kaffee tranken, und verschwand links in einer kleinen Seitenstraße. Nach ein paar Metern blieb er stehen und blickte sich um. Niemand war ihm gefolgt.

Was aber nicht bedeutete, dass er sie abgehängt hatte. Während er weiterlief, stellte er Überlegungen an: Sie waren hier, in der Nähe, formierten sich, um ihren Plan zu realisieren. Das musste im Keim erstickt werden, und was lag da näher, als selbst den Köder zu spielen?

Zurück in der Lygon Street, verlangsamte er sein Tempo und ging inmitten der anderen Passanten in südliche Richtung. Die eine Hälfte sah aus, als käme sie direkt vom Laufsteg, die andere bevorzugte Reeboks und farbenfrohe Sportklamotten. Einst hatte Wyatt nur Verachtung für sie übrig, doch dafür fehlte ihm jetzt die Kraft. Die Mehrzahl der Bevölkerung war gewöhnlich und angepasst und einige hatten Geld. So viel dazu.

Er schob sich durch den Pulk von Studenten, die die Wohnungsanzeigen in Readings Schaufenster überflogen. Es gibt Wege, jemanden zu verfolgen, ohne entdeckt zu werden, und es gibt Wege, Verfolger zu entdecken. Um seine Beschatter zu beschatten, nutzte Wyatt reflektierende Oberflächen – Chromteile an Fahrzeugen oder die Lackierung der Karosserien, Schaufensterscheiben, Sonnenbrillen anderer Leute. Zweimal lief er hin und her, betrachtete ab und zu die Auslagen eines Geschäfts und blickte dabei wie zufällig in die Richtung, aus der er gerade gekommen war. Unbedarfte Verfolger flogen immer auf, sei es, dass sie nicht im Takt der Menge blieben, sei es, dass sie wahllos Interesse für jede Art von Schaufenster heuchelten oder sich völlig unvermittelt in eine Telefonzelle verzogen. Wyatt bemerkte nichts dergleichen. Er betrat eine große, laute Pizzeria, vertiefte sich in das Tagesangebot auf der Schiefertafel und verließ das Restaurant durch eine Nebentür. Ecke Graten Street wurde gerade ein Taxi frei, er stieg ein, bat den Fahrer zu wenden und wartete ab, was geschah. Nichts geschah. Absolut nichts. Sie waren routiniert.

An ›Jimmy Watson's wine bar‹ ließ er sich absetzen,

gab dem maulenden Fahrer zwanzig Dollar und ging zurück zur Lygon Street. Wyatt hatte keine Probleme, das stundenlang so durchzuziehen, wenn nötig. Er nahm an, dass sie mehr als einen auf ihn angesetzt hatten. Selbst der Passant vor ihm konnte ein Verfolger sein. Und wenn schon, ihm war nur darum zu tun, einen von denen zu erwischen, ihn außer Gefecht zu setzen und dann durch die Mangel zu drehen.

Aber sie waren gut. Ein weiteres Mal ließ sich Wyatt auf der Einkaufsmeile blicken. Er überquerte die Graten Street und befand sich vis-à-vis vom Park am Argyle Square, als ein Verfolger Gestalt annahm. Dieses Gesicht hatte sich in einem der Schaufenster gespiegelt, Wyatt erinnerte sich, jetzt, da die Menge um ihn herum lichter geworden war. Unwillkürlich ging ein Ruck durch seinen Körper; scheinbar in Gedanken, kratzte er sich sogleich am Rücken, damit sein Verfolger die Anspannung nicht bemerkte, und ging weiter. Diese breite, belebte Straße – Wyatt sah keine Möglichkeit, den Jäger hinter ihm zu stellen.

Schlagartig setzte ihn etwas in höchste Alarmbereitschaft. Auf der anderen Straßenseite hielt jemand mit ihm Schritt, der Typ, den er vorhin in der Nähe von Rossiters Haus entwaffnet hatte. Nun gab ihr Plan Wyatt keine Rätsel mehr auf. Weder der eine noch der andere bemühte sich um Diskretion, also lauerte irgendwo Verstärkung. Sie agierten im Doppelpack, flexibel genug, ihn so lange zu verfolgen, bis er in der Falle saß.

Wyatt griff mit der rechten Hand in seine Jackentasche und umschloss sein Schlüsselbund. Wie Stacheln ragten die Schlüssel jetzt zwischen seinen Fingern hervor. Die .38er steckte in der Innentasche, doch nur ein Amateur würde versuchen, die Situation mit Hilfe einer Schießerei auf der Lygon Street zu bereinigen. Keine Frage, seine Gegner sahen das genauso. Er ging weiter.

Standardsituation, dachte er. Gegenüber, auf der Parkseite, blieb der Zweite auf gleicher Höhe mit ihm. Wyatt konzentrierte sich auf dessen Arme. Er hielt sie seltsam steif vom Körper ab; ein Indiz, dass er wieder eine Waffe trug. Ein flüchtiger Blick über die Schulter und Wyatt wusste, der Erste war ungefähr zwanzig Meter hinter ihm. Sie trieben ihn vor sich her, irgendwohin, wo der Rest der Truppe aus dem Hinterhalt zuschlagen konnte. Wahrscheinlich ein paar Ecken weiter.

Am liebsten wäre er losgerannt, doch er unterdrückte den Impuls. Pkws, Taxis, ein Bus, ein Motorrad-Kurier, Leute beim Einkaufsbummel, ein Junge auf einem Skateboard – alles in allem das normale Klima in einer normalen, belebten Straße, das jedoch kurz davor war, umzuschlagen. Er fühlte Hoffnungslosigkeit in sich aufkeimen. Kein Ende in Sicht. Nirgends je ein Ende.

Einen Block weiter in Richtung Innenstadt standen zwei Reihen heruntergekommener Gebäude mit Läden, die ihre besten Tage bereits hinter sich hatten und im Schutze ihrer verrosteten Vordächer ums Überleben kämpften. Die Häuserreihen waren durch eine schmale Gasse getrennt und da stand der Laser. Jetzt stieg jemand aus und wollte sich Wyatt in den Weg stellen – die Frau, die nicht nur gestern Nacht, sondern bereits vor zehn Monaten versucht hatte, ihn umzubringen. Neben dem Wagen hatte eine vierte Person Position bezogen, ein Mann von der Statur eines Gewichthebers. Dem Äußeren nach zu urteilen, musste er aus Melanesien stammen, und Wyatt sah, wie er zuerst mit der flachen

Hand über seinen schwarz glänzenden Bürstenschnitt fuhr, um danach leicht in die Hocke zu gehen und abzuwarten, wie Wyatt reagieren würde.

Der blieb stehen, suchte nach einem Ausweg und fand keinen. Die Männer hielten von ihm Abstand, doch die Frau stellte ein echtes Problem dar. Wäre ihr Haar länger gewesen, die Kleidung legerer, hätte er etwas zum Zupacken gehabt, etwas, an dem er hätte zerren oder ziehen können. Ihr Haar aber war stoppelkurz, Jeans und T-Shirt saßen wie eine zweite Haut, noch dazu trug sie schwarze Lederhandschuhe. Da war nur ihr Körper, durchtrainiert, biegsam wie eine Sprungfeder, der und die kleine Pistole, die sie ihm jetzt auf ihrer Handfläche präsentierte; eine chromblitzende Automatik auf einem Untergrund aus schwarzem Nappa. Mit dem Kopf deutete sie auf die Gasse, was so viel hieß wie: Hier entlang, Mister.

Wyatt ging einige Meter in die Gasse hinein und blieb stehen. Er drehte sich um. Die Frau war ihm gefolgt und blieb ebenfalls stehen. Die anderen hingegen schienen auf dem Gehweg kleben zu bleiben. Schweigend starrte sie ihn an und wedelte mit der Waffe. Wyatt verstand, drehte sich wieder um und ging weiter. Er hörte ihre leichten, nahezu körperlosen Schritte, als sie sich ihm näherte. Sollte das hier ein Auftragsmord werden, würde er wortlos verübt, keine Diskussion, keine Erklärungen. Wyatt blieb wieder stehen. Die Gasse war eng und feucht, stank nach Urin und dem Abfall, den herrenlose Katzen überall verstreut hatten. Hinter ihm sickerte nur fahles Licht von der Straße hinein und vor ihm stand eine Mauer.

Mit dem, was jetzt geschah, hatten die vier nicht

gerechnet. Er wirbelte herum, er fing an zu schreien.

Gleichzeitig bewegte er sich im Zickzackkurs auf die Frau zu, ließ sich dabei rechts und links von den Mauern abprallen. Sie folgte seinen Bewegungen mit der Waffe, versuchte, ihn ins Visier zu nehmen, hatte jedoch nicht mehr die Zeit, auf ihn zu zielen und abzudrücken. Eine Sekunde später. Wyatt befand sich jetzt auf gleicher Höhe mit ihr und zog ihr die Schlüssel, die immer noch wie Stacheln zwischen seinen Fingern steckten, über das Gesicht. Zwei Sekunden später. Blut lief in ihre Augen. Sie schrie auf, gehorchte dem ersten Impuls und riss schützend die Hände hoch. Wyatt holte aus, nahm ihr mit seiner Faust den Atem und sie ging zu Boden.

Drei Sekunden später. Die Männer griffen nach ihren Pistolen. Wyatt hatte sie überrumpelt. Vier gegen einen, eine Kleinigkeit – hatten sie zumindest gedacht. Jetzt standen sie vor der schwierigen Entscheidung, entweder auf Wyatt zu schießen oder ihn nur in Schach zu halten, oder sich um die Frau zu kümmern. »Scheißkerl«, sagte der eine, dann liefen sie auf ihn zu.

Leicht geduckt und schreiend rannte Wyatt direkt auf die Mündungen ihrer Waffen zu. Sie zielten, doch er lief Slalom. Wie zuvor die Frau folgten sie mit ihren Waffen seinen Bewegungen. Nur konnten sie nicht abdrücken, ohne die in ihrer Schusslinie liegende Frau zu gefährden; in dieser engen Gasse würden Querschläger wie Hornissen umherfliegen.

Fünf Sekunden später. Wyatt rammte den Gewichtheber mit der Schulter, der kam ins Straucheln, ließ seine Waffe fallen und ging zu Boden. Blitzschnell schnappte Wyatt sich die Waffe, eine 9mm, und zielte auf die beiden anderen Männer. Völlig geschockt von dem, was sich hier soeben abgespielt hatte, wichen sie Schritt für Schritt zurück, um schließlich in Panik die Flucht zu ergreifen. Sieben Sekunden später.

An der Einmündung zur Gasse hatten ein kleiner Junge und eine ältere Frau alles beobachtet. Der Junge fing an zu weinen, die Frau schnappte nach Luft, beide standen da wie angewurzelt. Wyatt ging an ihnen vorbei, hinüber auf die andere Straßenseite. Ihre erstaunten Blicke folgten ihm, dann wanderten sie zu der Frau, die immer noch am Boden lag.

Er marschierte in Richtung Innenstadt und bog dann in die Elizabeth Street ein. Von dort konnte er mit der Straßenbahn direkt zu seinem Hotel fahren. Damit würden sie nicht rechnen; sie rechneten damit, dass er irgendwo untertauchte, dessen war er sich sicher.

NEUN

Kurz nachdem Wyatt über den Zaun gesprungen war, klopften die Cops an die Vordertür. Zunächst vermutete Eileen einen Zusammenhang zwischen dem einen und dem anderen; doch sie waren hinter ihrem Sohn her. Ihr war klar, nach einem Durchsuchungsbefehl zu fragen war reine Zeitverschwendung. Die Bullen hatten die Rossiters auf dem Kieker. Sie selbst war ein halbes Jahr in Fairlie gewesen, wegen Hehlerei. Bewaffnete Raubüberfälle hatten Ross die Bekanntschaft mit diversen Gefängnissen beschert – Boggo Road, Long Bay, Wacol. Gerade mal siebzehn, wurde Leanne zu gemeinnütziger Arbeit verdonnert und Niall hatte im vergangenen Jahr sechs Monate wegen Einbruchs und Körperverletzung in Pentridge abgerissen. Und nun wollten sie dem armen

Kerl schon wieder etwas anhängen. Sie beugte sich vor und sagte: »Eine gefährliche Waffe? Das soll wohl ein Witz sein! Doch nicht Niall!«

In der Küche sah es aus wie auf einer Polizeiwache. Ein Cop stand hinter Eileens Stuhl, der Zweite hinter Ross und ein Dritter hinter Niall. Zum Glück blieb Leanne und den Kindern dieser Anblick erspart.

»Bei uns sind Beschwerden eingegangen.«

Das kam von Sergeant Napper, einem schwammigen Mann mit Bierbauch und hellblondem Schnauzer. Napper hatte die Angewohnheit, von Zeit zu Zeit leise zu seufzen. Er war Eileen auch schon in seiner Freizeit über den Weg gelaufen, in zu kurzen und zu engen Polyesterhosen, unter denen sich seine Eier und sein Hintern deutlich abzeichneten. Er fuhr einen nicht mehr verkehrstauglichen Holden-Kombi und hatte eine Freundin ein paar Straßen weiter. Manchmal sah man vor ihrer Tür den Holden, manchmal einen Streifenwagen. Eileen fuhr sich mit der Zunge über die Lippen und probierte es mit einem liederlichen Lächeln – wenn's half! »Was denn für Beschwerden, Officer?«

»Wegen dem Hund, wetten?«, stieß Niall hervor.

Napper strich seinen Schnauzer glatt. »Dein Hund wird dir noch mal eine deftige Klage einbringen, Niall. Eines Tages beißt er jemandem die Hand ab und du bist dran, mit Schadensersatz in Millionenhöhe.«

»Das steckt nun mal so in ihm drin. Dagegen kann man nichts machen.«

»Du könntest ihn an die Leine nehmen. Du könntest ihm aber auch die Gurgel durchschneiden.«

Niall sah zur Seite, murmelte vor sich hin und schnitt dem Tisch Grimassen.

Mach dich bloß nicht unbeliebt, Junge, dachte Eileen.

Napper legte die Hand an sein Ohr und fragte: »Wie bitte? Hab ich da 'ne Drohung gehört? Bist wohl 'n gewalttätiger Typ, Niall? Einer von der knallharten Sorte, ja?«

Eileen sah hinüber zu ihrem Mann. Die Verachtung stand Ross ins Gesicht geschrieben. Er verschränkte die Arme über der Brust und sagte: »Lass gut sein, Napper. Komm endlich zum Punkt.«

»Okay. Wo ist die Armbrust?«

»Welche Armbrust?«

»Ich stelle hier die Fragen«, entgegnete Napper scharf. »Worum geht's, Niall? Kannst du den Anblick eures Nachbarn nicht ertragen? Meinst du, er hat kein Recht, seinen Laster vor eurem Haus abzustellen?«

Niall machte den Fehler, höhnisch zu kichern. »Der parkt da nie wieder.«

Der Sergeant atmete tief durch, trat einen Schritt zurück und nickte seinen Kollegen zu. Die beiden verließen den Raum. Eileen wusste, dass sie die Armbrust ohne Mühe finden würden. Sie konnte nur hoffen, dass sie nicht noch mehr fanden.

Napper schien sich unterdessen wie zu Hause zu fühlen. Er nahm die Herald-Sun vom Kühlschrank und schlug sie auf. »Warst du das vielleicht, Niall? Hast du die Todesanzeigen hier angestrichen? Du hattest nicht zufällig vor, den Hinterbliebenen zu Hause einen Besuch abzustatten, während sie sich am Grab versammeln? Würde jedenfalls zu einer Niete wie dir passen.« Er verzog das Gesicht zu einem breiten Grinsen und seine Augen versanken in den Wülsten seiner Wangen. Er blätterte weiter in der Zeitung. »Wieder ein unbescholtener Bürger in seinem Haus zusammengeschlagen und ausgeraubt worden. Kommt ziemlich oft vor in letzter Zeit. Dazu gehört schon einiges, sich jemanden so vorzunehmen, der gerade aus dem Schlaf gerissen wurde und im Pyjama vor einem steht. Was meinst du, Niall?«

»Keine Ahnung, wovon Sie reden.«

»Bist 'ne große Nummer, was, Niall? Markierst gern den starken Mann, nicht wahr? Vor allem, wenn die Leute schon am Boden liegen. Immer feste drauf, hm?«

»Passen Sie mal auf, hier treiben sich Typen rum, die stehen ganz oben auf eurer Liste, und ihr vergeigt eure Zeit mit mir.«

Damit war Wyatt gemeint. Eileen sah ihren Mann an und bemerkte dessen eisige, drohende Miene. Ross war kein Schwein, nie würde er jemanden an die Cops verraten. Eine Regel, die auch die Familie zu respektieren hatte.

Doch Napper hatte Niall überhaupt nicht zugehört. »Ist schwer zu verkraften für dich, wenn jemand die Oberhand gewinnt, stimmt's, Kumpel? Dann knickst du ein, legst dich auf den Rücken und lässt alles mit dir machen. Ist doch so, oder, Bürschchen?«

Eileen sah, wie ihr Sohn rot wurde. »Bleib ruhig, Junge«, warnte sie ihn.

Niall ignorierte das. »Verdammt noch mal, das reicht, Napper. Ich will einen Anwalt.«

»Einen Anwalt?«, wiederholte Napper amüsiert und legte sich schon eine passende Antwort zurecht. Eileen war darauf gefasst, einschreiten zu müssen, doch im selben Moment kamen die beiden Polizisten zurück in die Küche und retteten Niall vor seiner scharfen Zunge. Einer der jungen Constables trug die Armbrust. Unter hochgezogenen Augenbrauen warf Eileen Rossiter einen Blick zu; ihre Art, »Nun mach was!«, zu sagen.

»Zugegeben, der Junge ist eben ein Hitzkopf«, setzte Rossiter an, »aber er hat niemand was getan. Lasst ihn gehen. Ich rede mit dem Typen von nebenan, werd 'n Bier mit ihm trinken und die Sache aus der Welt schaffen. Niall wird sich bei ihm entschuldigen, nicht wahr, Junge?«

Niemand beachtete ihn. Napper postierte sich hinter Nialls Stuhl und legte ihm beide Hände auf die Schultern. »Niall Rossiter, ich nehme Sie fest wegen Verdachts auf tätliche Bedrohung und wegen Besitzes einer gefährlichen Waffe. Sie werden zum Revier verbracht, dort wird formell Anklage erhoben und dann werden Sie dem Haftrichter vorgeführt.«

Niall wurde über seine Rechte belehrt, einer der Constables legte ihm Handschellen an und führte ihn dann ab. Eileens Herz formte sich zu einem Klumpen. Bis sie ihren Sohn wieder sah, konnten gut zwei Tage vergehen. Napper würde dafür sorgen, dass er in Untersuchungshaft blieb und nicht auf Kaution freikam. Das würde ihm den Rest geben. Niall besaß nicht die Stärke seines Vaters oder die Härte eines Wyatt. Die sechs Monate in Pentridge hatten aus ihm einen verschlagenen, bösartigen Typen gemacht, wenn das meiste auch nur aufgesetzt war. Dieses permanente Zucken mit dem Kopf und den Schultern, das Flackern in seinen Augen – es brach ihr das Herz. Sie hasste es, das mit ansehen zu müssen; kaum auszudenken, was eine erneute Haftstrafe für Niall bedeuten würde.

Zehn

Es zog sich hin; doch dank der ihm eigenen Ruhe und Erfahrung konnte Napper den Richter irgendwann davon überzeugen, dass Niall Rossiter ein Sicherheitsrisiko darstellte. Nichts anderes hatte er erwartet. Untersuchungshaft. Napper war überaus zufrieden mit sich.

Auf dem Rückweg schaute er kurz bei Tina vorbei. Sie reagierte nicht auf sein Klingeln, also öffnete er die Tür mit seinem Schlüssel und schob seine beiden Kollegen in die Küche. Bier war im Kühlschrank. In aller Ruhe tranken sie jeder eine Dose und gingen zurück zum Streifenwagen. In dieser schmalen Straße, zwischen all den unscheinbaren Hondas und Corollas, verfehlte der seine Wirkung nicht. Kühl, weiß, mit drohenden schwarzen Ziffern und Unheil verkündenden blauen und roten Signalleuchten auf dem Dach – die Anwohner, zumeist Lehrer, Anwälte, Studenten, Vegetarier, konnte man damit mächtig einschüchtern. Napper quetschte sich hinter das Lenkrad und fuhr mit quietschenden Reifen davon.

Sein Schreibtisch auf dem Revier stand inmitten anderer, identischer Schreibtische in einem voll gestopften Büro. Die Kollegen, mit denen er den Raum teilen musste, hatten sich in die hintere Ecke, vor die Milchglasfenster verzogen und brüllten vor Lachen. Ein Sergeant in Zivil rief ihm zu: »Hey, Nap, das musst du dir ansehen!«

Napper ging hinüber zu ihnen. Auf einer Bank lagen mehrere Fotos. Ein junger Weißer, nackt in einem Sessel, mit der rechten Hand umschloss er seinen Penis, die linke lag leicht verdreht auf einem aufgeschlagenen

Pornoheft. Sein Gesicht war verzerrt, angeschwollen durch den Druck des Nylonseils um seinen Hals, das an einem Haken weiter oben an der Wand endete. Der zerwühlte Kelim unter seinen Fersen wies auf einen heftigen Todeskampf hin. Napper betrachtete die Bilder eingehend und sah dann hoch in die erwartungsvoll grinsenden Gesichter seiner Kollegen. Er würde sie nicht enttäuschen. »Ist er gekommen?«

Der Sergeant in Zivil schlug ihm auf den Rücken. »Hat sich stranguliert, bevor er abspritzen konnte.«

Allgemeine Häme, dann widmete man sich wieder den Fotos. »Die Eltern haben das arme Schwein gefunden«, sagte der Sergeant. »Wir sollen jetzt den Mörder ihres Sohnes finden.«

Napper schüttelte den Kopf und ging zum Schreibtisch. Unglaublich, wie naiv Eltern sein konnten. Er hatte gerade eine Akte aufgeschlagen, als sein Telefon läutete. Sein Anwalt mit Neuigkeiten, die Napper die Stimmung verdarben. Der Tag war gelaufen. »Was soll das heißen, es ist ihr Recht?«

»Das was ich eben gesagt habe«, erwiderte der Anwalt. »Laut Gesetz haben sie das Zugriffsrecht auf Steuererstattungen, um so an ausstehende Unterhaltszahlungen zu gelangen.«

»Wie? Das müssen Sie mir erklären.« Er schickte einen wütenden, verbitterten Blick durch die Leitung.

»Das Jugendamt darf über das Finanzamt Steuererstattungen einziehen.«

»Saubande.« Ungehalten starrte er auf das Bild der Queen an der Wand. Es war übersät mit Fliegendreck. Bei den Royals lief auch nicht mehr alles rund, nur dass man sie nicht zur Ader ließ wie ihn. »Ich liebe meine

Kleine«, sagte er in den Hörer. »Ich würde ihr nie etwas vorenthalten. Bin einfach nur spät drangewesen.«

»Ich habe Ihnen doch erklärt, was passieren kann, Nap. Nächstes Mal werden die noch wesentlich unangenehmer auftreten. Es hat Fälle gegeben, bei denen das Jugendamt per gerichtlicher Anordnung den Verkauf von Immobilien erwirkt hat, um fällige Unterhaltszahlungen einzutreiben. Man kann Sie zwingen, Ihr Haus zu verkaufen, Ihren Wagen ... «

»Saubande«, wiederholte Napper, um im barschen Ton fortzufahren: »Hören Sie, ich hab ihr letztens erst fünfhundert Dollar überwiesen.«

»Aber das wird denen nicht reichen. Schließlich schulden Sie ihr neuntausend.«

»Woher soll ich's nehmen? So viel verdiene ich nicht. Meine Güte, ich fahre einen fünfzehn Jahre alten Holden! Strengen Sie sich an. Legen Sie denen ein paar Zahlen vor.«

Der Anwalt blieb skeptisch. »Ich werde tun, was in meiner Macht steht. Aber Zahlen kann man nicht unendlich strapazieren. Ich sag's noch mal, sie haben starke Verbündete. Als Nächstes könnten sie Ihnen das Girokonto sperren. Erst neulich musste jemand bei Gericht die Abrechnungen seiner Visa Card offen legen. Es hat sich herausgestellt, dass er sich und seinem Schwanz zweimal die Woche einen Besuch im Puff gönnt, beim Jugendamt aber auf die Tränendrüse drückt, wenn es um seine Finanzen geht.«

Das erbärmliche Dasein anderer unterhaltspflichtiger Väter interessierte Napper nicht im Geringsten. »Tun Sie Ihr Möglichstes«, sagte er und hängte auf.

Während der nächsten zehn Minuten starrte er auf

seinen Aktenberg. Um halb vier ging er in die Garderobe, tauschte seine Arbeitskluft gegen helle Stretchjeans und Flanellhemd und meldete sich ab. Zwei seiner Kollegen mussten seinen Holden anschieben und gegen viertel vor vier stand er in einer Seitenstraße in Fitzroy, einen Feldstecher in den Händen. Da war sie, sein kleines Mädchen, am Rand eines Schwimmbeckens, acht Jahre alt, eine richtige Wasserratte in einem roten ›Speedo‹: Rein ins Wasser, raus aus dem Wasser; mal landete sie auf dem Bauch, mal auf dem Rücken, fröhlich und unermüdlich, so wie die anderen kleinen Frösche um sie herum. Napper spürte einen Kloß im Hals.

Er setzte das Fernglas ab und Roxanne wurde ein kleiner rot leuchtender Punkt in der Landschaft, einer eingezäunten Grünanlage mit Sonnenhungrigen auf den Rasenflächen, einem Kinderbecken und dem normalen Schwimmbecken dahinter. Seine Exfrau brachte Roxanne jeden Nachmittag hierher. Napper hatte nicht lange gebraucht, um das herauszufinden. Wer sollte ihm verbieten, hin und wieder einen Blick auf sein eigen Fleisch und Blut zu werfen? Er hob den Feldstecher erneut und ein Schrecken durchfuhr ihn. Roxie hatte sich wehgetan. Mit gesenktem Kopf stand sie da, umgeben von ihren kleinen Kameraden, und alle Aufmerksamkeit war nun auf ihr rechtes Knie gerichtet. Doch von einer Minute zur anderen strahlte sie wieder und alles war in Ordnung.

Er lehnte sich in seinem Sitz nach hinten und leerte eine Dose Foster's. Es kam ihm so vor, als sei der Innenraum des Holden der heißeste Platz in Melbourne – die erbarmungslose Sonne hinter der Windschutzscheibe und die Wärme der Auspuffanlage, die durch die offenen Roststellen im Boden zu ihm hineindrang. Draußen, auf der Alexander Parade, staute sich der Verkehr in Richtung Schnellstraße. Erst vier Uhr nachmittags und doch hatten die Dreckskerle bereits Feierabend. Nicht zum ersten Mal schoss es Napper durch den Kopf, wie sehr das Land verlotterte.

Und ob was faul war in einem Staate, in dem es einer Frau möglich war, ihrem Exmann finanziell das Mark aus den Knochen zu saugen, wohingegen ihm nicht mal gestattet wurde, sein Kind zu sehen. Napper schloss die Augen, um die Erinnerungen daran auszublenden, wie sie und ihr Anwalt ihn vor dem Familiengericht mit Dreck beworfen hatten. Was würde er darum geben, alles stehen und liegen lassen zu können, um sich für den Rest seines Lebens irgendwo in Europa herumzutreiben. Er sah es buchstäblich vor sich: herrliche Strände, das spiegelglatte Meer, heiße Luder oben ohne, die italienisch oder französisch zwitscherten, eiskalte Longdrinks unter Cinzano-Schirmen. Es gab da nur ein Problem: Dafür brauchte man Kohle, die er nicht hatte. Was ihm zur Verfügung stand, reichte nicht mal mehr für die Markenklamotten, die zu tragen Roxanne inzwischen gewöhnt war. Dank ihrer Mutter.

Er hob das Fernglas für einen letzten Blick auf seine Tochter. Ihre Schulterblätter, der drollige, rundliche Bauch, die langen Beine – Himmel, er konnte es nahezu spüren, wie sich ihr weicher Körper unter seinen Umarmungen verschämt wand.

Viertel nach vier. Die Kinder verschwanden in der Umkleidekabine.

Napper beugte sich nach vorn, drehte den Zündschlüssel und lauschte, ob noch Leben in der Batterie war, als plötzlich mehrere Frauen seinen Holden umstellten und mit feuchten Handtüchern auf das mitgenommene Vehikel einschlugen. Napper konnte es nicht fassen. Er quälte sich hinter dem Lenkrad hervor und stieg aus. »Was zum Teufel geht hier vor?«

»Perverses Schwein«, schrie eine Frau. Seine Exfrau war die Anführerin und hatte die anderen Mütter aufgehetzt. »Per-ver-se Sau, per-ver-se Sau«, skandierten sie und klatschten dabei die Handtücher gegen den Wagen. Napper hob seine Pranke. »Haut ab oder ich lass euch einsperren, so schnell, dass euch Hören und Sehen vergeht.«

»Oh, ein wichtiger Mann«, raunten die Frauen und fielen dabei in einen heiseren Bariton.

»Mensch, Josie, sei doch vernünftig!«

»Zahl deinen Unterhalt, dann bin ich auch vernünftig«, erwiderte seine Exfrau.

»Ja, gib's ihm!«, riefen die anderen und zogen sich langsam zurück, gespannt, was er als Nächstes zu tun gedachte. Auf keinen Fall gedachte er, sich die Blamage einer streikenden Batterie zu bereiten. Er ließ sie alle stehen und ging zur Tankstelle an der Ecke.

ELF

Am selben Nachmittag stand Wyatt am Fenster des ersten Stocks eines Antiquariats und observierte geduldig das London Hotel auf der gegenüberliegenden Seite. Gegen viertel vor vier verließ er seinen Posten und überquerte die Straße. Zierbäume in großen Terrakottatöpfen flankierten die Eingangstür zum Hotel; einen davon nutzte er als Deckung und konnte so unbemerkt die Lobby und die Rezeption überblicken. Der Portier telefonierte. Die Uniform schien zu groß für diesen dürren Körper und der angespannte Gesichtsausdruck zeugte ebenso von Nervosität wie die linke Hand, die unablässig an den Krawattenknoten griff. Die Lobby war menschenleer. Wyatt überlegte, wie er es am besten anstellte. Ginge er jetzt hinein, würde der Mann ihn sehen und ihm hinterherlaufen. Zweifellos existierten Seiten- und Hintereingänge, aber die musste man erst einmal finden, und das kostete Zeit.

In diesem Moment fuhren zwei Taxis vor. Mehrere junge Frauen stiegen aus. Alle trugen Anzüge mit wattierten Schultern und hatten weiße Konferenzmappen im Arm. Er trat einen Schritt zurück und beobachtete, wie sie die Lobby betraten. Die eine oder andere hatte ihm einen viel sagenden Blick zugeworfen, als seien sie trunken von dem hektischen Tag und an dessen Ende noch bereit für ein Abenteuer.

Wyatt verfolgte, wie sie sich an der Rezeption ihre Zimmerschlüssel geben ließen. Er nutzte diese Gelegenheit und betrat ebenfalls das Hotel. Während die Frauen an der Rezeption noch aufgeregt durcheinander plapperten, widmete sich Wyatt scheinbar intensiv einem Drehgestell mit Prospekten über die Sehenswürdigkeiten Melbournes. Nachdem die Frauen verschwunden waren, trat er an die Rezeption und öffnete seinen Blouson.

Der Blick des Portiers fiel auf die .38er. Der Mann schloss die Augen und versuchte, Haltung zu bewahren.
»Ist alles zu Ihrer Zufriedenheit, Sir?«

Wyatt schwieg.

Er sah in die vor Schreck weit aufgerissenen Augen und wartete.

Es sollte nicht lange dauern.

»Ich hab doch nur meinen Job gemacht«, murmelte der Portier.

Wyatt ging nicht darauf ein. »Du hast eben telefoniert und dabei nicht sehr glücklich ausgesehen.«

Der Portier schluckte. »Ja.«

»Warum?«

»Nehmen Sie es bitte nicht persönlich«, sagte der Mann. »Aber ich hatte Anweisung, Sie zu beobachten.«

Wyatt versuchte es noch einmal. »Das weiß ich. Ich möchte wissen, worum es bei dem Telefonat ging.«

»Sie haben jede Viertelstunde angerufen, um zu hören, ob Sie eingetroffen sind.«

»Und jetzt bin ich hier« sagte Wyatt und sah auf seine Uhr. »Es ist genau vier. Wann hast du Feierabend?«

»Gleich. Meine Schicht geht von acht bis vier.«

»Aber gestern Nacht hattest du auch Dienst.«

»Man hat mich gebeten, Extraschichten zu übernehmen.«

»Um ein Auge auf mich zu haben?«

»Ja, genau.«

»Steht hier noch jemand auf der Gehaltsliste? Noch jemand, der ein Auge auf mich haben soll?«

Der Mann schüttelte den Kopf. »Außer mir niemand«, erwiderte er im kläglichen Tonfall.

»Ich muss jetzt meine Sachen holen.«

Leichte Panik machte sich im Gesicht des Mannes bemerkbar. »Ich hatte Anweisung, alles aus Ihrem Zimmer zu räumen, nachdem Sie heute Morgen aufgebrochen sind.«

»Und ... hast du dich an die Anweisung gehalten?«

Der Portier nickte. »Ja. Es ist alles draußen.«

»Wo?«

»In meinem Zimmer. Dort hinten.«

»Wir werden jetzt noch ein wenig plaudern, bis deine Ablösung kommt.«

Der Mann schluckte wieder. »Und dann?«

»Das hängt ganz von dir ab. Im Moment musst du nur so tun, als wär ich ein Kumpel, der dich auf einen Drink abholen will.«

Kurz darauf erschien die Spätschicht. Wyatts Mann nahm die Krawatte ab, schlüpfte in eine Nylonjacke und führte Wyatt dann durch dunkle Gänge zu seinem winzigen Zimmer, das neben der Küche lag. Irgendwo ratterte eine Klimaanlage und es roch nach verdorbenen Lebensmitteln. Als sie vor der Tür standen, zögerte der Mann. Wyatt half mit seiner .38er nach. »Wenn es dich tröstet, ich hab nicht vor, dich umzulegen«, sagte er. »Allerdings könnte sich das schnell ändern.« Der Portier ließ die Schultern sinken und öffnete die Tür.

Die Unterkunft atmete den Geruch von Armut. An den Wänden ein trostloser Ölanstrich, billige Farbe, schlecht gemischt und mehr als nachlässig aufgetragen, so dass die darunter liegende grüne Schicht durchschimmerte. An der einen Wand befand sich ein Schrank aus Press-Span mit einem trüben Spiegel, daneben ein mit Firnis bearbeiteter Schreibtisch. Eine Weltkarte fungierte als Schreibunterlage. In einer Ecke stand ein abgewetzter Sessel, in der anderen eine einfache Stereoanlage. Offensichtlich hatte der Deckel des Plattenspielers in früheren Zeiten als Aschenbecher herhalten müssen, so übersät war er mit dunklen Brandflecken. Der Titten-und-Ärsche-Kalender an der Wand war zwei Monate im Rückstand. Als Motiv für den Monat Juli hatte man sich für gebräunte Pobacken entschieden, unbeholfen aufgepeppt mit gelblichen Sandkörnern, die an der Haut klebten. Wyatt stieß den Mann in den schäbigen Sessel. Er selbst setzte sich ihm gegenüber aufs Bett, die Hand mit der Waffe lässig zwischen den Knien. »Wie heißt du?«, fragte er.

Der Mann machte den Mund auf und wieder zu.

»Philip«, antwortete er schließlich.

»Philip oder Phil?«

»Ist egal.«

Wyatt war es nicht egal. Es gehörte nun mal dazu, wenn der Mann sich entspannen, wenn er das Gefühl bekommen sollte, er sei jemand und werde ungeachtet der Umstände ernst genommen. »Was wäre dir lieber?«

»Philip.«

»Also gut, Philip. Ich möchte von dir nur ein paar Informationen.«

»Man wird mich umbringen.«

»Wieso sollte man? Wieso sollte überhaupt jemand erfahren, dass wir uns unterhalten haben?«

Philip schwieg und dachte nach. »Was wollen Sie wissen?«

»Du hast mich erkannt, korrekt?«

Philip nickte und senkte den Blick.

»Woher wusstest du, dass ich es war? Wer gab dir den Auftrag, Ausschau nach mir zu halten?«

»Sie wurden gesehen, als Sie vor ein paar Tagen in Melbourne angekommen sind. Man hat Sie beschattet. Die wussten genau, wo Sie eingecheckt haben.«

»Die«, wiederholte Wyatt, »wen meinst du mit *die*?«

Philip sah ihn an. »Die aus Sydney.«

»Das Syndikat?«

Philip nickte.

»Arbeitest du für sie?«

»Ich doch nicht. Sie haben mir fünfhundert Dollar gegeben. Dafür sollte ich die Augen offen halten, Informationen liefern, solche Sachen eben.«

Wyatt lächelte kühl. »Fünfhundert Dollar. Und jetzt kommen dir Zweifel, ob du dich mit zu wenig hast abspeisen lassen, nicht wahr, Philip? Ob dein Leben nicht doch mehr wert ist. Ist es nicht so, Philip?«

»Was wissen Sie denn schon?«, entfuhr es Philip und er legte plötzlich los, sprach über seine Ängste, beschrieb das Syndikat als eine Bastion der Gemeinheit und Niedertracht. Als er sich das von der Seele geredet hatte, fragte Wyatt: »Wusstest du, dass ein Kopfgeld auf mich ausgesetzt ist?«

»Vierzigtausend Dollar«, erwiderte Philip mit leicht süffisantem Grinsen. Um dieses bereits im Ansatz zu ersticken, rückte Wyatt die .38er ins Blickfeld, spielte mit dem Abzug, so lange, bis der kecke Ausdruck aus Philips Gesicht gewichen war. Wyatt ließ die Waffe wieder sinken. »Von wem erhältst du deine Anweisungen? Von Kepler aus Sydney?«

»Keine Ahnung. Ich hab nur eine Telefonnummer, die ich anrufen muss.«

»Kennst du ihre Adresse in Melbourne?«

Philip sah Wyatt direkt in die Augen. »Ich weiß nicht, wo die hier stecken. Hören Sie, schlagen Sie sich diese Leute aus dem Kopf. Sie handeln sich nur 'ne Menge Ärger ein.«

Doch Wyatt hatte nicht die Absicht, sich irgendetwas oder irgendwen aus dem Kopf zu schlagen. Im Gegenteil. Mit dem Syndikat im Nacken konnte er die Operation gegen die Mesics nicht durchziehen. Unmöglich, ein

Team zusammenzustellen, solange vierzigtausend Dollar den Ehrgeiz selbst des kleinsten Ganoven anstachelten.

Er stand auf. In Philips Gesicht spiegelte sich allmählich die Hoffnung wider, noch mal davongekommen zu sein. Wyatt wusste auch das sofort auszulöschen. »Ich weiß, wo ich dich finden kann, Philip«, sagte er emotionslos.

ZWÖLF

Wyatt musste irgendwo übernachten und er musste sicher nach Sydney gelangen; das eine wie auch das andere konnte am Syndikat scheitern. Zwar nahm er nicht an, dass sie schlagkräftig genug seien, jede Absteige, jeden Fahrkartenschalter zu observieren, dennoch wollte er es nicht auf einen Versuch ankommen lassen. Er schlug die Zeit mit einem Kinobesuch tot, dann fand er eine abseits gelegene Bar, gönnte sich einen Scotch und dachte nach. Einen Wagen zu leihen kam nicht in Frage; zehn Stunden hinterm Steuer, um in einen verunglückten Tanklaster zu rasen oder Opfer irgendwelcher Crashkids zu werden, für die der Kick darin bestand, Geisterfahrer zu spielen. Deshalb war auch Trampen keine Alternative, deshalb und weil er die Kontrolle ungern anderen überließ, wenn er unterwegs war. Er könnte sein Aussehen verändern, doch dazu brauchte er ein Schlupfloch und Zeit; beides stand ihm nicht zur Verfügung. Fliegen war unmöglich – gerade die Schalter der Fluggesellschaften würden im Mittelpunkt der Anstrengungen des Syndikats stehen. Wenn er nicht so knapp bei Kasse wäre, könnte er ein Flugzeug chartern und so die üblichen Formalitäten umgehen, aber es war Ebbe und das Wenige brauchte er, um den Schlag gegen die Mesics zu finanzieren. Blieben also nur Bus und Bahn. Das setzte jedoch voraus, dass niemand vom Personal auf der Gehaltsliste des Sydney-Mobs stand.

»Noch mal das Gleiche, Sir?«, fragte die Barfrau.

Völlig in Gedanken, starr wie ein Monolith, nahm er sie kaum wahr. Er konnte schließlich nicht nach Sydney laufen oder schwimmen, geschweige denn mit den Armen flattern oder sich dorthin beamen. Er ging nochmals alle Optionen durch, vielleicht hatte er etwas übersehen.

Er hatte! Wyatt zwinkerte mit den Augen und lächelte.

»Nein! Sollte doch Leben auf dem Mars sein?«, rief die Barfrau aus.

Wyatt entging nicht, dass sie ihn danach beobachtete, die Gläser polierend, eine Augenbraue nach oben gezogen, bereit für ein kleines Geplänkel mit ihm. Vermutlich geht sie mit jedem Gast so um, dachte er, das ist ihr sicher zur zweiten Natur geworden. Irgendwie ließ ihn das Gefühl nicht los, dass ihre kecke, lockere Art aufgesetzt und Teil ihres Jobs war. Doch sie schien ihn wirklich nett zu finden, und je weiter der Abend voranschritt, desto mehr fühlte er sich zu ihr hingezogen. Als er ihr schließlich zugrinste, drückte ihr Gesicht Neugier und Erwartung aus. Ein sympathisches Gesicht, hübsch, und es verriet Humor. Eine Stunde später wusste er, wo er übernachten würde.

Sie hieß Marion und lebte in der komfortablen Unvollkommenheit eines Weatherboard-Hauses in East Preston. Der Boden gab unter Wyatts Schritten bedenklich nach und ging er an einer Tür vorbei, so öffnete sich diese wie von Geisterhand. Doch seit einer Stunde lief die Heizung auf vollen Touren und große Kissen und helle Stoffe taten ein Übriges, dem Haus eine warme, behagliche Atmosphäre zu verleihen. Ungelenke Kinderzeichnungen hingen an der Kühlschranktür, obwohl Marion, die jetzt im Kerzenschein Tee zubereitete, nichts von einem Kind erwähnt hatte. Während sie in der Küche hin und her lief, berührte sie immer mal wieder Wyatts Arm. Sie schien offen, unkompliziert, aber vor allem stellte sie keine Fragen.

Erst als sie sich auf dem Sofa an ihn kuschelte, kam es eher beiläufig: »Bist du auf der Flucht?«

Er starrte sie an. »Wie kommst du darauf?«

»Kein Auto, du reist mit leichtem Gepäck. Außerdem machst du auf mich nicht den Eindruck, als wärst du völlig abgebrannt oder zu geizig, um dir ein Hotelzimmer zu leisten.« Sie sah ihn eindringlich an. »Ich denke schon, dass du gerne die Nacht mit mir verbringen möchtest, aber du brauchst auch eine Bleibe für heute, und zwar eine sichere.«

Er zuckte mit den Schultern, doch sie legte ihm eine Hand auf die Brust als Zeichen, dass Erklärungen überflüssig seien. »Das macht mir nichts aus«, sagte sie. »Ich weiß, dass du in Schwierigkeiten steckst. Aber ich vertrau einfach darauf, dass keins deiner Probleme dich bis hierher zu mir verfolgt.«

Hinterher, in ihrem großen Bett, schlief sie sofort ein und er, auf einen Ellbogen gestützt, betrachtete sie eine Weile und mit einem Male erschien es ihm äußerst fragwürdig, dass er sich freiwillig ständig diesem Druck aussetzte.

Als er am anderen Morgen – es war Mittwoch – aufstand, schlief sie noch. Er duschte, zog sich an, aß etwas Toast und trank einen Kaffee. Selbst als er ihren Nacken zum Abschied sanft berührte, wurde sie nicht wach, als fühlte sie sich völlig sicher und geborgen. Er nahm ihre Autoschlüssel und hatte gerade eine kurze Mitteilung hingekritzelt, als er das Quietschen des Gartentors hörte.

Wyatt erstarrte. Es blieb ihm keine Zeit zum Handeln, denn ein Schlüssel drehte sich im Schloss der Eingangstür und ein Mann schob ein kleines Kind ins Haus. Sollte das der Vater sein, dann war er einer von der humorlosen Sorte; verschlafen, das rotblonde Haar ungekämmt, unrasiert und bekleidet mit offensichtlich nagelneuen Stretchjeans, die in Bauch und Genitalien schnitten. Er warf seinem Sohn einen Turnbeutel und feuchte Bettwäsche vor die Füße. »Mal sehen, was deine Mutter zur Abwechslung dazu sagt.«

Erst jetzt bemerkte er Wyatt und schlagartig verdüsterte eine Mischung aus Ignoranz und Gehässigkeit seine Miene. »Na großartig. Ein tolles Beispiel für mein Kind.«

Er warf die Tür hinter sich ins Schloss und war verschwunden. Wyatt und der Junge starrten einander an. Wyatt probierte es mit einem Lächeln, doch es erstarb, als der Junge anfing zu keuchen. Der schmale Brustkorb hob und senkte sich, verzweifelt versuchte die Hand die Kordel der Jacke am Hals zu lockern – der Kleine mochte kaum älter sein als acht, doch er schien dem Tode nah.

»Hast du Medikamente?«, fragte Wyatt.

Nur mit Mühe drehte der Junge sich um und deutete auf den Turnbeutel. Wyatt öffnete den Reißverschluss. Zwischen der schmutzigen Wäsche fand er das Asthmaspray, eine hellblaue Plastikflasche, in etwa so groß wie der gekrümmte Daumen eines Mannes.

Der Junge riss ihm die Flasche aus der Hand, schob sich das gekrümmte Ende in den Mund und fing an, gierig zu inhalieren. Er stand ganz still, mit geschlossenen Augen, dann schwankte er plötzlich und Wyatt packte ihn mit beiden Händen an der Taille. Für einen kurzen Moment überkamen ihn unbekannte Gefühle. Zuneigung und Anteilnahme.

»Besser?«

Der Junge nickte.

»Willst du dich zu deiner Mum ins Bett legen?«

Wieder nickte der Junge. Wyatt nahm ihn an die Hand und ging mit ihm über den bedenklich schwankenden Boden im Flur.

Dreizehn

Eine Stunde später wartete Wyatt auf den Zug nach Sydney. Da nicht auszuschließen war, dass das Syndikat den Bahnhof in Melbourne observierte, hatte er sich für eine Station außerhalb der Stadt entschieden, an der der Zug halten würde. In Wodonga würde er aussteigen und den Rest der Fahrt mit dem Bus zurücklegen. Sein Ziel war nicht der Hauptbahnhof von Sydney, sondern Strathfield. Er trieb sich am Ende des Bahnsteigs herum. Sollte ihm irgendetwas verdächtig erscheinen, konnte er hier zwischen den Schuppen und Waggons, aber auch hinter den Stapeln ausrangierter Gerätschaften problemlos abtauchen.

Der Zug fuhr ein. Wyatt ging zu seinem Platz. Den Kragen hochgeschlagen, das Gesicht den endlosen Weiten zugewandt, die hinter dem Fenster vorbeizogen, döste er vor sich hin.

Er ließ sein Ticket entwerten, ohne mit dem Schaffner auch nur einen Blick zu tauschen. Niemand sprach ihn an. Niemand hatte das Bedürfnis, ihn anzusprechen.

Um 21.15 Uhr traf der Bus aus Wodonga in Strathfield ein. Wyatt war nicht der Einzige, der ausstieg. Er wartete auf sein Gepäck und mischte sich dann unter das Kommen und Gehen auf dem Busbahnhof. Niemand hielt ihn auf, niemand pöbelte ihn an. Kein Rufen oder Pfeifen, das ihm galt, keine Hand, die ihn berührte.

Gemächlichen Schrittes verließ er den Busbahnhof. Erst sollte sich der Trubel etwas legen. Die Atmosphäre gab ihm neue Kraft, es roch nach Sydney – der anregenden Duft von Risiko und Leichtsinn. Nachdem der erste Andrang vorüber war, ging er zurück zum Gebäude. Ein einsames Taxi stand am Halteplatz.

»Dachte schon, ich krieg keinen mehr ab«, begrüßte ihn der Fahrer.

»Na dann haben Sie ja Glück gehabt«, erwiderte Wyatt leichthin. Glück lag in der Luft. Er konnte es förmlich spüren, wenngleich er sich sagte, dass derartige Empfindungen völlig absurd seien.

»Newtown.«

»Newtown«, wiederholte der Fahrer, erstaunt darüber, dass sein Fahrgast in diesem Falle nicht am Busbahnhof in der Innenstadt ausgestiegen war. Sie fuhren durch Vororte mit viel Grün und roten Ziegeldächern. Der Lorbeer blühte. Die agilen Silhouetten einiger Skater glitten im Mondlicht dahin, selbstbewusst kurvten garagengepflegte Wagen ausländischer Marken durch den Verkehr, dazu die sich sanft windenden Straßen zu Füßen der an Hängen gelegenen Vororte – nach der flachen Einöde Melbournes wirkte das hier wie ein Stimulans. Wyatt atmete tief durch und ließ sich in den Sitz zurückfallen. »Fahren Sie hier irgendwo ran«, sagte er, als sie schließlich Newtown erreicht hatten. Er zahlte und stieg aus.

Er ging direkt zum Broadway. Überall Menschen, die gerade aus Restaurants, Pubs oder von Imbissbuden kamen. Einige Lebensmittelläden und Videotheken hatten noch geöffnet. Er schob sich vorbei an einer Gruppe Angetrunkener, die in bester Stimmung mit einem fliegenden Schmuckhändler über die Preise verhandelten und ihre Finger nicht von seiner auf schwarzem Samt ausgelegten Ware lassen konnten. Hinter der nächsten Kreuzung sah Wyatt das Dorset Hotel, den Ort, den Rossiter ihm genannt hatte.

Als er an dem Nachtcafé gegenüber dem Dorset vorbeikam, machte sich sein leerer Magen bemerkbar. Er ging hinein, bestellte Foccacia und Kaffee, setzte sich hin und beobachtete das Hotel. Das Beobachten geschah aus reiner Routine; Probleme erwartete er nicht.

Dreißig Minuten später war er überzeugt davon, dass die Luft drüben rein war. Er bezahlte und ging über die Straße. Durch die massive Eingangstür des Hotels gelangte man in eine Lobby von den Ausmaßen eines Tennisplatzes. An einem Ende standen zwei Clubsessel, die auf einen Kamin und ein altes Fernsehgerät ausgerichtet waren. Zwar lief das Fernsehbild, der Ton aber war abgestellt. Am anderen Ende, direkt neben der breiten Treppe, befand sich eine auf Hochglanz polierte Rezeption. Aus den Fächern dahinter baumelte ein gutes Dutzend Schlüsselanhänger. Die Hotelangestellte rauchte eine Zigarette, blätterte in einer Zeitschrift und erinnerte irgendwie an Sybil Fawlty aus ›Fawlty Towers‹. Der Rauch ihrer Zigarette vermochte den Geruch nach Holzpolitur nicht völlig zu überlagern. Das Dorset war eine solide, gepflegte, wenn auch in die Jahre gekommene Herberge. Das erkannte man auf den ersten Blick. Die niedrige Decke wurde von Säulen gestützt, die in regelmäßigem Abstand gesetzt waren, Binderfarbe an den Wänden und ein dezent schimmernder dunkler Fußboden. Wyatt wollte zu den öffentlichen Fernsprechern in der Ecke; um nicht von der Frau an der Rezeption bemerkt zu werden, ging er an der Seite entlang. Es gab drei Telefone, installiert in geräumigen altmodischen Kabinen mit pneumatischen Türen aus Holz und Glas. Er schlüpfte in die erste Kabine, suchte sich die Nummer des Dorset heraus und wählte.

Er sah, wie die Frau den Hörer abhob, dann hatte er ihre Stimme im Ohr: »Dorset Hotel. Was kann ich für Sie tun?«

»Ich habe eine Nachricht für Frank Jardine«, sagte Wyatt. »Könnten Sie ihm bitte ausrichten, dass der Wagen in fünf Minuten vor dem Hotel stehen wird?«

»Ich will nur kurz nachschauen, ob er auf dem Zimmer ist.« Sie drehte sich zu den Fächern um. »Ja, er ist da. Welchen Namen soll ich notieren?«

»Er erwartet mich«, sagte Wyatt knapp, legte auf und trat einen Schritt zurück, um besser beobachten zu können, was jetzt geschehen würde. Sollte sie erneut zum Hörer greifen oder auf andere Weise signalisieren, dass Jardine mehr war als ein gewöhnlicher Gast, wäre er sofort verschwunden. Doch die Frau machte sich nur eine Notiz und rief etwas. Eine Schwingtür neben der Treppe wurde aufgestoßen und ein älterer Mann erschien auf der Bildfläche. Wyatt sah, wie er die Notiz nahm und sich anschließend die Treppe hochmühte. Kurze Zeit später kehrte er zurück, wechselte einige Worte mit der Frau und verschwand wieder durch die Schwingtür. Danach spielte sich nichts mehr in der Lobby ab. Wyatt stellte sich vor, wie Jardine wegen der merkwürdigen Botschaft ins Grübeln geriet und vorsichtshalber schon mal nach seiner Waffe tastete. Jardine würde das schon verkraften. Doch bevor er mit ihm sprach, wollte Wyatt ganz sicher sein, dass das Dorset keine unangenehmen Überraschungen für ihn bereithielt.

Fünf Minuten später verließ er die Telefonkabine und bewegte sich im Schutze der Säulen auf die Treppe zu.

Bereits auf halbem Wege zu Jardines Zimmer kitzelte der Lauf einer Waffe sein Rückgrat. Er blieb abrupt stehen. »Du hast es immer noch drauf«, sagte Wyatt.

»Stimmt. Im Gegensatz zu dir. Meine Güte, ist dir eigentlich klar, Kumpel, dass ein Kopfgeld auf dich ausgesetzt ist?«

»Einer der Gründe, weshalb ich hier bin«, sagte Wyatt, während er sich langsam dem Mann zuwandte, der einst sein Freund war.

Vierzehn

»Das Hotel hat einen Hintereingang«, erklärte Jardine. »Von da bin ich zum Broadway, hab den Eingang des Hotels eine Weile im Auge behalten und bin dann zurück.«

»Du hast es immer noch drauf«, bemerkte Wyatt noch einmal.

Jardine lehnte sich zurück. »Nicht schwer zu erraten, warum du so an meinen Fähigkeiten interessiert bist.«

Sie saßen in Jardines Mini-Suite, einem Wohnzimmer mit einem kleinen Balkon davor und gleich daneben das

Schlafzimmer. Wyatt hätte wetten können, dass Jardine das Bad am Ende des Flurs benutzte, seine Wäsche in der Waschküche im Keller wusch und die Mahlzeiten im Café gegenüber einnahm. Jedenfalls war das vor zwölf Jahren sein bevorzugter Lebensstil gewesen, als er seine Zelte im Norden Melbournes, in einem Hotel ähnlich wie diesem, aufgeschlagen hatte. Seinerzeit war der eine oder andere Coup auf ihr gemeinsames Konto gegangen – ein Goldbarrenraub, drei Überfälle auf Provinzbanken und dann der ultimative Job überhaupt, bei dem sie sämtliche Exponate einer Juwelenausstellung geraubt und im Anschluss eine Art Finderlohn mit der Versicherung ausgehandelt hatten. Wyatts Privatleben in jenen Tagen war mehr als eingeschränkt gewesen, logisch, dass er sich auch nicht für das Privatleben Jardines interessiert hatte. Als der Hals über Kopf aus Melbourne verschwunden war, weil er, wie er erklärte, eine Luftveränderung brauche, hatte Wyatt das kaum mehr als ein Schulterzucken entlockt. Später erst hatte er erfahren, dass Jardine verlobt gewesen war und dass ein Jugendlicher diese Verlobte mit einem gestohlenen Wagen überfahren hatte.

Wyatt ließ sich einen Scotch einschenken. Er sagte: »Cheers«, und kam so einer Frage Jardines zuvor.

Der nickte ihm zu. Beide nippten nur an ihrem Drink. Wyatt war kein passionierter Trinker und hoffte, dass auch Jardine sich nicht zu einem solchen entwickelt hatte. Eigentlich gab es dafür keinen Hinweis. Die grauen Augen sprachen von Vorsicht und Einsamkeit, nicht aber von Verzweiflung, und den Räumen sah man an, dass bei ihrer Gestaltung nicht alles dem Zufall überlassen wurde. Im Wohnzimmer nahm ein Bücherregal eine gesamte Wand ein. Offensichtlich bevorzugte Jardine Biographien, Literatur zur Zeitgeschichte und Berichte über Expeditionen. Romane gab es nicht. Auf einem zweiten Regal hatten die Stereoanlage, ein Videorecorder und ein kleiner Fernseher ihren Platz. Daneben lagen einige CDs – klassische Musik, Jazz, Folk. Der abgenutzte Teppichboden verschwand zum Teil unter einem Perserteppich. Die Sessel hatten Überwürfe und der, in dem Wyatt saß, war bequem und keineswegs durchgesessen. An der einen Wand hing eine Landschaftsfotografie von Ansel Adams, an der anderen hingen Lithografien mit Motiven aus den frühen Tagen Sydneys. In der Ecke sah man einen offenen Rollsekretär, davor einen Stuhl mit hoher Lehne. Der Sekretär beherbergte ein Durcheinander aus Briefumschlägen und Papieren. Ein Marmeladeglas diente als Behälter für Schreibutensilien. Neben der Schreibtischlampe stand die Fotografie einer verhalten in die Kamera lächelnden jungen Frau.

Das Zentrum des Raumes jedoch war ein kleiner Apple auf einem Tischchen. Wyatts Blick wanderte wieder zu Jardine. »Schreibst du deine Memoiren?«

Die ganze Zeit hatte Jardine ihn mit traurigem Gesichtsausdruck fixiert, als wollte er Wyatts Gedanken lesen und sie nachvollziehen können. Nun aber war da sein offenes, ungezwungenes Lächeln, das selten seine Wirkung auf Mitmenschen verfehlte. »Ich setze gern auf Pferdchen«, erklärte er. »Die Zauberkiste hilft mir, die Gewinnchancen zu erhöhen.«

Wyatt gab sich keine Mühe, auch nur das geringste Interesse zu heucheln. »Ist Kepler immer noch der Kopf des Syndikats?«, fragte er unvermittelt.

»Ja, und er erfreut sich bester Gesundheit«, erwiderte Jardine und sein Lächeln erlosch.

»Ich muss ihn sprechen.«

Jardines hageres, zerfurchtes Gesicht hatte etwas von einem knorrigen Ast; es zeigte keine Regung, als er sagte: »Was dich betrifft, Kumpel, glaube ich kaum, dass er an einer Unterhaltung interessiert ist.«

Wyatts Mundwinkel zuckten. »Das wird sich ändern.«

Jardine ließ ihn nicht aus den Augen; er war geradlinig, ernsthaft und verlässlich – hervorragende Eigenschaften für einen Safeknacker und Bankräuber. Wenn er sprach, kamen die Worte sanft und leise über seine Lippen. »Ich operiere nur noch im Hintergrund«, sagte er und meinte damit, dass er Pläne für Leute erstellte, die diese Pläne zwar umsetzen konnten, selbst jedoch nicht in der Lage waren, sie zu entwickeln. »Das könnte hilfreich sein«, bemerkte Wyatt.

»Du willst ihn zuerst ein paar Mal bluten lassen?«

»Richtig.«

»Und in der Zwischenzeit freust du dich, dass ich's immer noch drauf habe.«

»Wieder richtig.«

Jardine nippte noch einmal an seinem Scotch, dann stellte er das halb volle Glas ab und schob es weg. »Ich muss in dieser Stadt leben.«

»Vielleicht reichen ja ein paar Informationen.«

»Andererseits«, fuhr Jardine fort, »gibt es Tage, da vermisse ich die alten Zeiten.«

In seine Augen stahl sich dieses gewisse Funkeln. Wyatt kannte es von früher, es besagte, dass Jardine sofort erkannte, ob ein Job sich lohnte oder nicht. Er ließ es unkommentiert, Jardine sollte von sich aus erklären, ob er mit von der Partie war. »Erzähl mir mehr über das Syndikat.«

»Wir sprechen von Sydney, Kumpel. Hier sind die Dinge geregelt, anders als das Durcheinander unten im Süden. Die Cops werden geschmiert und es gibt weit und breit keine Amateure, die andern die Gebiete streitig machen. Ein Zweig des Syndikats kontrolliert den Autodiebstahl in den westlichen Vororten, der andere verkauft Koks an Straßendealer. Außerdem läuft da was mit Diamanten.«

»Und Kepler?«

»Er ist der Abgott des Establishments oben an der Küste.« Jardine zählte an den Fingern ab: »Er hat eine große Anwaltskanzlei, ein Anwesen direkt am Meer und seine Frau ist das, was man eine Dame der Gesellschaft nennt. Er ist Mitglied in allen wichtigen Clubs und kennt die richtigen Leute, den Generalstaatsanwalt, den Polizeichef und ein paar Nationalisten von der ALP Right eingeschlossen. Er gibt sich, wie einer vom Geldadel sich eben gibt, ist charmant, gebildet, weiß, was Etikette ist, und oben an der Küste kriegen alle weiche Knie wegen dieses vornehmen Gangsters in ihrer Mitte.«

»Seine glatte Oberfläche interessiert mich nicht. Ich will wissen, was sich dahinter verbirgt.«

»Dahinter verbirgt sich ein brutaler Charakter. Er räumt Leute einfach so aus dem Weg, weil sie ihm hinderlich sind oder weil er an dem Tag gerade einen Migräneanfall hat. Seine Frau prügelt er mit Bedacht, damit es keine Blessuren gibt, und die meiste Zeit verbringt er in seinem Penthouse in Darling Harbour, um von dort aus das Syndikat zu leiten.«

»Wie alt ist er?«

Jardine überlegte. »Um die sechzig. Aber so schnell zieht der sich nicht zurück. Kepler ist ehrgeizig und versucht, seine Leute nach Victoria zu schleusen.«

»Ein paar von denen habe ich kennen gelernt.«

Beide verfielen in Schweigen. Wyatt arbeitete bereits an einer konkreten Vorstellung von Kepler und seiner Organisation und suchte nach Schwachstellen. Es kam ihm vor, als habe Jardine angebissen. Wyatt würde nur schwer auf ihn verzichten können, schließlich handelte es sich bei Jardine um einen Kenner der Szene in Sydney, er wusste über das Syndikat Bescheid und er kannte Melbourne in und auswendig. Vor allem aber beherrschte er sein Fach und man konnte ihm vertrauen – sofern Wyatt überhaupt in der Lage war, jemandem zu vertrauen. »In gewisser Hinsicht kann man dem Syndikat leichter zu Leibe rücken als einem Seven-Eleven an der Ecke.«

Jardines Bemerkung verriet Wyatt, dass ihre Überlegungen in dieselbe Richtung gingen.

»Inwiefern?«, fragte er.

»Sie rechnen nicht mit Problemen durch Freelancer«, erklärte Jardine. »Jungs wie du rauben Banken aus, die von der Organisation sind für die illegalen Geschäfte zuständig. Alles ist fein säuberlich aufgeteilt. Die eigentlichen Gegner des Syndikats sitzen bei den Behörden und der Polizei und um die hat man sich gekümmert. Hier und da ein paar Tausender, die den Besitzer wechseln, und schon fühlt man sich sicher.«

»Hm!«, sagte Wyatt.

Jardine nahm sein Glas zur Hand, betrachtete es und stellte es wieder ab. »Zwei Bedingungen. Erstens, mein Name bleibt draußen. Zweitens, was dein Duell mit Kepler betrifft, das ist allein deine Sache.«

Wyatt schob nun seinerseits seinen Scotch zur Seite. »Einverstanden.«

»Jetzt zum Wesentlichen«, sagte Jardine, »mir sind zwei, drei Operationen des Syndikats bekannt, mit denen wir anfangen könnten.«

»Ich hab wenig Zeit«, warf Wyatt ein, »und noch weniger Geld, eine größere Sache zu finanzieren.«

»Hör zu, Kumpel«, erwiderte Jardine, »mit diesen ganz speziellen Sachen beschäftige ich mich schon seit Jahren.« Er zuckte entschuldigend mit den Schultern. »Nur Interesse halber, wenn du verstehst, um nicht aus der Übung zu kommen. Der springende Punkt dabei ist, sie sind relativ simpel, man muss nicht viel investieren, weder finanziell noch zeitlich oder organisatorisch – «

»Wann?«

»Morgen früh legen wir los.«

FÜNFZEHN

Mittwoch, am späten Nachmittag, erschien eine Mitarbeiterin der Justizvollzugsanstalt und eröffnete Ross und Eileen, dass ihr Sohn bis zu Prozessbeginn im Untersuchungsgefängnis in Bolte sitzen werde. Sie ließ die messingfarbenen Schlösser ihres neuen braunen Aktenkoffers aufschnappen und fügte hinzu: »Für zirka sechs Wochen.«

Der Aktenkoffer passte nicht zum Rest ihrer Erscheinung. Eileen sah sich den Rock der Frau genauer an. Er war aus Searsucker, offenbar ständig im Einsatz und demzufolge zu häufig gewaschen worden. Dazu trug sie ein weißes T-Shirt, dessen Aufdruck die Gefährdung des Regenwaldes anprangerte, und eine ausgeblichene Jeansjacke. Keinen Schmuck. Zu allem Überfluss präsentierte sie die Druckstellen und Hühneraugen ihrer krummen Zehen in offenen Schuhen. Mit einem Einkommen von ungefähr vierzigtausend Dollar im Jahr sollte es dieser Frau nicht schwer fallen, ein wenig mehr auf ihr Äußeres zu achten. Immerhin hatte sie es mit Publikum zu tun. Fand Eileen und verschränkte die Arme über ihrem üppigen Busen. »Bolte?«, fragte sie.

Die Frau schob eine Informationsbroschüre über den Küchentisch. »Private Anstalt. Existiert erst seit drei Monaten.«

Eileen sah Ross fragend an. Der saß auf einem Küchenstuhl, den rechten Arm angewinkelt auf der Rückenlehne, mit dem linken langte er nach dem Aschenbecher auf dem Tisch. Er schnippte einen Zentimeter Asche weg, führte die Zigarette wieder an die Lippen, nahm einen tiefen Zug und blies den Rauch in Form eines Ringes in Richtung Decke. Er würde ihr nicht beispringen. Zwar hörte er sich an, was die Frau zu erzählen hatte, aber Eileen führte das Regiment, also hatte er zu schweigen. Außerdem war seine Stimmung seit Nialls Verhaftung äußerst düster und er stand kurz davor, sich von seinem Sohn zu distanzieren.

»Es wird von einem Privatunternehmen geführt«, sagte die Frau, »so wie die Anstalten in Queensland.«

Eileen überflog die Broschüre. Gefällige Fotografien von lang gestreckten, schmalen Gebäuden, die in Form eines Sechsecks angeordnet waren, in der Mitte ein Geflecht gesicherter Gehwege; ein paar dunkle Flecken stellten vermutlich Bäume dar und einige launige Zeilen sollten die Philosophie der Institution erläutern. Das Geld kam von US-amerikanischen und australischen Investoren.

»Öfter mal was Neues«, bemerkte Eileen unbeeindruckt. »Und wie sind die Schließer in so einer Anstalt?«

Die Frau faltete ihre kleinen Hände im Schoß und machte ein strenges Gesicht: »Wir bezeichnen sie nicht als Schließer, es sind – «

»Schließer ist Schließer«, stieß Rossiter aus, im selben Moment erschrocken über seine Eigenmächtigkeit. Sogleich fiel ihm Eileen ins Wort. »Wann können wir ihn sehen?«

»Morgen Vormittag, falls Ihnen das passt.«

Ross passte es nicht, also fuhr Eileen am nächsten Morgen allein mit dem VW los. Das Bolte Untersuchungsgefängnis lag westlich der Stadt, inmitten einer begrünten Ebene und in unmittelbarer Nachbarschaft von erschlossenem Bauland, auf dem zwischen Reklametafeln, sich schlängelndem jungfräulichem Asphalt und nicht enden wollenden Bändern neuer Randsteine leer stehende Häuser wie Pilze aus dem Boden schossen. Doch es gab durchaus bewohnte Grundstücke mit Wäschespinnen hinter den Häusern, Autos in Garagen oder Dreirädern auf Rasenflächen. Eileen vermutete, dass man etwas zu sagen haben musste, wenn man in der Nähe eines Gefängnisses wohnte.

Als Erstes sah sie den Stacheldraht, der oben am Sicherheitszaun angebracht war und dessen Glitzern in der Sonne ihr beinahe boshaft erschien. Sie passierte mehrere Innenzäune, schwere Tore und dann lagen die flachen Gebäude vor ihr, mit Wellblech gedeckt und mit Gittern vor den Fenstern. Alles war neu, überall gab es nur Metall, kein Holz, geschweige denn nennenswerte Grünanlagen. Doch was sie wirklich abstieß, war der Stacheldraht; sie konnte buchstäblich spüren, wie er sich um ihren Körper schlang und in ihre Haut stach. Schier endlos wickelte er sich oben um alle Zäune und wand sich zu Füßen der Gebäude, als habe jemand die Büchse der Pandora geöffnet. Es kostete sie achtundvierzig Minuten, um in den Besucherraum zu gelangen. In der Anstalt selbst reihte sich eine Tür an die Nächste, alle massiv und mehrfach gesichert. Dann ein Heer von Schließern: Es gab Schließer, die Besucher begleiteten, Schließer, die Summer betätigten, Schließer, die in Handtaschen herumschnüffelten, die Besucher abtasteten und mit Metalldetektoren an ihnen entlangfuhren. Alle wirkten sie mehr tot als lebendig, gleichzeitig aber verschlagen und gefährlich. Sie waren übergewichtig, und wenn sie sprachen, dann mit englischem Zungenschlag. Einer von ihnen strich gelangweilt mit dem Metalldetektor über den Messingstutzen eines Feuerlöschschlauches und der durchdringende Alarmton raubte Eileen den letzten Nerv. Er wiederholte es insgesamt zehnmal, während Eileen darauf wartete, in den Besucherraum gelassen zu werden. Jede Menge Leute warteten ebenfalls, und aus einem unerfindlichen Grund schien sie dieser Marterton nicht im Geringsten zu stören.

Endlich drinnen, setzte sie sich an einen der Plastiktische; Plastik, ein Material, mit dem man nur schwer jemandem den Schädel einschlagen konnte. Ehefrauen, Freundinnen, ganze Familien bevölkerten den Besucherraum. Forschen Schrittes, einen verächtlichen Zug um die Lippen, so betrat Niall den Raum. Doch als er seine Mutter sah, bekam die Fassade Risse und Eileen erkannte die Angst dahinter. In Bolte waren einige von seiner Sorte, eine Bruderschaft von Skinheads, was Eileen hoffen ließ, dass es Leute gab, die ihn beschützten. Dennoch, es blieben Zweifel, schließlich war er gerade mal einundzwanzig. Wie die meisten Insassen trug Niall Shorts, blaue Stutzen, Arbeitsschuhe und einen braunen Blouson. Sie beugte sich vor und gab ihm einen Kuss. »Hallo, mein Junge.«

»Nett, dass wenigstens du hier auftauchst. Mein alter Herr konnte sich wohl nicht aufraffen.«

»Er beruhigt sich schon wieder.«

»Scheint 'n lausiges Gedächtnis zu haben. So oft wie der im Knast gesessen hat – «

»Trotzdem könntest du versuchen, ihn zu verstehen, Junge. Was hat dich nur geritten, mit dieser Armbrust herumzufuchteln?«

»Der Scheißkanake hat's nicht anders gewollt.«

Eileen gab es auf. »Eigentlich hätten sie dich auf Kaution rauslassen müssen.«

Niall verzog das Gesicht. »Ich steh das nicht durch, Mum. Nicht noch einmal.« Er packte ihren Arm und flüsterte: »Können wir nicht Wyatt ans Messer liefern? Ich meine, der Alte muss das doch nicht mitkriegen. Scheiße, Wyatt ist so viel wert wie wir alle hier zusammen und die Hälfte der Knackis in Pentridge dazu.«

Eileen griff nach seiner Hand. Auch sie hatte schon mit diesem Gedanken gespielt.

»Er plant doch wieder einen Coup«, fuhr Niall fort. »Der ist nicht nur vorbeigekommen, um sich zu entschuldigen und über alte Zeiten zu labern.«

Eileen war völlig im Bilde, was Wyatts Pläne betraf. Ross hatte es ausgeplaudert. Die warme, intime Atmosphäre ihres Schlafzimmers spät in der Nacht hatte wieder einmal seine Zunge gelöst; Ross liebte es, dieses Gemurmel am Ende eines Tages, kurz vor dem Einschlafen, nachdem sie sich geliebt hatten, wenn er, an sie geschmiegt, seine Hoffnungen und Zweifel mit ihr teilen konnte. Es war ein fester Bestandteil ihrer Beziehung, seit ihrer ersten gemeinsamen Nacht. Sie unterdrückte ihre Schuldgefühle und sagte: »Wahrscheinlich hast du Recht.«

»Pass auf, sprich mit Napper«, Nialls Worte überschlugen sich förmlich, »sag ihm, ich will sofort hier raus, sag ihm, ich will eine Bewährungsstrafe.«

»Wäre es nicht besser, wenn du mit ihm sprichst?«

»Nein, Herrgott noch mal.« Niall lehnte sich zurück und verschränkte die Arme. »Wenn ich das mache, ist mein Ruf gleich im Arsch. Die andern halten mich doch sofort für einen Verräter, wenn ihnen zu Ohren kommt, dass er hier gewesen ist. Dann wach ich irgendwann mal mit 'nem spitzen Gegenstand im Leib auf. Nein, Mum, das musst du machen.« Eileen schloss die Augen und stellte sich einen Kugelschreiber vor, unter dessen Clip eine Rasierklinge steckte, dann eine Gabel aus der Kantine, deren Griff durch eifriges Schleifen zu einer scharfkantigen Waffe mutiert war. Das Krächzen eines Lautsprechers drängte sich zwischen ihre Visionen. Zwar konnte man kaum etwas verstehen, doch als die Häftlinge aufstanden und die Schließer wieder in den Besucherraum kamen, wusste Eileen, dass die Besuchszeit um war. »Kein Wort davon zu Dad!«

»Mum«, sagte Niall, »du musst Napper überzeugen, so schnell wie möglich.«

Sie verließ die Anstalt. Die Verzweiflung in Nialls Augen, das Zittern in seiner Stimme machten sie mutlos, so dass der Anblick der vielen Türen und Tore, dass jeder einzelne dieser trägen Wärter, die hier als menschliche Wesen durchgingen, ihr um so verhasster wurden.

SECHZEHN

Vor gerade mal zwei Tagen war Napper als Erstes mit den unangenehmen Neuigkeiten seines Anwalts konfrontiert worden, dann mit der Handtuchattacke einer Horde Frauen und heute Morgen nun, auf dem Revier, war es der Anwalt seiner Exfrau, der ihn anrief, um ihn an den Gerichtsbeschluss zu erinnern und daran, dass er mit neuntausend Dollar im Rückstand war. Jetzt klopfte Napper an eine Haustür in Richmond, ein Akt, von dem er sich einen Zuschuss zur Reduzierung seiner Verbindlichkeiten erhoffte.

Das Haus gehörte einem gewissen Malan und schien ein Hort der Verbote und Warnhinweise zu sein. Schilder mit der Aufschrift ›Zutritt untersagt‹ oder ›Videoüberwacht‹ prangten am Tor und am Zaun, an den Fenstern und an sämtlichen Türen, und glaubte man dem Geräusch, das gerade von innen zu hören war, dann war die Haustür dreifach gesichert. Als ob das Junkies abschrecken könnte, dachte Napper und wartete geduldig.

Malan öffnete die Tür. Schmächtig, leicht ergraut, die Lippen in dem keilförmigen Gesicht zu einem traurigen Schmollmund verzogen – Napper hatte immer den Eindruck, dass dieses Gesicht unvollständig war, in seinen Proportionen nicht stimmig. »Stadtrat Malan höchstpersönlich!«, rief Napper. »Genau zu dem wollte ich.«

Malan sah ihn argwöhnisch an. »Worum geht's?«

»Business.«

Malan trat beiseite und ließ Napper herein. Drinnen war es heiß und es roch abgestanden. An der Schwelle zu einem der Zimmer tauchten vier Katzen auf, neugierig, wer da gekommen sei. Nappers Blick fiel auf den Läufer im Flur; er war voller Katzenhaare. Malan ging voran und führte seinen unverhofften Gast in einen Raum am Ende des Flurs. Erst nachdem Napper sich in einen Sessel hatte fallen lassen, nahm Malan selbst Platz. »Was wollen Sie?«

»Ich weiß nicht, ob Sie sich noch an unsere kleine Unterhaltung erinnern«, sagte Napper, »neulich, auf der Spendenparty für die ALP.«

»Ich erinnere mich.«

Malans Tonfall klang bissig, misstrauisch. Napper hob beschwichtigend die Hand. »Kein Grund zur Panik, alter Freund. Ich bin nicht hier, um Sie festzunehmen.«

»Es war lediglich eine Unterhaltung«, sagte Malan. »Außerdem hatte ich getrunken. Sie haben also nichts gegen mich in der Hand.«

Napper sah sich in dem abgedunkelten Zimmer um. »Ein bisschen Tageslicht könnte nicht schaden.« Betont gelangweilt fuhr er mit den Fingern durch einen Stapel Prospekte und Zeitschriften, der neben seinem Sessel in einem Zeitungsständer lag. »Ach ... was haben wir denn da?« Er hielt ein Flugblatt hoch, auf dem »Stoppt die Asiatenflut!« stand.

»Das wurde unter der Tür durchgeschoben«, murmelte Malan.

»Natürlich.«

Malans Gesichtsausdruck verdüsterte sich. »Spucken Sie's aus, Napper.«

Napper stemmte die Ellenbogen auf die Knie und stützte den Kopf in die Hände. »Wissen Sie noch, wie Sie mir erzählt haben, dass Eddie Ng genügend Stimmen bekommen wird, um Bürgermeister zu werden?«

Malan nickte kurz.

»Nun, ich hab mal 'n Blick in unsere Käseblätter geworfen, hab ein wenig die Ohren aufgesperrt und ich schätze, Sie liegen richtig.«

»Diesen Boatpeople gehört schon die halbe Victoria Street«, rief Malan aufgebracht, »und jetzt wollen sie auch noch regieren!«

»Genau. Ich meine, wo soll das hinführen?«, zischte Napper.

Malan schwieg. Sie sahen sich an. Napper ergriff als Erster wieder das Wort. »Wie stehen Ihre Chancen, Bürgermeister zu werden, wenn Ng aus dem Rennen ist?«

»Gut. Sehr gut.«

Napper lehnte sich zurück und versuchte, die Hände hinter dem Kopf zu verschränken, doch das beeinträchtigte die Blutzufuhr, also ließ er es bleiben und beugte sich wieder nach vorn. »Ich hab noch mal drüber nachgedacht, was Sie gesagt haben. Diese Geschichte mit der Angstkampagne.«

»Das war doch nur Gerede.«

»Nein, war es nicht. Sie und ich, wir beide beobachten die Entwicklung mit Sorge. Schließlich bin ich hier aufgewachsen und genau wie Sie will ich nicht, dass hier alles vor die Hunde geht.«

Malans lange Finger wanderten ständig in die Hosentaschen und wieder hinaus, als suchten sie eine Art Anker. »Was haben Sie vor?«

»Eddie Ng hat ein Restaurant an der Ecke Church Street«, sagte Napper. »Sie selbst haben erzählt, wie er durch die Gegend spaziert und die Herzen ihm nur so zufliegen. Wir sollten dafür sorgen, dass ihm das Grinsen vergeht.« Napper unternahm einen neuen Anlauf, die Arme zu verschränken. »Ich bin dabei.«

»Es reicht nicht, wenn ihm das Grinsen vergeht. Er muss von seinem Amt zurücktreten.«

»Und wir überzeugen ihn von der Notwendigkeit. Ein Anschlag, ohne Warnung, aus heiterem Himmel – er wird die Botschaft schon verstehen. Wenn nicht, schicken wir eine Zweite hinterher.«

Malan sah ihn lange an. »Und Sie persönlich ... was versprechen Sie sich davon?«

Nichts Besonderes, nichts Weltbewegendes, sagte Nappers Blick. »Die Ordnung ist wieder hergestellt, die Weißen sind dort, wo sie hingehören, nämlich oben. Und dann wären da noch die dreitausend Dollar, die Sie erwähnt haben.«

»Es war nie die Rede von dreitausend Dollar!«

»Doch, mein Freund, genau davon war die Rede. Ich hab mir sofort eine kleine Notiz in meinem Büchlein gemacht.« Napper betonte jede einzelne Silbe.

»Mal angenommen, ich hätte die dreitausend für Sie – was schlagen Sie vor? Ihn zusammenzuschlagen? Eine Bombe hochgehen zu lassen in seinem Laden? Er wohnt direkt über dem Restaurant.«

»Sein Wagen«, sagte Napper. »Die Leute hängen nun mal an ihren Autos. Man verursacht einen Haufen Kummer, wenn man eins beschädigt. Das Restaurant ist zu riskant, es könnten zu viele Leute verletzt werden.«

»Und wie soll es vonstatten gehen?«

»Eine kleine Sprengladung.«

»Mit einem Zeitzünder?« Malan beugte sich mit leuchtenden Augen nach vorn. »Ein Funksignal!«

»Zu umständlich«, widersprach Napper. »Quecksilber. Auf diese Weise löst das Opfer die Explosion selbst aus.«

»Wie das?«

»Wir wollen doch erreichen, dass ihm der Schrecken so richtig in die Knochen fährt, oder?«

Malan nickte.

»Zwei kleine Kleckse Quecksilber, im Kofferraum zum Beispiel, ein wenig Sprengstoff plus Zünder und Batterie. Die Zielperson steigt in das Fahrzeug und durch die Bewegung fließt das Quecksilber ineinander. Die elektrische Verbindung ist hergestellt und wumm! Genial daran ist, dass die Explosion durch das Einsteigen ausgelöst wird. Ihm geschieht nichts, allenfalls fliegt die Klappe vom Kofferraum hoch. Aber er wird sich vor Angst in die Hosen scheißen.«

»Zeitpunkt?«

»Sobald ich die Kohle habe«, sagte Napper.

»Und woher weiß ich, dass das keine abgekartete Sache ist?«

Napper sah ihn eindringlich an. Seine Stimme war ruhig und fest, als er sagte: »Ich will ganz offen zu Ihnen sein – ich brauche das Geld. Außerdem sind mir diese Schlitzaugen einfach zuwider.« Er redete sich mit einem Mal in Rage. »Zum Teufel mit denen! Ich wurde sogar zu einem Lehrgang verdonnert, damit ich lerne, mit diesen Schweinehunden angemessen umzugehen. Können Sie sich das vorstellen?«

»Dreitausend Dollar.«

»Ich komm Ihnen entgegen. Die eine Hälfte jetzt, den Rest, wenn die Sache gelaufen ist. Was halten Sie davon?«

Er wollte weder Kaffee noch Tee, stattdessen drängte er Malan, die Sache so schnell wie möglich anzupacken. Gemeinsam verließen sie das Haus und gingen zur Westpac in der Bridge Road. Mit fünfzehnhundert Dollar in der Tasche war Napper eine halbe Stunde später wieder zurück am Arbeitsplatz.

Gegen dreizehn Uhr wurde ein Gespräch zu ihm durchgestellt. Eine Frau sagte: »Ich möchte Sergeant Napper sprechen.«

»Am Apparat.«

Die anfänglich resolute Frau schwieg. »Was kann ich für Sie tun?«, fragte Napper.

»Hier ist Eileen Rossiter.«

»Er sitzt in Untersuchungshaft, Eileen. Ich konnte nichts für ihn tun. Auf diese Dinge hab ich keinen Einfluss.«

»Ich weiß. Ich war gerade bei ihm.«

Sie schwieg erneut, also nahm Napper den Faden auf. »So ist nun mal der Lauf der Dinge, Eileen.«

»Wie stehen seine Chancen, auf Bewährung rauszukommen?«, brach es aus ihr heraus. »Ich meine, hat er überhaupt noch eine?«

»Theoretisch nicht. Man könnte versuchen, ein gutes Wort oder so für ihn einzulegen. Aber es müsste schon triftige Gründe dafür geben, verstehen Sie?«

»Vielleicht könnte ich Ihnen welche liefern«, erwiderte Eileen.

»Zum Beispiel?«

»Informationen.«

»Hängt von der Qualität dieser Informationen ab.«

»Oh, die Qualität ist überzeugend.« Eileens Stimme klang jetzt selbstsicher und bestimmt.

»Steckt Ihr Mann dahinter? Hat er was gehört?«

»Ross hat nichts damit zu tun. Halten Sie ihn da raus.«

Napper grinste in sich hinein, wohl wissend, dass er ihren wunden Punkt getroffen hatte. »Nur Sie und ich und der Telefonmast, hab ich Recht, Eileen? Wann können Sie herkommen?«

»Zu euch komm ich mit Sicherheit nicht!«

Napper wusste, dass sie das genau so meinte. Er hatte nur ihr Fauchen hören wollen. »Wir können uns auch irgendwo anders treffen. Heute Nachmittag?«

»Die Lounge-Bar im Barleycorn, vierzehn Uhr«, sagte Eileen Rossiter. Klick. Sie hatte aufgelegt.

Das Barleycorn schied aus zwei Gründen aus. Der Erste war recht simpel: Eileen hatte nicht einmal daran gedacht nachzufragen, ob ihm Ort und Zeit recht seien. Zweitens: Er traf sich dort regelmäßig mit einem seiner Informanten. Vielleicht ließ sich Eileen Rossiter ebenfalls rekrutieren; in dem Fall wollte er sie nicht gerade an diesem Ort treffen.

Er verließ die Polizeistation und betrat vierzig Minuten vor der vereinbarten Zeit die Lounge-Bar des Barleycorn. Als er sah, dass Eileen noch nicht da war, ging er zurück zu seinem Wagen. Sie kam um kurz vor zwei. Niemand folgte ihr. Napper lief hinüber zu einer Telefonzelle auf der anderen Straßenseite, rief im Barleycorn an und ließ sich mit der Lounge-Bar verbinden. »Ich bin bei Ihnen mit einer Bekannten verabredet. Eileen Rossiter. Um die fünfzig, kurze dunkle Haare.«

»Ist eben gekommen. Möchten Sie sie sprechen?«

»Könnten Sie ihr bitte ausrichten, dass wir uns im Café gegenüber treffen. Allerdings werde ich mich eine halbe Stunde verspäten.«

Dann setzte er sich wieder in sein Auto. Kurz darauf verließ Eileen das Barleycorn und überquerte die Straße. Angesichts ihres runden Gesichts und ihrer ausladenden Formen hätte Napper wetten können, dass sie Plunderstücke und eine Tasse Kaffee einem Drink im Barleycorn allemal vorzog. Nachdem sie im Café verschwunden war, stieg er aus dem Wagen und machte sich auf den Weg.

Sie beugte sich gerade über die Glasvitrine und betrachtete die Torten und Kuchenstücke, als er eintrat. Sie spürte seinen Blick, richtete sich auf und musterte ihn. »Sie haben mich beobachtet.«

In der Hoffnung, dass Schweigen sie verunsichern könne, blieb Napper ihr die Antwort schuldig. Doch sie schnaubte nur verächtlich. »Sie sind 'ne echte Lachnummer. Kaffee? Eine Kleinigkeit zu essen?« Und ohne seine Reaktion abzuwarten, bestellte sie zwei Cappuccino, ein Aprikosenplunder und eine Quarktasche. Dann führte sie ihn zu einem Tisch in der Ecke.

Sie waren die einzigen Gäste. Der Duft des Kaffees erinnerte Napper daran, dass er noch nicht zu Mittag gegessen hatte. Eileen lächelte ihn an und klopfte auf die Sitzfläche eines Stuhls. Eine einladende Geste, die Napper verwirrte. Offensichtlich war sich Eileen ihrer Sache sehr sicher. Aus irgendeinem Grunde fragte er sich, wie es wohl sei, sie zu berühren. Sicherlich, sie trug gerade ziemlich dick auf, dennoch ging etwas aus von ihr, etwas beinahe Unwiderstehliches. Um ihr den Wind aus den Segeln zu nehmen, sagte er: »Ich kann nichts versprechen.«

»Natürlich nicht.«

Napper schwieg. Der Ball lag in ihrem Spielfeld. Er konnte nur abwarten, wie sie ihn spielen würde.

»Folgender Deal«, sagte sie, »Niall kommt auf Kaution raus, vielleicht ist auch Bewährung – «

»Unmöglich.«

»Okay, dann wenigstens Kaution. Im Gegenzug bekommen Sie einige aufschlussreiche Informationen.«

»Was für Informationen?«

»Zuerst der Deal.«

»Ich kann doch hier nichts zusagen, ohne zu wissen, worum es geht. Ich will was von Bedeutung, nicht den Namen von irgendeinem Typen, der Radkappen klaut.«

»Also gut. Hier ist ein Name. Mesic.«

Das irritierte Napper. Was seine Person betraf, war er Realist. Ein einfacher Bulle, der gerade mal so durch die Prüfungen geschrammt war, um Sergeant zu werden, das war er; er machte Dienst in Uniform und gehörte nicht zu den smarten Jungs in Zivil. Und der Name Mesic sagte ihm so gut wie gar nichts. »Was hat das mit mir zu tun?«

»Jemand will denen ans Leder.«

»Ach was.«

Und so erfuhr er, wer den Mesics ans Leder wollte, und dieser Name sagte ihm schon mehr. Es war der Name eines Mannes, der dem Bullen eine Menge Lorbeeren bescherte, der diesen Mann hinter Gitter brachte.

Siebzehn

Stella Mesic fuhr sicher und zügig. Solange sie sich durch die Straßen der Stadt schlängelten, hielt Bax seine Finger im Zaum. Dann kam die Auffahrt zur Schnellstraße. Kaum Verkehr. Von draußen drang das Raunen des Fahrtwindes herein, und Bax sagte leise: »Zieh dein Höschen aus.«

Sie lachte auf, es war eher ein kurzes, raues Bellen, doch Bax' Aufforderung erzielte den gewünschten Effekt. Es sollte sie erregen. Er beobachtete, wie sich ihr Körper straffte, wie sie sich zurücklehnte und tief einatmete. Kurz darauf hob sie ihren Hintern an, leichte Baumwolle streifte Haut und Bax vernahm das zarte Plop! von Elasthan. Ein paar Kilometer weiter spürte er den Geschmack ihrer Geilheit in seinem Mund und ihre Finger, die sich in seinem Haar vergruben. Der Wagen rollte im Schritt-Tempo. »Woher wusstest du, dass ich auf so was stehe?«, fragte sie und zog sanft seinen Kopf nach oben.

»Ich wusste es eben.«

»Sicher. Ist ja auch eine ganz normale erotische Phantasie.«

»Ist es nicht. Wir sind es, du und ich, Stella. Als würde sich alles mit uns neu erfinden.«

Sie trafen sich nicht mehr bei ihm; das Risiko im Hause der Mesics wollte er nicht länger eingehen und da Stella Motels als billig empfand, hatte sie ein Apartment in South Yarra angemietet. Sie konnten sich gerade so auf den Beinen halten vor Erregung, als sie dort aus dem Auto stiegen, und kaum in der Wohnung, fielen sie auch schon übereinander her.

Als sie völlig erschöpft auf dem Bett lagen, sagte Stella: »Lass mal sehen, wie dein Gesicht jetzt aussieht.« Sie drehte seinen Kopf am Kinn erst nach rechts, dann nach links und runzelte die Stirn. »Tja, vielleicht ein klein wenig entspannter.« Dann strich sie mit den Fingern über die Partie unter seinen Augen. »Nicht mehr ganz so müde, oder?«

Bax fühlte sich innerlich wie befreit. Das gelang ihm nur, wenn er mit ihr zusammen war. Er wurde gelassener, sein Selbstwertgefühl bekam einen Schub und ihn überkam das Bedürfnis, ihr intime Nichtigkeiten zu sagen. Seine Lippen an ihrem Hals, murmelte er zärtliche Worte. Sie reckte sich träge und diese langsamen, geschmeidigen Bewegungen erinnerten Bax an eine Katze. Ihre weichen Arme, die vollen Lippen und die gebräunten Beine, all das sorgte für ständigen Aufruhr in seinem Schritt.

»Was hat Victor vor?«

»Nicht jetzt.«

»Doch, Stella, jetzt.«

Unwillig setzte sie sich auf. »Wir liegen uns immer noch in den Haaren. Bis jetzt ist überhaupt nichts geklärt. Er zieht in die eine Richtung, wir in die andere. Alles wie gehabt.«

Bax drehte sich auf die Seite und streichelte gedankenverloren ihren Bauch, als dieses nahezu perfekte Bild seiner schmalen Hand auf ihrer schimmernden Haut ihn plötzlich in den Bann zog. Beide beobachteten jetzt die gleichmäßigen, fordernden Bewegungen der schlanken Finger. »Wird er sich durchsetzen, das ist die Frage.«

Stella hielt seine Hand fest. »Hast du gewusst, dass der Alte ihn regelrecht in den Sattel gehoben hat? Nicht genug, dass er ihm die Ausbildung in den Staaten ermöglicht hat, nein, er hat Victor hier den Weg geebnet, damit der später in seine Fußstapfen treten kann.«

»Und was sagt Leo dazu?«

»Das genau ist der Punkt. Leo wird mit Bargeld und ein paar Immobilien abgespeist und Victor bekommt den Rest und somit die ganze Macht. Was mich betrifft, ich bin nur eine Frau, Leos Frau. Dem alten Karl war ich völlig schnuppe. Einmal hat er mich sogar als Hure bezeichnet.«

Bax rollte sich auf die andere Seite und richtete sich auf. »Glaubst du, dass Leo klein beigibt und sich Victor fügt?«

»Davon geh ich aus. Auf der einen Seite hasst Leo seinen Bruder, auf der anderen bewundert er ihn.«

»Du musst ihn weiter bearbeiten.«

»Ich bearbeite ihn, seit wir verheiratet sind. Ach was, länger! Wäre ich nicht gewesen, hätte er schon vor seinem Vater kapituliert. Meistens hört er ja auf mich, aber er ist nun mal leicht zu beeinflussen und ich kann nicht rund um die Uhr ein Auge auf ihn haben. Victor hat große Pläne und das beeindruckt Leo schon.«

Bax schüttelte sein Kissen auf und schob es sich in den Rücken. »Und ... was ist dran an diesen großen Plänen?«

»Victor behauptet, er und diese Casino-Typen aus Las Vegas sind so miteinander.« Sie hob die rechte Hand und kreuzte Zeige- und Mittelfinger. »Er sagt, die hätten hier ein paar Staatsdiener reichlich geschmiert. Mit anderen Worten, würde unsere Familie investieren, könnten wir mit legalem Glücksspiel einen Riesengewinn machen.«

Bax beugte sich zu ihr hinüber und griff ihr unter das Kinn. Ohne zu blinzeln, starrte er erst in das eine, dann in das andere Katzenauge Stellas. »Und wie siehst du die Sache?«

Nur einen Hauch von Zweifel, ein Zögern, sei es auch noch so klein, und er hätte die Sache hingeschmissen.

Doch Stella packte sein Handgelenk, dann umschlang sie seinen Hals. »Heiße Luft. Weiter nichts«, sagte sie und küsste ihn. »Sollte dem aber nicht so sein, würde Victor ein inakzeptables Risiko eingehen, was unser Vermögen betrifft.« Wieder küsste sie ihn und schob sanft seinen Kopf nach unten. Er suchte die kleine Grube an ihrer Leiste, den Punkt, den er – wie er ihr verraten hatte – am meisten liebte. Heute fühlte es sich ein wenig stoppelig an. Er vergrub sein Gesicht in ihrer Leistenbeuge und berührte sie mit der Zunge. Später, als sie miteinander schliefen, packte Stella ihn plötzlich grob an den Haaren und rief: »Lass dir was einfallen, Nick, lass dir was einfallen!«

ACHTZEHN

Mit einem Beutelchen Diamanten, der vierteljährlichen Lieferung, die dem Syndikat einhunderttausend Dollar einbrachte, flog Lloyd Phelps am Donnerstagmorgen nach Sydney. Es handelte sich um ungeschliffene rosa Diamanten aus der Argyle Mine im Kimberley. Die Betreiber der Mine zahlten Phelps gutes Geld, damit er viermal im Jahr in Sydney neue Kunden an Land zog. Nur wussten sie nicht, dass das Syndikat Phelps ebenfalls gutes Geld dafür zahlte, dass er viermal im Jahr ein Beutelchen Rohdiamanten stahl.

Er hatte Anweisung, die für das Syndikat bestimmten Diamanten in einem Schließfach am Flughafen von Sydney zu deponieren, seinen regulären Geschäften in der Stadt nachzugehen und anschließend ins Kimberley zurückzufliegen. Phelps wusste nicht, was mit den Diamanten geschah, nachdem er sie im Schließfach zurückgelassen hatte. Vermutlich flog ein Käufer aus Hongkong oder Amsterdam ein, tauschte Bargeld gegen die Ware im Schließfach, um im Anschluss daran wieder zurückzufliegen. Ob wirklich Bargeld hinterlegt wurde? Phelps hatte oft darüber nachgedacht. US-Dollar? Yen? Oder doch Schecks? Er selbst bekam sein Honorar in bar, direkt am Flughafen. Zehn Riesen, viermal im Jahr. Nach Abzug des Schmiergeldes für den Sicherheitsdienst am Flughafen und für einen Buchhalter der Mine blieben ihm noch sechstausend Dollar. Manchmal spielte er mit dem Gedanken, die Diamanten bei sich zu behalten, den Käufer abzupassen und dann mit den Diamanten und dem Geld das Weite zu suchen. Doch diese Überlegungen waren eher kurzfristiger Natur. Er hatte nicht die Courage für so etwas. Das Syndikat würde ihn aufspüren, irgendwann, irgendwo, und die Folgen wären schmerzhaft und anhaltend.

Während der nunmehr drei Jahre Kurierdienst hatte er sich eine Körpersprache angeeignet, von der er annahm, sie entspräche seiner Rolle. Er trug immer eine Sonnenbrille. Er wirkte immer irgendwie unnahbar. Im Kimberley, wo erwachsene Männer selbst im Büro auf Shorts und Kniestrümpfe nicht verzichten mochten, sah man Phelps nur in langen Hosen und mit Krawatte. Auf den Flügen über Darwin nach Sydney galten die neugierigen Blicke anderer Passagiere häufig dem Mann mit der versteinerten Miene, an dessen Handgelenk der Aktenkoffer mit einer Kette angeschlossen war. Phelps nahm sie nie zur Kenntnis, diese Blicke, geschweige denn dass er sie erwidert hätte. In der Öffentlichkeit scheute er Menschenansammlungen, studierte unauffällig Gesichter und war ebenso unauffällig auf der Hut vor jeglicher Form von Bedrohung. Er glich einer Membrane, stets bereit zu reagieren, ein Mann mit einem feinen Gespür für Gefahren. Er stellte sich überall Filmkameras vor, die jede seiner Bewegungen verfolgten und aufzeichneten, dazu das Publikum, das sich gebannt an den Kinosesseln festhielt.

»Das ist er«, flüsterte Jardine.

Wyatts Blick erfasste eine nervöse, gehemmt wirkende kleine Gestalt, bekleidet mit Hemd und Hose, Sachen in einem Stil, wie man ihn vor zehn Jahren bevorzugte. Der Mann angelte gerade einen Koffer vom Förderband. »Das reinste Nervenbündel.«

Jardine nickte. »Wenn der durch den Zoll müsste, würden sich die Beamten geradezu auf ihn stürzen.«

Jardine und Wyatt warteten mit einem leeren Trolley am Förderband nebenan. Als Phelps Richtung Ausgang ging, ließen sie den Trolley stehen und hefteten sich in sicherer Entfernung an seine Sohlen. Draußen roch es nach Kerosin und den Abgasen wartender Taxis. »Wollen Sie ein Taxi in die Stadt teilen?«, rief jemand, während ein Bus im Leerlauf die Luft mit einem schalen, metallischen Geruch verpestete.

Phelps machte kehrt und ging zurück in die Abfertigungshalle. Die beiden anderen blieben dran an ihm. Ruhelos wanderten seine Blicke umher, mehrmals blieb er abrupt stehen, um sich hektisch umzudrehen und dann weiterzugehen. »Meine Güte«, stöhnte Wyatt.

Bei den Schließfächern machte er endlich Halt. Seine Verfolger beobachteten, wie er ein Päckchen aus dem Aktenkoffer nahm, es in ein Schließfach legte und die Tür schloss. Dann hastete er davon.

Die Herrentoilette im ersten Stock war seine nächste Station. Wyatt betrat die Toilette in dem Moment, als Phelps aus einer Kabine kam. Wyatt stellte sich an ein Urinal, wartete, bis Phelps die Herrentoilette verlassen hatte, und ging dann in die Kabine. Er konnte Phelps' Angstschweiß buchstäblich riechen. Kurzerhand hob er den Deckel des Wasserkastens, fand den Schlüssel für das Schließfach und steckte ihn in die Tasche. Wieder in der Abfertigungshalle, sah er, wie Phelps mit Jardine im Schlepptau dem Ausgang am anderen Ende zustrebte.

Für die nächsten Schritte blieben Wyatt genau dreißig Minuten. Er eilte zu den Schließfächern. Erst einmal hieß es, das Schließfach im Auge zu behalten; möglicherweise war er ja nicht der einzige Interessent. Fünf Minuten später stellte er befriedigt fest, dass er der einzige Interessent war. Er öffnete das Schließfach, nahm das Päckchen heraus und legte im Austausch einen Zettel hinein. »Einen schönen Tag noch«, lautete die Botschaft, versehen mit einem Smiley.

Wyatt schloss die Tür, warf Geld ein, drehte den Schlüssel um und ging zurück zur Toilette, um ihn wieder an seinen Platz zu legen. So weit lief alles wie geschmiert. Indessen war Jardine Phelps auf den Fersen geblieben. Der Ablauf sah vor, dass Phelps sein Honorar aus einem Schließfach am anderen Ende des Terminals abholte. Wyatt und Jardine hatten einige Stunden zuvor einen Kurier des Syndikats bis an den Flughafen verfolgt und beobachtet, wie dieser den Lohn hinterlegte, zu dem Münztelefon vor der Apotheke ging und den Schlüssel dort in einen Schlitz versenkte. Bereits vor Phelps' Ankunft hatten sie sich diesen Schlüssel unter den Nagel gerissen und nun steckten die zehntausend Dollar Honorar in Jardines Tasche. Der Smiley auf der Nachricht im ersten Schließfach war Wyatts Idee gewesen. Er meinte, die schlechten Neuigkeiten seien so noch schwerer zu verdauen.

Wyatt traf Jardine außerhalb des Terminals. Der große Mann lehnte an einer Säule und sah aus, als gehöre ihm der Ort. Der sonst so ernste Gesichtsausdruck spiegelte

Belustigung wider. Sie wechselten kein Wort miteinander. Erst als sie am Parkplatz angelangt waren und mit Jardines Wagen langsam zum Kassenhäuschen rollten, fragte Wyatt: »Und ... wie war seine Reaktion?«

»Ein Zerrbild ungläubigen Zorns«, erwiderte Jardine. »Er wurde kalkweiß, stolperte nach draußen und sprang ins erstbeste Taxi.«

»Was wird er unternehmen?«

»Er wird sich vor Angst in die Hose scheißen. Zurück zum Schließfach mit den Diamanten kann er nicht, denn er muss damit rechnen, dass andere dazwischengefunkt haben und er womöglich von einem tobenden Ausländer erwartet wird. Er will sein Geld vom Syndikat, logisch, aber er kann nicht einschätzen, ob die ihn nun verarschen wollen oder ob Dritte ihre Finger im Spiel haben. Letzteres treibt ihm natürlich den Schweiß auf die Stirn, schließlich könnten die vom Syndikat ihm das anhängen.«

Jardine hatte alles gesagt, überflüssiges Gerede war seine Sache nicht und das kam Wyatt sehr entgegen. Schweigend fuhren sie zurück ins Dorset. Wyatt stellte sich vor, wie das Telefonat zwischen dem Diamantenkäufer und dem Syndikat ablaufen würde. Er dachte an die nunmehr vergiftete Geschäftsbeziehung und an die hunderttausend Dollar, deren Verlust das Syndikat jetzt verschmerzen musste. Er dachte auch an die nächsten Schläge, die er für diese Truppe vorgesehen hatte.

Neunzehn

Seltsamerweise war Max Henekers Gattin stolz auf die ungewöhnliche Tätigkeit ihres Mannes. Die Woche über war er zu Hause in Palm Beach, spekulierte ein bisschen an der Börse, kümmerte sich um den Garten und unternahm gemeinsam mit ihr ausgedehnte Strandspaziergänge. Sie nannte das ›Eheleben de Luxe‹ und hatte deshalb nichts dagegen, dass er jedes Wochenende wegfliegen musste. »Max ist ein Troubleshooter«, erklärte sie ihren Freundinnen. »Während der Woche sind Firmencomputer nun mal im Dauereinsatz, also muss er an den Wochenenden hin, um die Systeme auf Viren, Hackerangriffe, Missbrauch etc. pp. zu überprüfen.« Ihre Freundinnen waren neidisch. Sie hatten Ehemänner, die ihnen am Wochenende im Wege standen und die restliche Zeit über unzugänglich oder übellaunig waren.

Die Geschichte hingegen, die Max seiner Frau auftischte, entsprach nicht einmal annähernd der Wahrheit. Ja, er arbeitete ausschließlich am Wochenende, jedoch musste er dafür nirgendwohin fliegen, und seine Computerkenntnisse gestatteten ihm gerade mal eine simple Buchführung auf seinem Toshiba-Laptop. Tatsächlich führten ihn seine Wege nicht weiter als in eine im ersten Stock eines Hotels in Kings Cross gelegene Suite und seine Tätigkeit bezeichnete man in Polizeikreisen als die eines Zwischenhändlers.

Und das Ganze lief folgendermaßen ab:

Während sich die Drogenfahnder nahezu überschlugen, wenn ein Flieger aus Südostasien oder Südamerika landete, erreichte hochwertiges Kokain Australien fernab der großen Flughäfen, und zwar per Schiff oder in kleinen Transportflugzeugen, die ihre Fracht an abgelegenen Stränden und auf verlassenen Flugfeldern im Norden Australiens löschten. Noch vor Ort wurde der Stoff abgewogen, bezahlt und in allen nur denkbaren Zwischenräumen staubiger Wohnmobile auf die Reise Richtung Süden geschickt. Die Fahrer dieser Wohnmobile, zumeist Leute im Rentenalter oder nur unwesentlich jünger, wurden niemals herausgewunken, niemals kontrolliert. Wohnmobile gondelten gemütlich durch die Gegend und kein Cop käme auf die Idee, unschuldige ältere Mitbürger zu schikanieren, die nur ihren Lebensabend und ihre inflationsgefährdete Pension genießen wollten. Man musste schon ein Schweinehund sein, um so etwas zu bringen.

Die betagten Kuriere der Sydney-Route hätten Anweisung, in die Pennant Hills Road einzubiegen und weiter bis zur Parramatta Road zu fahren. Dort mussten sie an einer ganz bestimmten Tankstelle Halt machen, um einen Ölwechsel vornehmen zu lassen. Mechaniker des Syndikats holten das Kokain aus den Verstecken und wogen es nochmals. Zwanzig Prozent war für die Herstellung von Crack vorgesehen, der Rest wurde mit Glukose verschnitten und erneut verpackt. Die Pensionäre erhielten ihr Zubrot und die Ware setzte ihre Reise in einem Datsun fort, der die Aufschrift ›Autoersatzteile‹ trug. Ziel war das Parkhaus des Hotels in Kings Cross, wo Max Heneker bereits in der vom Syndikat dauerhaft angemieteten Suite wartete.

Max' Donnerstagnachmittag-bis-Montag-früh-Job begann damit, den gesamten Stoff ein weiteres Mal zu wiegen und das Kokain in Portionen zu 50, 100, 200 oder 500 Gramm aufzuteilen. Crack wurde in kleineren

Mengen abgepackt, da das Produkt sich bisher am Markt noch nicht durchsetzen konnte. Für das Syndikat jedoch war das nur eine Frage der Zeit. Den Donnerstagnachmittag verbrachte Max mit Abpacken. Dabei wurde er von Lester beobachtet, einem im Dienst des Syndikats stehenden hirnlosen Vierecks. Lester wog immer nach, schließlich konnte man nie wissen ... vielleicht zweigte Max ja das eine oder andere Gramm für sich ab, wenn er, Lester, ihm für einen Moment den Rücken zuwandte. Das Syndikat war besessen von dem Gedanken, abgezockt zu werden. Max wusste das und achtete peinlich genau darauf, dass man ihm nicht den Schwarzen Peter zuschieben konnte. Lester war ihm unangenehm. Max war klein, gepflegt und akkurat. Der Typ des Buchhalters. Lester hingegen liebte es, unrasiert und im Trainingsanzug vor dem Fernseher zu hängen, Bierdosen nach dem Leeren mit der Hand zu zerdrücken und sich dieselben Aufzeichnungen von der Fußballweltmeisterschaft wieder und wieder reinzuziehen. Zudem schien er ein Verfechter der These zu sein, dass Seife den natürlichen Schutzschild der Haut zerstöre. Spätestens am Sonntagabend stand die Luft im Raum und Max war gezwungen, ständig ein parfümiertes Taschentuch griffbereit zu haben. Ab fünf Uhr nachmittags am Donnerstag und bis in den späten Sonntagabend hatte Max Kundenverkehr. Manche kauften für den eigenen Gebrauch, die meisten jedoch waren Kleindealer, die sich für das Geschäft am Wochenende eindecken wollten. Ständig wechselten Kokain und Geld den Besitzer; mit Hilfe seines Laptops führte Max genauestens Buch darüber und vermerkte jede Transaktion in einem verschlüsselten Dokument. Sonntag um Mitternacht gab er neben den Einnahmen auch eine Diskette mit den Daten an Lester weiter, der, nachdem er Max einen Umschlag mit viertausend Dollar überreicht hatte, das Hotel verließ. Max konnte jetzt zu Bett gehen und am Montagmittag kehrte er zurück zu seiner Frau nach Palm Beach. Meistens war er so erschöpft, dass er sich gleich wieder hinlegte.

An diesem Donnerstagnachmittag hatte Max gerade Waage und Plastiktüten ausgepackt, als es an der Tür klopfte. Er warf einen Blick auf seine Uhr. Kurz nach vier. Normalerweise tauchte vor fünf kein Kunde auf. Er sah hinüber zu Lester, gab ihm ein Zeichen mit dem Kopf und legte eine Decke über die kompromittierenden Gegenstände. Dann ging er zur Tür.

Unterdessen hatte Lester mit dem Rücken zur Wand neben der Tür Position bezogen. Max wartete, bis er den Schalldämpfer auf die automatische Waffe gesetzt und seine dicken Finger durch einen Schlagring gequetscht hatte. Als Lester nickte, fragte Max: »Wer ist da?«

»Ich brauche Crack«, antwortete eine Stimme.

Oh mein Gott, schoss es Max durch den Kopf. Schließlich beherbergte dieses Hotel auch ganz normale Leute. »Komm später wieder«, sagte er mit leiser, rauer Stimme, die Lippen dicht am Türspalt.

»Was?«, schrie der Typ hinter der Tür.

»Komm um fünf wieder«, flüsterte Max.

»Verdammt, ich versteh kein Wort!«, rief der Typ. »Hier, ich hab Geld. Schau auf den Boden!«

Max und Lester beobachteten, wie ein Hundertdollarschein unter der Tür durchgeschoben und sofort wieder zurückgezogen wurde. Der Kunde gab keine Ruhe. »Rück 'n bisschen Crack raus, Mann, und ich bin sofort weg.«

Max linste durch den Spion. Hinter der Tür stand eine ungepflegte Gestalt in einem schwarzen Anorak, darunter sah man ein kariertes Flanellhemd. Der Typ wedelte mit einigen Hundertdollarscheinen, den anderen Arm trug er in der Schlinge. Sein Kopf war fachgerecht bandagiert. Max wusste inzwischen, dass Koks die bevorzugte Droge der Yuppies war und Crack die der sozialen Wracks. So weit passte der Typ ins Bild, doch um ganz sicherzugehen, fragte er: »Von wem kommt der Tipp?«

»Von Stooge«, antwortete der Mann und nannte damit den Namen eines Dealers aus Bondi Beach, der schon öfter bei Max gekauft hatte.

Max nickte Lester zu, schloss auf und zog die Kette zurück. Dann ging er in die Mitte des Raumes und rief: »Die Tür ist offen.«

Vorsichtig betrat der Mann das Zimmer, er machte einen gehetzten, verstörten Eindruck. Sein unsteter Blick galt Lester, der mittlerweile die Waffe zurück in den Bund seiner Trainingshose geschoben hatte und mit verschränkten Armen dastand. Der Kunde ging auf Max zu, als es zum zweiten Mal an der Tür klopfte.

Lester fuhr herum und wollte nach seiner Automatik greifen. Selbst wenn die komfortable Weite seines Trainingsanzugs ihn nicht behindert hätte, wäre es zu spät gewesen. Zu rasant war die knappe Drehung hinter ihm, zu reflexartig der Tritt gegen das Knie, der Max auf dem weichen Teppich zu Fall brachte. Lester hörte es, aber es war bereits vorbei, der abgewrackte Kunde hatte ihm eine Waffe gegen die Lendenwirbel gedrückt und ein zweiter, maskierter Typ stürmte zur Tür herein.

Was Max und auch Lester richtig an die Nerven ging, war die Tatsache, dass die Eindringlinge nicht ein Wort sprachen und offensichtlich keinerlei Interesse an Koks oder Crack hatten. Der Maskierte kontrollierte die Situation mit seiner Waffe, während der andere den gesamten Stoff ins Bad trug, ihn dort ins Klo schüttete und herunterspülte. Er schien sogar dabei zu lächeln, zumindest tat es ihm nicht Leid, das Gift zu vernichten.

Erst als das Schauspiel vorüber war, wagte Max den Kopf zu heben. »Habt ihr auch nur den Hauch einer Ahnung, wem ihr hier die Tour vermasselt?«

Der Typ mit dem Kopfverband sah ihn nachdenklich an. Eigentlich wirkte er fast sympathisch, ein wenig verwegen vielleicht durch den Verband, aber das Gesicht sprach von Intelligenz und einem Hang zur Ironie. Ein Drogenfahnder möglicherweise, dachte Max. Einer, der lange auf diese Gelegenheit gewartet hatte. »Wenn ihr uns sagt, wer euch geschickt hat«, Max rettete sich in die Verbindlichkeit, »könnten wir vielleicht eine Lösung finden.« Als Reaktion darauf wurde der Gesichtsausdruck des Mannes zusehends undurchdringlich; Max lief ein Schauder über den Rücken. Als der Mann endlich zu sprechen begann, standen seine Worte kalt und präzise im Raum. »Richte Kepler aus, dass sich das jederzeit wiederholen könnte.«

ZWANZIG

Die Hälfte der Leute, die sich am Freitag zur Auto-Auktion für Wagen der Luxusklasse einfanden, wusste, dass Bax für die Abteilung Autodiebstahl tätig war; somit war es ihm schlechterdings unmöglich, selbst Gebote abzugeben. Er war auf Erkundungstour. Zweimal machte er die Runde durch die Halle, betrachtete gelangweilt die Reihen glänzender Hondas, BMWs, Saabs, Audis und Toyotas des oberen Preissegments, als sei er nur vorbeigekommen, um jene vor den Kopf zu stoßen, die wussten, dass er ein Cop war.

Es amüsierte ihn, wie sich vier dubiose Autohändler bei seinem Anblick durch einen Seiteneingang verdrückten und einige andere in den dunkleren Ecken der weitläufigen Halle ihre gemurmelten Telefonate oder konspirativen Gespräche unterbrachen. Er machte sich einen Spaß daraus, wie aus dem Ei gepellt an diesen Stretchjeans und Dauerwellen vorbeizuschlendern, in deren Mitte er und sein silbergrauer Maßanzug so exotisch wirkten wie eine Piaget auf einem Tablett mit Giveaways. Der Rest der Anwesenden waren Kleinhändler aus den Vorstädten, auf der Jagd nach der ultimativen Gelegenheit, und die nahmen von Bax keine Notiz. Er machte eine dritte Runde, bekam noch ein halbherziges Gebot für ein restaurierungsbedürftiges Modell eines Jaguar E-Type aus den späten Sechzigern mit und verließ die Halle.

Draußen wartete Axle in seiner japanischen Schrottmühle auf ihn. Die Karosserie war kanariengelb, die Fahrertür weiß und die Klappe des Kofferraums schimmerte lindgrün. Nicht zum ersten Mal stellte Bax sich die Frage, wie ein gewiefter Autodieb, der in null Komma nichts in South Yarra einen Porsche nach dem anderen knackte, Freude an einem umgebauten Gartenstuhl haben konnte.

Er schlüpfte auf den Beifahrersitz. Axle hatte eine Cassette eingelegt, auf der ein amerikanischer Entertainer einen Gag nach dem anderen herunterleierte. Der Komiker klang, als stünde er kurz vorm Suizid. Bax wollte gerade etwas sagen, als Axle ihn mit einer energischen Geste abwürgte. »Hör dir das an!«

Bax hörte es sich an. Die Stimme des lebensmüden Komikers wand sich vom Band: »Letztens bin ich in einem Restaurant gewesen, das mit folgendem Slogan wirbt: ›Frühstück rund um die Uhr‹, also hab ich 'ne Rolex im Schlafrock bestellt.« Bax musste unwillkürlich grinsen. Axle stellte den Cassettenrecorder ab. Sein verwüstetes Gesicht hatte Farbe angenommen und Tränen standen in seinen Augen. »Steve Wright. Ich könnt mich jedes Mal bepissen vor Lachen. Und ... was gefunden?«

»Nr. 19«, sagte Bax. »Weißer Honda Prelude mit kapitalem Heckschaden.« Er zog einen Umschlag aus der Tasche. »Hier. Fünftausend. Vielleicht wird auch mehr geboten, aber ich glaub's nicht.«

Axle nahm den Umschlag und steckte ihn in seine Jeansjacke, die er unabhängig von den Jahreszeiten ständig trug. »Alles klar.«

»Lass dir 'ne Quittung geben, erledige den Papierkram und sieh zu, dass der Wagen in der Mesic-Werkstatt in Flemington landet.«

»Was, diesmal nicht nach Richmond?«, fragte Axle erstaunt.

Bax konnte Axles Irritation nachvollziehen, ging es ihm doch genauso. »Nein, verdammt noch mal, der ältere Bruder ist wieder da und hat beschlossen, die Klitsche in Richmond zu verkaufen.«

»Ach,« sagte Axle.

»Los, an die Arbeit und danach machen wir uns auf die Suche nach einem anderen weißen Prelude.«

»Alles klar«, sagte Axle und stieg aus dem Auto. Nach einer Weile schob Bax die Cassette wieder hinein. Er hörte sie bis zum Ende und musste ständig lachen. Draußen machte ein schneidender Wind den Passanten das Leben schwer und die Probleme mit den Mesics und seine Schulden beim Buchmacher schwebten wie ein Damoklesschwert über seinem Kopf, doch für einige Augenblicke war die Welt zumindest hier drinnen wieder in Ordnung.

Vierzig Minuten später war Axle zurück. »Drei Sieben Fünfzig«, sagte er.

»Sehr gut.«

Axle drehte den Zündschlüssel. Nach einer Fehlzündung rumpelte der Wagen im Leerlauf. »Ein weißer Prelude«, murmelte Axle vor sich hin.

»Der Parkplatz vom Prahran Market?«

Axle schüttelte entschieden den Kopf. »Auf keinen Fall. Da ist dieser Wachturm mit den Typen, die den Kunden freie Parkplätze zuweisen. Wir probieren's beim Chaddie.«

Bis zum Chadstone Einkaufszentrum waren es dreißig Minuten. Zehn Minuten kurvten sie über den riesigen Parkplatz. Plötzlich hielt Axle an und sein Gesicht strahlte. »Da drüben!«

Eine junge Frau schloss gerade einen weißen Prelude ab und stöckelte auf hohen Absätzen los in Richtung Myer. Bax starrte wie gebannt auf das Spiel der Hüften in diesem Business-Outfit aus Etuirock und Blazer mit Schulterpolstern. Stella Mesic im Hinterkopf, machte es ihn an, wie sich die Waden anspannten, und er versuchte zu erkennen, ob sich das Höschen markierte.

»Hallo, aufwachen!«, rief Axle und bewegte die Hand vor Bax' Gesicht auf und ab.

»Wir warten, bis sie drin ist«, entschied Bax. »Und

dann noch ein paar Minuten, falls sie was vergessen hat und zurückkommt.«

»Wie du meinst.«

Sie beobachteten, wie die Frau sich an das Ende einer Schlange vor einem Geldautomaten stellte. Vier Leute standen vor ihr und es ging nur langsam voran. Die beiden Männer seufzten gleichzeitig und ließen sich in ihre Sitze zurückfallen. Nach einer kurzen Pause fragte Bax: »Sag mal ... Axle ... ist das dein richtiger Name?«

Axle grinste. »Na klar. Das ist mein richtiger Name! Axel. A-x-e-l. Skandinavisch.«

Bax nickte. »Axel«, wiederholte er mit besonderer Betonung auf der zweiten Silbe.

»Genau.«

Sie warteten. Als die Frau endlich ins Einkaufszentrum verschwunden war, griff Axel nach hinten und holte einen schwarzen Metallkasten von der Rückbank, auf dem mehrere Schalter und eine Wählscheibe angeordnet waren. Außerdem verfügte der Metallkasten über eine Teleskopantenne. Axel zog die Antenne heraus und richtete den Kasten auf den Prelude. Bax stellte keine Fragen. Bei dem Gerät handelte es sich um einen Funkscanner, den Axel bereits in Bax' Gegenwart eingesetzt hatte. Auf der Heckscheibe des Prelude prangte ein Aufkleber von Honda, ein Hinweis, dass das Fahrzeug mit einer Alarmanlage ausgestattet war, und Axel machte sich jetzt daran, diese Alarmanlage zu deaktivieren. Seine geniale Trickkiste würde ein Signal aussenden, das dem entsprach, das die Besitzerin aussendete, wenn sie auf ihren Autoschlüssel drückte, um den Wagen zu entriegeln.

Der Scanner ging die Frequenzen durch; die Zahlen auf der Digitalanzeige veränderten sich in einem rasanten Tempo, bis sie plötzlich stehen blieben. »Bingo«, kommentierte Axel das Resultat.

Sie verloren keine Zeit. Bax setzte sich hinter das Steuer der Schrottmühle, wartete, bis Axel den Prelude geentert hatte, und fuhr dann auf die Dandenong Road, Richtung Flemington. Axel folgte ihm in dem gestohlenen Auto.

Äußerlich schien Mach-One Motors in der Flemington Road eine jener für Vororte typischen Tankstellen mit angeschlossener Werkstatt zu sein. Offizieller Eigentümer war ein gewisser Charles Willis, nur handelte es sich bei Charles Willis um eine Kopfgeburt des alten Mesic und die Zapfsäulen und Hebebühnen waren nur Staffage, um die wirklichen Geschäfte dieser Klitsche zu tarnen.

Bax parkte die Schrottmühle und hupte zweimal. Am anderen Ende der Werkstatt wurde eine massive Rolltür nach oben gekurbelt. Er blieb vorerst im Wagen. Nachdem Axel mit dem Prelude hineingefahren war, folgte er zu Fuß. Hinter ihm wurde die Rolltür mit einem Krachen wieder heruntergelassen.

Der Raum hatte die Ausmaße einer Scheune. Rings an den Wänden des Schuppens standen Autotüren, Motoren, Karosserieteile, Windschutzscheiben und Kisten mit Autoplaketten, alles fein säuberlich gestapelt. Ein Parcours aus Hinterachsen beanspruchte etwa ein Viertel der Bodenfläche, Werkbänke, Schweißbrenner, entsprechendes Zubehör und Werkzeuge nahmen den Rest ein. Es roch nach Öl und das Kreischen der Fräsen, das Dröhnen der Hämmer ließen die dunstige Luft beinahe schmerzhaft vibrieren. Der beschädigte Prelude stand bereits da und zwei Männer waren gerade damit beschäftigt, das verbeulte Heck zu entfernen. Innerhalb von vierundzwanzig Stunden würde die legal erworbene Vorderhälfte mit dem Heck des gestohlenen Wagens verschweißt und schon hätten die Mesics einen Prelude im Wert von fünfundzwanzigtausend Dollar, dazu jede Menge unverdächtiger Ersatzteile, die ihnen zigtausend Dollar zusätzlich einbrächte. Bei einem Einsatz von dreitausendsiebenhundertfünfzig Dollar nicht schlecht, dachte Bax.

Die beiden Mesic-Brüder kamen aus dem Büro, einem Provisorium aus Hartfaserplatten neben einem Haufen Stoßstangen. Bax runzelte die Stirn. Victor war nicht sein Mann, mit Leo wollte er den Deal abwickeln. Die Anwesenheit des Älteren konnte nichts Gutes bedeuten. Bax' Miene verfinsterte sich, als die Brüder auf ihn zukamen. Leos warnenden Blick quittierte er lediglich mit einem knappen Nicken.

Victor kam gleich zur Sache. Er gab Bax die Hand. »Mein Bruder meint, er hat dir fünftausend gegeben?«

Bax reichte ihm den Umschlag. »Hier ist der Rest. Es war ausgemacht, dass ich tausend bekomme, sozusagen als Finderlohn.«

Der kleine Mann packte seine ganze Arroganz und Bosheit in ein Grinsen. »Vielleicht hättest du besser die tausend vorher abziehen sollen«, sagte er und steckte den Umschlag ein.

Na super, dachte Bax und schwieg.

»Wir lösen diesen Laden hier auf, Bax. Das da war der letzte Wagen, den du für uns beschafft hast. Verstehst du?«

Bax streckte seine Hand aus. »Was soll das, Vic? Gib mir meinen Anteil.«

Mit einer gewissen Anmut, als wollte er tanzen, wich Victor Mesic nach hinten aus. »Nein, nein. Nichts da. Diesmal siehst du die Kohle erst, wenn wir den Wagen tatsächlich verkauft haben.«

Bax schüttelte den Kopf. Mit einem Mal fühlte er sich so entsetzlich müde. Er starrte auf den Boden, blendete die Mesics aus, das Kreischen der Fräsen und versuchte, innerlich zur Ruhe zu kommen, wenigstens für einen Moment. Wie hatte er nur in diesen Schlamassel geraten können? Wie sollte er da jemals herauskommen? Er wusste nur eins: Ihm lief die Zeit davon und er musste eine Kaltblütigkeit entwickeln, die ihm bisher nicht eigen war.

Einundzwanzig

»Bis jetzt hast du nur Verwirrung gestiftet«, bemerkte Jardine. »Es wird Zeit, dass du Kepler dort triffst, wo's schmerzt. Ich meine seinen Stolz und sein Portemonnaie.«

Er schwieg und ordnete seine Gedanken, dabei starrte er auf einen imaginären Punkt irgendwo hinter Wyatts Schulter. Wyatt ließ ihn nachdenken. Es war Freitagvormittag und sie saßen in Jardines Hotel-Suite. Jardine hatte kurz erwogen, auszuziehen, doch Wyatt lehnte das ab. Das, so meinte er, sei zu auffällig, vor allem, wenn das Syndikat Überlegungen anstelle, ob er hinter den Sabotageakten stecke.

»Es gibt ein mobiles Casino«, sagte Jardine schließlich. »Damit hat Kepler angefangen. Es ist eine gute Einnahmequelle und liegt ihm sehr am Herzen. Reine Sentimentalität. Nur handverlesene Gäste, sehr exklusiv. Solchen Zeitgenossen hat Australien jede Menge legale

Glücksspiele zu bieten. Wenn du ein hohes Tier bist, sagen wir mal aus Hongkong, das gewöhnt ist, am Spieltisch sechsstellige Beträge einzusetzen, ist ein Besuch im Jupiters oder Wrest Point im Flugpreis inbegriffen, nicht zu vergessen Kost und Logis, die obligatorische Flasche Dom Perignon, alles für dich und natürlich für deine Frau.« Er nahm einen großen Schluck Tee aus seinem Becher. Wyatt trank ebenfalls Tee, Hauptsache es war nichts Hochprozentiges, nichts, was die Sinne benebelte.

»So weit – so gut«, fuhr Jardine fort. »Gäbe es da nicht diejenigen, die etwas Ausgefallenes suchen. Einen Ort, wo man anonym bleiben kann, wo es keine Kleiderordnung gibt, wo das Risiko größer und die Gesellschaft ruppiger ist, wo die Regeln nicht von einer Glücksspielkommission festgelegt werden. Hier kommt das Syndikat im wahrsten Sinne des Wortes ins Spiel.«

Wyatt ersparte sich eine Bemerkung. Er kannte das. Jardine holte weit aus, was Hintergründe betraf, doch er zielte dabei immer auf das Wesentliche. Also nippte er an seinem Tee und lehnte sich zurück.

»Dir ist sicher aufgefallen, dass in Sydney eine Menge Büroflächen nicht vermietet sind.«

»Genau wie in Melbourne«, erwiderte Wyatt.

»Das bereitet den Jungs von den Immobilienfirmen reichlich Kopfzerbrechen. Deshalb locken sie mit großzügigen Angeboten. Eins davon hat offensichtlich das Interesse des Syndikats geweckt: die ersten sechs Monate mietfreie Nutzung.«

Wyatt hob unmerklich den Kopf; er ahnte, worum es ging. »Bezugsfertige Räume.«

»Genau. Man gründet eine Scheinfirma, die diverse Büroräume anmietet, vorzugsweise ganze Etagen. Ein armes Schwein, das dem Syndikat noch was schuldig ist, gibt's immer. Der Typ muss die Räumlichkeiten einrichten, ein paar Mädels anheuern, für genügend Suff sorgen. Dann die Spieltische und den dazugehörigen Kram, und schon kann einmal pro Woche die heißeste Zockernacht Sydneys losgehen. Allerdings nur für Eingeweihte.«

»Bargeld?«

»Zu riskant. Es sind nur Jetons zugelassen. Die Spieler besorgen sie sich an einem ganz bestimmten Ort, fahren mit dem Taxi ins mobile Casino und lassen sich dann freiwillig tagelang einschließen. Die Anzahl der Teilnehmer ist auf sechs beschränkt, dann sind noch drei oder vier Vasallen als Aufpasser da und ein paar Mädels.«

»Waffen?«

»Sind nicht erlaubt. Die Jungs vom Syndikat tragen natürlich welche.«

»Einmal pro Woche?«

»Genau. Das ganze Jahr hindurch. Wird die erste Miete fällig, zieht die Karawane weiter zur nächsten Immobilie.«

Wyatt seufzte gedankenverloren. Die betrügerischen Machenschaften des Syndikats – seien sie auch noch so clever – waren unwichtig. Wichtig hingegen war ein Schlag, der nachhaltig sein musste.

»Wann startet die nächste Runde?«

Jardine grinste. »Heute Nacht.«

Beide waren sie mit ihren Überlegungen beschäftigt und schwiegen. Zweimal hatten sie Operationen des Syndikats torpediert, schnell und effektiv. Das mobile Casino war als Nächstes fällig. Diesmal ging es darum, die schwerreichen Zocker derart zu verschrecken, dass sie nie wieder an einem der illegalen Spieltische Platz nehmen würden, gleichgültig, wie viel Entschädigung oder Schweigegeld Kepler ihnen auch anbieten mochte. Sollte sich Kepler danach weigern, mit Wyatt zu reden, würde die nächste Aktion folgen.

Der Makler, der sie gegen ein Uhr mittags im Foyer des Bellcourt Buildings erwartete, war jung; ein dünner Endzwanziger mit kurzem Haar, der von seinem dunklen Zweireiher fast erdrückt wurde. Um seine handbemalte Seidenkrawatte vorzuführen, hatte er den Mantel offen gelassen und in der Hand hielt er ein Mobiltelefon. Jardine und Wyatt trugen ebenfalls Anzüge. Ein kurzer, prüfender Blick auf ihre Garderobe und der Makler entschied, dass diese beiden Herren zu den weniger wichtigen Klienten zählten. »Eine Fachzeitschrift?«, fragte er, sichtlich bemüht, ein wenig Begeisterung zu zeigen.

»Sehr richtig. ›Ceramics Quarterly‹, um genau zu sein«, erwiderte Jardine.

»Alles von der Kloschüssel bis zur Keramikvase«, ergänzte Wyatt.

»Wir brauchen viel Platz«, fuhr Jardine fort, »für Schreib- und Layouttische, Computer und so weiter.«

Mittlerweile hatten sie den Empfangstresen in der Mitte des Foyers erreicht, wo der Dienst habende Portier über einer Ausgabe des Daily Telegraph döste und ab und zu einen müden Blick auf die Überwachungsmonitore warf. Der Makler trug sich in das Besucherbuch ein und geleitete Jardine und Wyatt zum Aufzug. »Keramik. Klingt interessant«, bemerkte er, als sie den Fahrstuhl betraten.

Jardines und Wyatts Wissensvorrat in Sachen Keramik war bereits erschöpft, doch hier ging es um einen Job, also hielten sie an ihren Rollen fest, tauschten keine

Blicke und zwinkerten sich nicht zu. »Ist der Empfang Tag und Nacht besetzt?«, fragte Wyatt.

»Nein, ab achtzehn Uhr ist dort niemand mehr. Dann brauchen Sie eine Magnetkarte, um in das Gebäude zu gelangen.«

Wyatt nickte. In der sechsten Etage stiegen sie aus. Vor ihnen lag ein großzügiger unmöblierter Raum. Es roch nach neuem Teppichboden.

»Da wären wir also«, sagte der Makler und wies mit der Hand auf die cremefarbenen Wände und eine stabile Tür am anderen Ende der Etage. »Das Stockwerk darüber steht leer. Das darunter wurde vor ein paar Wochen vermietet. Finanzberater. Von denen hört man keinen Mucks.«

Jardine ging ein paar Meter in den weitläufigen Raum hinein. Wyatt folgte ihm. Sie durchschritten ihn in ganzer Länge, diskutierten mit gedämpfter Stimme mögliche Aufteilungen, die Art der Beleuchtung und Klimaanlagen. Der Makler hielt sich in ihrer Nähe, nicht ohne ab und an einen Blick auf seine Uhr zu werfen.

Schließlich blieben Wyatt und Jardine an der Fensterfront aus getönten Scheiben stehen. Von hier aus hatte man einen Blick auf das stählerne Rückgrat der Harbour Bridge und die gläsernen Türme der City von Sydney. Eines der Fenster ging hinaus auf einen Balkon. Wyatt zog nur mal so am Fenstergriff.

»Moment, ich zeige es Ihnen«, sagte der Makler.

Er betätigte den Griff und schob die Glastür beiseite. Die Luft, die von draußen hereindrang, roch nach Staub und Abgasen. Jardine und Wyatt traten hinaus auf den Balkon und taten so, als genössen sie den Blick auf Sydney. Aber nur kurz. Die fünfte Etage verfügte über einen

Balkon an gleicher Stelle und mehr wollten sie nicht in Erfahrung bringen.

Der Makler blickte wieder auf die Uhr. »Genau das Richtige für die Herren, nehme ich an.« Wyatt und Jardine schienen unentschlossen. Sie baten darum, auch noch Räume im vierten und siebenten Stock besichtigen zu können. Der Makler ließ durchblicken, dass im zweiten und im neunten Stock ebenfalls Räume zu vermieten seien. Doch Wyatt bedankte sich höflich, sagte, sie hätten nun genug gesehen und würden übers Wochenende eine Entscheidung treffen, man höre Anfang der Woche von einander.

»Denken Sie dran«, sagte der Makler, als sie auf der Straße standen, »bei einem langfristigen Vertrag sind die ersten sechs Monate mietfrei!«

Kurz vor achtzehn Uhr kamen Wyatt und Jardine zurück. Diesmal in dunklen Overalls, mit Sturmhauben und Latexhandschuhen. Wyatt trug eine Sporttasche, Jardine hatte eine Aluleiter geschultert. Als sie das Gebäude betraten und über den Marmorboden des Foyers gingen, ließ der Portier seine Zeitung sinken und rief: »Kann ich euch weiterhelfen, Jungs?«

Das Foyer war menschenleer. Als Erstes lehnte Jardine die Leiter gegen den Empfangstresen, dann stellte er sich neben Wyatt, um genau wie der die Unterarme auf die Tresenplatte zu legen. Ohne Vorwarnung langte er hinüber und versetzte dem Portier einen kräftigen Stoß gegen die Brust. Der Stuhl des Portiers lief auf Rollen, durch den Stoß schoss er nach hinten, so schnell, dass der Mann den Alarmknopf nicht mehr betätigen konnte. Als der Stuhl zum Stehen kam und der Mann aufstehen wollte, war Wyatt längst bei ihm und kitzelte seine Kehle mit der .38er. Der Portier stellte die für diese Situation typische Frage: »Was wollt ihr von mir?« Seine Stimme zitterte.

Wyatt ließ die Waffe sinken; zwar befand sie sich noch im Blickfeld des Portiers, die Bedrohung war noch gegenwärtig für ihn, doch das grausame schwarze Loch der Mündung zielte jetzt auf den Boden. Der Mann schluckte, nahm all seinen Mut zusammen und fragte noch einmal: »Was wollt ihr?« Für Wyatt war es Teil des Jobs, sich in einen Menschen wie diesen hier hineinzuversetzen. Er wusste, hinter der Angst lauerte das Gefühl von Scham. Als Portier hatte man Pflichten und diese Pflichten hatte man nicht erfüllt. Möglicherweise führte diese Erkenntnis zu einer unüberlegten Handlung. Wyatt wollte die Angst und das Gefühl von Scham schmälern, also fragte er im freundlichen Ton: »Wie heißen Sie?«

Ein paar ölige Haarsträhnen hatten sich selbstständig gemacht und hingen nun wie gekochte Spaghetti über dem rechten Ohr des Portiers. Mit einer Handbewegung schob er sie auf seinem nahezu kahlen Schädel nach hinten. Bestrebt, nur keinen Fehler zu machen, fragte er: »Mit Vornamen oder Nachnamen?«

»Der Vorname reicht.«

Der Mann kämpfte schluckend gegen die Mundtrockenheit an. »Bill«, brachte er endlich hervor.

»Bill«, wiederholte Wyatt. »Nun, Bill, wir möchten, dass Sie uns behilflich sind.«

»Behilflich? wobei?«

»Werden Sie zu Hause von Ihrer Frau erwartet?«

»Bin Single«, murmelte Bill.

»Okay, dann müssen Sie also niemanden anrufen, wenn's mal ein bisschen später wird?«

»Nein.«

»Wir brauchen mal kurz Ihre Schlüssel, Bill. Dann möchten wir Sie bitten, die Eingangstür abzuschließen und ein paar Lampen auszuschalten, damit es so aussieht, als wäre niemand mehr hier. Würden Sie das machen?«

»Und wozu die Waffe? Was haben Sie vor?«

»Es tut mir Leid, Bill, wir sind in Eile. Doch ich versichere Ihnen, dass wir nicht vorhaben, jemanden zu erschießen, okay?«

Bill nickte. Wyatt begleitete ihn zur Eingangstür, schaute zu, wie er abschloss, und nahm ihm dann die Schlüssel aus den zitternden Fingern. »Leider müssen wir Sie jetzt fesseln, Bill.« Sie fesselten ihn mit den Handgelenken und Knöcheln an seinen Stuhl, klebten ihm den Mund mit Paketband zu und rollten ihn in den Geräteraum, wo er den Reinigungsmitteln Gesellschaft leisten konnte. »Ich lass das Licht an«, sagte Wyatt, bevor er abschloss. »In spätestens einer halben Stunde sind wir wieder zurück. Versprochen.«

Wyatt beabsichtigte keineswegs, wiederzukommen. Nur brauchte der Portier das nicht zu wissen. Er sollte sich nur so lange wie möglich ruhig verhalten, mehr nicht.

Drei Minuten später betraten sie die leer stehenden Büroräume im sechsten Stock. Es roch unbewohnt, doch Wyatt fühlte die Energie und die Spannung im Stockwerk darunter, hatte den Zigarettenrauch in der Nase, den Geruch von Whisky und Schweiß, meinte, die gemurmelten Spieleinsätze und das Klacken der Jetons zu hören. Doch er wischte die Vorstellung beiseite. Er hatte keine Zeit, sich dem hinzugeben.

Jardine öffnete die Balkontür und Wyatt trug die Sporttasche nach draußen. Er beugte sich über das Geländer und sah, dass die Vorhänge im fünften Stock geschlossen waren und dass dahinter Licht brannte. Als Nächstes holte er eine Strickleiter aus Nylon aus der Tasche, befestigte ein Ende am Balkongeländer und ließ den Rest in die Dunkelheit hinabfallen. Er stieg als Erster hinunter, Jardine folgte ihm. Auf dem Balkon im fünften Stock angekommen, zogen sie ihre .38er, schoben die Balkontür zur Seite und traten ein.

Es war nur ein Spiel im Gange. Sechs Leute – zwei Chinesen, zwei Männer europäischen Zuschnitts und zwei Filipinos – saßen um einen Tisch, vier von ihnen rauchten. Eine Lampe, wie sie für gewöhnlich über Pooltischen hängt, warf ein hartes Licht auf den Spieltisch. Der Rest des Raumes war nur schwach beleuchtet. Am Ende der Etage führten zwei geschlossene Türen in weitere Räume. Dort befand sich auch die Bar mit einem Regal voller Flaschen dahinter.

Alles entsprach genau der Vorstellung, die Wyatt sich auf Grund der Beschreibung Jardines gemacht hatte. Viel interessanter hingegen war die Antwort auf die Frage nach der Position der Vasallen des Syndikats. Einer stand hinter der Bar, ein weiterer an der Eingangstür und zwei lehnten lässig an der Wand. Man hätte meinen können, sie schliefen. Spätestens wenn die kühle Luft von draußen die verrauchte von drinnen aufgemischt hatte, würden sie munter werden.

Doch Wyatt beraubte sie jeder Chance, sanft zu erwachen. Er rannte zum Spieltisch, riss einen Chinesen vom Stuhl hoch und hielt ihm die .38er an den Hals. »Lasst eure Waffen fallen!«

Ein Ruck ging durch die Vasallen, instinktiv griffen sie unter ihre Jacketts, um sich sofort eines Besseren zu besinnen. Schließlich garantierte der Mann aus Hongkong dem Syndikat Einnahmen von einer runden Million Dollar im Jahr. Sie ließen die Waffen fallen. Unterdessen scheuchte Jardine ein halbes Dutzend halb nackter Mädchen aus den Nebenzimmern, alle blutjung.

»Wir wollen niemanden verletzen. In fünf Minuten sind wir verschwunden«, sagte Wyatt klar und deutlich. Sein Ansatz, wenn Waffen im Spiel waren: knappe Anweisungen, behutsames Vorgehen und niemals die Partner beim Namen nennen. In einer Situation wie dieser benutzte er ausschließlich Pistolen oder Revolver, niemals Schrotflinten. Schrotflinten waren sperrig, laut, richteten größeren Schaden an, vor allem aber lösten sie Panik aus. Ferner vermied er es, mit der Waffe zu wedeln. Stattdessen wählte er ein Ziel und hielt die Waffe darauf gerichtet. Eine klare Ansage, wer zuerst würde dran glauben müssen, sollte jemand aus der Reihe tanzen.

Für den Augenblick war alles Wesentliche gesagt. Jardine schaufelte die Jetons in eine Tüte, trat vom Tisch zurück und trieb die Vasallen und die frierenden Teenager hinaus auf den Balkon. Mit dem Schließen der Balkontür hatte er seinen Teil der Aufgabe erledigt. Wyatt musterte die Spieler. Vier von ihnen waren eitel, korrupt und sadistisch, also rechneten sie damit, dass ihr erbärmliches Dasein sich seinem Ende zuneige. Die restlichen zwei waren offensichtlich wütend. Keiner von ihnen hatte die Absicht, jemals wieder an einem der Tische des Syndikats zu spielen. »Wie gewonnen, so zerronnen,« sagte Wyatt, »schönen Gruß an Kepler.«

ZWEIUNDZWANZIG

Napper quälte den Türklopfer aus Gusseisen und wartete. Josie teilte sich das Haus mit einer anderen allein erziehenden Mutter, einer Rechtsanwältin. Ein Zusammentreffen mit dieser Person stand heute nicht zu fürchten. Ein unangebrachtes soziales Gewissen trieb sie nämlich jeden Freitagnachmittag in die Rechtsberatung von Fitzroy, wo sie dem Abschaum Beistand leistete, damit der sich um Geldbußen und Haftstrafen herummogeln konnte. Josie passte derweil auf die Kinder auf. Napper klopfte noch einmal. Das Reihenhaus war frisch renoviert und nun hatte die Tür endlich die gleiche Farbe wie alle anderen Türen in Fitzroy – Deep-Brunswick-Green.

»Was willst du hier?«, wurde er begrüßt und im selben Atemzug »Geh wieder nach hinten, Roxanne! Also, was willst du hier?«

Napper erhaschte noch einen kurzen Blick auf seine Tochter, die zuerst begeistert schien, dann beleidigt dreinsah, als ihre Mutter ihr den Weg versperrte und die Tür hinter sich heranzog. Josie stand jetzt auf der Fußmatte und funkelte ihn an.

»Ein paar Worte unter zivilisierten Menschen, Josie.«

»Zivilisiert? Wärst du ein zivilisierter Mensch, bräuchte ich keine Gerichtsbeschlüsse. Ich geh jetzt wieder rein, denn ich hab dir nichts zu sagen.«

Immer dasselbe. Immer diese schrille, vorwurfsvolle Stimme, dieses verkniffene, verbitterte Gesicht. Angewidert sagte Napper: »Hör zu, ich bin momentan ein bisschen knapp bei Kasse.«

»Und was ist mit mir? Meinst du, ich kann die Scheine nur so drucken?«

Napper war der Ansicht, dass sein schwer verdientes Geld Roxanne zu teuren Markenjeans verhalf und Josie ein Uni-Diplom ermöglichte, mit dem sie sich allenfalls den Hintern wischen konnte, und für ihn lief das alles auf endlose Schikane hinaus. Doch es war auch das alte Spiel gegenseitiger Vorwürfe und Verdächtigungen, das sie beinahe instinktiv spielten. Also versuchte er einzulenken. »Ich möchte nur eine Einigung, die fair ist, mehr nicht. Das Gericht hat wesentliche Punkte nicht in Betracht gezogen.«

»Und was genau, bitte? Dass du mindestens hundert Dollar die Woche für Bier und Schnaps brauchst? Dass es auch noch für einen Besuch im Puff reichen muss?«

Napper errötete. »Ich lebe bereits am Rande des Existenzminimums – «

Josie zuckte nur mit den Schultern.

» – während du an der Uni rumhängst und dich einen Dreck um unsere Tochter kümmerst.«

»Das darf doch nicht wahr sein! Der Staat hat die Pflicht, mich vor solch einem Mist zu schützen. Mehr sag ich nicht dazu.«

Sie wollte zurück ins Haus, als Napper sie an der Schulter packte und herumriss. »Sieh mich gefälligst an, wenn ich mit dir rede!«, schrie er.

Sie befreite sich aus seinem Griff. »Du bist doch das Letzte! Ich werde dich wegen Nötigung anzeigen. Roxanne hast du auch aufgelauert, neulich, im Schwimmbad. Langsam frage ich mich, was du ihr angetan hast, als wir noch zusammengewohnt haben.« Napper verschlug es die Sprache, er wich zurück. Hinter seinen Augen machte sich ein Schmerz bemerkbar, eine dieser Schädel spaltenden Kopfschmerzattacken. Er presste seine Finger gegen die Schläfen und machte mehrere Male den Mund auf und wieder zu. »Du bringst mich noch um den Verstand«, stieß er hervor.

»Das kannst du doch selber viel besser«, gab Josie zurück und schlüpfte, dicht an die Tür gepresst, zurück ins Haus. »Du willst die Sache also nochmals vor Gericht verhandeln lassen? Okay. Aber denk dran, du schuldest mir neuntausend Dollar.«

»Jetzt nur noch siebentausendfünfhundert!« Napper schleuderte ihr Malans Geld vor die Füße. »Abzüglich weiterer eintausendfünfhundert, die du morgen bekommst.«

Sie machte keine Anstalten, das Geld aufzuheben, sie machte gar nichts, sagte nicht einmal danke. Napper warf das schmiedeeiserne Gartentor hinter sich zu. Er wollte nur noch weg von hier. Sein Kopf drohte zu zerspringen. Da war noch Panadol im Handschuhfach. Er beugte sich hinüber, um es zu öffnen, als seine Absätze ein weiteres Stück des Bodens lockerten und ihn an die übrigen Rostlöcher erinnerten. Er nahm drei Panadol, versuchte, sie mit ein wenig Speichel hinunterzuwürgen, doch sie blieben im Hals stecken. Also mühte er sich aus dem Auto, kaufte sich drüben am Kiosk eine Dose Fanta und kippte sie hinunter.

Halb sieben. Noch eineinhalb Stunden, bis die Nachtschicht losging. Er beschloss, bei Tina vorbeizuschauen. Vorsichtshalber öffnete er alle Fenster, um sich durch eindringende Abgase nicht zu vergiften. Aber auch mit Tina hatte er heute wenig Freude. Sie warf ihm an den Kopf, dass er so viel arbeite, dass ihre freien Tage niemals zusammenfielen – all das brachte das Fass zum

Überlaufen. Er holte aus und schlug zu, nur damit sie endlich die Klappe hielt. Danach legte sie erst richtig los, zeterte, dass sie ihn hasse, warf die Tür hinter sich ins Schloss und war weg.

Jetzt brauchte er irgendetwas für seinen Seelenfrieden. Er durchsuchte ihren Kühlschrank, fand ein paar Dosen ihres Lieblingsbiers und machte es sich mit einer davon in ihrem Fernsehsessel bequem, die Fernbedienung auf seinem Schoß.

Die erste Meldung auf Channel Seven gab den Tod der zehnjährigen Clare Ng bekannt, die am Morgen in Richmond durch eine Autobombe ums Leben gekommen war. Zunächst sei man davon ausgegangen, eine undichte Stelle in der Benzinleitung habe die Explosion ausgelöst. Doch mittlerweile habe die Polizei Anhaltspunkte, dass im Kofferraum des neuen Mercedes der Familie Ng, der in der Seitenstraße hinter dem Restaurant, das der Vater des Opfers, ein bekannter Geschäftsmann und aller Voraussicht nach der nächste Bürgermeister von Richmond, betreibe, ein Sprengsatz deponiert worden sei. Der Pressesprecher der Polizei sagte, es sei vorstellbar, dass Clare Ng die Explosion ausgelöst habe, als sie den Kofferraum öffnete.

Es gab noch mehr dazu. Der scheidende Bürgermeister sprach von einer Schandtat. Clare sei überall beliebt gewesen. Die Ngs seien angesehene Bürger. Die Polizei wollte nicht ausschließen, dass die Drahtzieher des Anschlags in der vietnamesischen Community zu finden seien.

Was zum Teufel hatte die Kleine am Kofferraum zu suchen?, fragte sich Napper. Er stellte sich den Moment vor, als die Klappe hochging und der Kleinen um die

Ohren flog. Dann stellte er sich seine Tochter in einer derartigen Situation vor, und das Bier und das Panadol und die Fanta begannen, in seinem Magen zu revoltieren. Er stützte den Kopf in beide Hände und schaukelte sanft vor und zurück.

Sportnachrichten und die Wettervorhersage folgten, dann Lacher aus der Konserve und Werbespots für Dinge, mit denen Napper absolut nichts anfangen konnte. Er ging zurück in die Küche, schüttete das Bier weg und spülte Tinas Geschirr. Dann wärmte er ein Fertiggericht in der Mikrowelle auf, gab Instantkaffee in einen Becher mit Wasser und stellte auch den in die Mikrowelle. Die Nacht war lang und er brauchte einen klaren Kopf.

Um zehn nach acht betrat Napper das Revier. Das Bombenattentat hatte alle aufgeschreckt, der Boss warnte, das nächste Mal könnte es in ihrem Bereich einschlagen, also wachsam sein, Leute, Augen und Ohren offen halten!

Zwanzig nach acht kam eine junge Kollegin an seinen Schreibtisch. »Alles in Ordnung, Sir?«, fragte sie besorgt.

»Was meinen Sie damit?«

Sie zuckte leicht mit den Schultern. »Sie sehen nur etwas mitgenommen aus. Übrigens, da war ein Anruf für Sie.«

»Von wem?«

»Wollte seinen Namen nicht nennen. Sagte, er versucht es später noch mal.«

Malan.

Napper verließ das Revier und ging zu einem öffentlichen Fernsprecher. »Hören Sie, rufen Sie mich niemals wieder auf der Dienststelle an!«

»Sie haben's versiebt«, sagte Malan.

»Ich konnte doch nicht ahnen, dass die Kleine den Kofferraum öffnet.«

»Ihr Tennisschläger war im Kofferraum. Warum war die Ladung so enorm groß? Warum haben Sie den Zünder nicht woanders angebracht? Es heißt, das ganze Heck des Wagens sei hochgegangen.«

»Es war ein Unfall.«

»Es war kontraproduktiv! Ng kriegt jetzt den Mitleidsbonus. Anstatt vor Angst zu schlottern, schwimmt er ganz oben auf der Sympathiewelle. Die Leute scharen sich jetzt schon um ihn.«

Napper hatte keine Zeit, sich diesen Mist anzuhören. Seit einer Stunde ging es ihm wieder besser und er betrachtete den Tod des Mädchens nüchterner. Unschön, aber nicht rückgängig zu machen. »Das ist alles nicht gesagt«, erwiderte er. »Sie haben mir einen Auftrag erteilt und ich hab ihn ausgeführt. Ich komm später vorbei und hol mir mein restliches Honorar.«

»Sie machen Witze. Wenn Sie mir jemals wieder zu nahe kommen, packe ich aus. Auch wenn das mein eigener Untergang ist.«

Am Ende stand Napper in der Swan Street, einen Telefonhörer am Ohr, aus dem kein Laut mehr drang.

DREIUNDZWANZIG

Die Tage wurden länger und vor dem Kiosk am Eingang zur U-Bahn drängten sich haufenweise Pflanzen, die Wyatt noch nie im Leben gesehen hatte. Kleine Schilder mit botanischen Namen baumelten an den Stängeln und Blattachseln: ›Protea‹, ›Heliconia‹, ›Codiaeum‹. Dazwischen erkannte er die wie mit feinem Raureif überzogenen blaugrünen Blätter des Eukalyptus. Scheffleren, Orangen- und Zitronenbäumchen in Terrakotta-Töpfen standen in Reih und Glied längs des Kiosks, einer Konstruktion aus rustikalen Holzplanken, die an eine Almhütte erinnerte. Drinnen, auf den Regalen, wurden diverse Fläschchen mit Aromaölen, mexikanische Glasvasen in Blau und Grün, Kristall und Tonenten präsentiert. Da sich die Kundschaft an diesem Samstagnachmittag offenbar verabredet hatte, ausschließlich Rosen, Nelken oder Freesien zu kaufen, fristete der Rest des Angebots ein Schattendasein.

Ein weißer Bentley hielt am Straßenrand. Er gehörte Kepler und Wyatt hatte ihn erwartet. Kepler selbst saß nicht im Wagen. Jardine zufolge war der Fahrer nur ein Fahrer, der Typ im Fond hingegen war Towns, Keplers Mastermind. Regelmäßig am Samstagnachmittag hielt der Wagen vor dem Kiosk. Erst kaufte Towns Rosen, dann holte er seinen Chef von dessen Penthouse in Darling Harbour ab, wo sich Kepler neben den Geschäften auch um seine Geliebte kümmerte. Anschließend fuhr man gemeinsam zum Anwesen an der Küste. Seiner Frau machte Kepler weis, er verbringe den Nachmittag beim Galopprennen. Möglicherweise erteilte er sich mit Hilfe der Rosen eigenmächtig die Absolution.

Wyatt beobachtete, wie die hintere Wagentür aufging. Er stand hinter einem Ständer mit Postkarten, der zu einem Zeitungskiosk gehörte, und hatte freie Sicht auf den Innenraum des Bentley. Von dem Chauffeur sah er nur das dunkle Jackett und die spitz zulaufende Kappe. Towns trug einen dunklen Anzug und auf Hochglanz polierte Schuhe. Er saß allein auf der Rückbank; jetzt stieg er aus, streckte den Oberkörper, vermutlich um eine leichte Verspannung im Rücken zu lockern, dann bahnte er sich seinen Weg durch die Gruppen der Fußgänger. Unterdessen stand der Wagen am Bordstein, mit laufendem Motor und halb offener Tür.

Zunächst hatte Wyatt daran gedacht, im Bentley auf Towns zu warten. Doch diese Variante warf Fragen auf. Was, wenn Towns ihn dort zu früh entdeckte und verschwand? Oder wenn der Fahrer den Helden spielen wollte und auf die Hupe drückte? Der Fahrer könnte auch einfach losfahren, ohne Towns. Also wartete Wyatt, bis Towns die Rosen gekauft hatte und wieder Richtung Wagen ging. Ein Mann ist relativ hilflos, wenn er sich mit Rosen im Arm vorbeugen muss, um in ein Auto zu steigen. Als Towns am Bentley war und sich in den Wagen beugte, um zuerst die Rosen abzulegen, setzte sich Wyatt in Bewegung. Er trug ebenfalls einen Anzug und die Passanten hätten ihn allenfalls für einen ungeduldigen Zeitgenossen halten können, so, wie er Towns von hinten in den Wagen schob und dann die Tür hinter sich zuzog. Zumindest hatte die Szene nichts Ungewöhnliches, zumal die Reichen bekanntermaßen nach eigenen Regeln handelten.

Der Fahrer trug eine Sonnenbrille. Er atmete hörbar durch den Mund und hatte sein Gesicht tief in den Sportteil des Daily Telegraph versenkt. Als der Wagen leicht schaukelte, faltete er die Zeitung zusammen und legte sie beiseite. »Alles klar, Boss?«

Jetzt erst sah er Wyatt. Seine Hand wanderte unter das Jackett und er wollte sich gerade umdrehen, als Wyatt ihm die .38er zeigte. »Lass das«, sagte Wyatt knapp. Ebenso gut hätte er auch mit einer Maschinenpistole fuchteln können, die Scheiben waren getönt und von außen nicht einsehbar. »Ich will mich nur unterhalten. Fahr einfach ein paarmal um den Block.«

»Boss?«

Towns verzog das Gesicht. »Tu, was er sagt.«

»Erst die Waffen«, forderte Wyatt.

Er steckte die beiden Waffen ein, der Bentley fuhr an und glitt lautlos durch den Verkehr. Im Innenraum roch es nach Leder, Aftershave und Aggression. Wyatt lehnte sich gegen die Tür und betrachtete Towns. Ein liebenswürdiger, gebildeter Gentleman mit wachem Verstand, dessen Geschäfte vor einem Mord nicht Halt machten. »Haben Sie mal die Möglichkeit in Betracht gezogen, die U-Bahn zu nehmen?«, fragte Towns sanft. »Dort hinten. Am Ende der Treppe.«

Wyatts Blick war starr auf ihn gerichtet.

»Ich vermute, Sie sind der Scheißkerl, der uns ins Handwerk pfuscht«, sagte Towns scharf. »Was wollen Sie eigentlich unter Beweis stellen?«

Wyatt ignorierte die Frage. »Vielleicht helfen Ihnen zwei Namen aus jüngster Vergangenheit weiter. Bauer und Letterman.«

Towns sah mit einem Mal erschöpft aus. »Wyatt.«

»Ihr habt mir Bauer auf den Hals gehetzt, ich hab ihn ausgeschaltet. Ihr habt mir Letterman auf den Hals gehetzt, ich hab ihn ebenfalls ausgeschaltet.«

In Wyatts Stimme schwangen Emotionen mit, zum ersten Mal seit langer Zeit. Es fiel ihm auf und er begrüßte es. Er trauerte der gewohnten Gelassenheit nicht nach, der Sicherheit, mit der er Geldtransporter überfiel oder Banken ausräumte. Diesmal ging es um Rache, nicht um Profit. Diesmal nahm er es persönlich und das hatte etwas Reinigendes. Er drückte jemandem seinen Willen auf, der ihm an den Kragen wollte. Zwangsläufig kamen Gefühle ins Spiel. Objektiv zu sein war dabei nicht möglich.

Er stieß Towns die .38er ziemlich unsanft in die Rippen. »Ich muss zu Kepler.«

»Um ihn umzubringen? Das werden wir zu verhindern wissen. Wir werden Sie aufhalten, entweder hier und jetzt oder bei ihm. Das garantiere ich Ihnen.«

»Ich habe kein Interesse daran, ihn umzubringen. Ich will mit ihm reden. Ihm ein Geschäft vorschlagen.«

Der Bentley hielt an, um einen Krankenwagen passieren zu lassen. Beim Klang der Sirene zuckte Wyatt unwillkürlich zusammen. Ebenso Towns. Als der Wagen wieder anfuhr, sagte Wyatt: »Wenn Sie mich nicht zu Kepler bringen, mache ich weiter wie bisher. Eines Tages kriege ich Kepler persönlich dran, das garantiere *ich* Ihnen.«

»Was für ein Geschäft?«

»Bringen Sie mich zu Kepler.«

Inzwischen war der Bentley einmal um den Block gefahren und schob sich durch den stockenden Verkehr Richtung Blumenkiosk. Passanten auf dem Weg zur U-Bahn streiften die spiegelblanke Oberfläche der Luxuskarosse mit leicht apathischem Blick. Towns rutschte auf seinem Platz hin und her. »Was auch immer Sie mit Kepler zu besprechen haben, Sie können es auch mit mir besprechen.«

Wyatt schüttelte den Kopf, nah dran, die Beherrschung zu verlieren. Was war los mit diesem Towns? Warum musste er quasi mit ihm verhandeln? Seine Gesichtszüge entspannten sich in dem Augenblick, als er seine .38er abfeuerte. Dicht neben Towns' linkem Oberschenkel, seiner Taille und seiner linken Schulter schlugen Geschosse in das Leder ein.

Der Bentley brach aus, holperte über den Bordstein und kam in einem spitzen Winkel auf dem Gehweg zum Stehen. Mit wildem Blick drehte sich der Fahrer um, doch Wyatt gab ihm lässig ein Zeichen mit der Waffe. »Fahr weiter«, sagte er und drückte noch mal ab. Die Einschüsse hinterließen dunkle Löcher in dem cremefarbenen Leder.

Bereits beim ersten Schuss hatte Towns die Luft angehalten. Er sah aus, als wünsche er sich, unsichtbar zu sein. Jetzt wagte er wieder zu atmen und sein Brustkorb hob und senkte sich.

»Okay, okay«, er beugte sich nach vorn zum Fahrer, »zu Kepler.«

»Ins Penthouse?«

»Ja.«

Wyatt sah aus dem Fenster, er spürte seinen Herzschlag. Die Fahrt führte vorbei am Hyde Park, wo die Bäume noch ziemlich kahl waren. Zwei Tage lang hatte das Wetter verrückt gespielt, Frühjahrsstürme und Regen, Sydney war feucht und dampfte, eine Stadt voller nervöser, eingepferchter Menschen und vom Sturm gebeutelter Grünanlagen. Doch jetzt hangelte sich die späte Nachmittagssonne durch die dürren Äste. Auf einer Parkbank schäkerten zwei schwarze US-Marines mit ein paar Schulmädchen, Spaziergänger, ausgestattet mit Fotoapparaten, Cityrucksäcken oder Gürteltaschen, bevölkerten die Wege, dazwischen Radfahrer und Läufer.

Wyatt beobachtete, wie sich ein Junge jemandes Geldbörse schnappte und auf seinen Roller Blades eilig das Weite suchte. Jeder sah den Jungen davonschießen, niemand hielt ihn auf. Das ist Sydney, dachte Wyatt. Er schwieg und zwang sich zur Gelassenheit.

Das Penthouse lag am Yachthafen von Darling Harbour. »Du bleibst im Wagen«, befahl Wyatt dem Fahrer.

Der sah seinen Boss an und der Boss nickte. Towns musste eine Plastikkarte benutzen, um sich und Wyatt Zugang zum Gebäude zu verschaffen. Sie durchquerten das Foyer, einen modernen Tempel aus schwarzem Marmor und dickem Glas. Im Fahrstuhl drückte Keplers Mastermind den obersten Knopf und schon wurden sie sanft emporgetragen. Die Tür öffnete sich und sie standen in einem schmalen Flur. Wieder musste Towns die Karte einsetzen, nur so kamen sie ins Penthouse. Wyatt sah sich um: Der Teppich war dick, das Sofa aus Leder, an den Wänden Bilder von Ken Done. Kein Mensch da außer ihnen. »Wo ist er?«

In diesem Moment hörten sie einen gekünstelten Aufschrei aus einem der Nebenzimmer. Towns verzog keine Miene. »Dreimal dürfen Sie raten.«

»Mal sehen, ob er eine gute Figur macht«, sagte Wyatt und drückte Towns aufmunternd den Lauf der Waffe in die Seite. Towns voran, gingen sie in den Flur links vom Wohnzimmer. Die verschwitzten Laute, gewürzt mit dem einfallslosen Vokabular einschlägiger Filme, waren nun nicht mehr zu überhören. Vor der Tür, hinter der sich alles abspielte, blieb Towns stehen und bemerkte: »Das wird ihm nicht gefallen.«

»Wir könnten noch was lernen«, erwiderte Wyatt und stieß ihn mit der Waffe vor sich her.

Es war die Frau, die zweimal versucht hatte, ihn umzubringen. Sie lag auf dem Rücken, die schier endlosen

Beine in der Luft, und veranstaltete den ganzen Lärm; ihre noch immer blutunterlaufenen Augen starrten mit unbeteiligtem Blick an die Decke. Keplers akustischer Beitrag war eher verhalten, er hielt seinen Mund an ihren Hals gepresst. Sein Oberkörper hatte beträchtliche Ausmaße, die Arschbacken, obwohl in Aktion, hingen schlaff herunter und seine Beine waren dünn wie Streichhölzer.

»Ich hoffe, Sie haben keinen Herzfehler, Kepler.«

Augenblicklich war Ruhe. Als Kepler innehielt, versetzte die Frau ihm einen Stoß und er rollte auf den Rücken. Da lag er nun, alle viere von sich gestreckt, rot, verschwitzt und welk. Die Frau setzte sich auf, zog ihre Knie bis unter das Kinn und fing an zu grinsen, als weide sie sich an Wyatts erschöpftem, abweisendem Gesichtsausdruck. Für ihn war es eine Provokation, die er ignorierte. »Unter die Decke, beide!«

Ihr Grinsen wurde breiter. »Macht mein Anblick dich etwa nervös?«

»Halt die Klappe«, sagte Kepler enerviert und schwang die Streichholzbeine über den Rand des Bettes. »Ich zieh mich an und dann reden wir über alles.«

Wyatt zerschoss die Tiffany-Lampe neben dem Bett. »Unter die Decke. Beide!« Als Nächstes richtete er die .38er auf Towns. »Leiste ihnen Gesellschaft. Dann können wir uns endlich unterhalten.«

VIERUNDZWANZIG

Wyatt begann mit der Frau. »Sie hat versucht, mich umzubringen.«

Kepler hob mit gespieltem Bedauern die feisten Hände. »So ist sie nun mal.«

Wyatt starrte sie an. »Wie heißt du?«

»Rose.«

»Rose. Und weiter?«

»Rose. Nichts weiter.«

Sie lag zwischen den beiden Männern und beobachtete Wyatt, taxierte ihn. Man sah nur ihr Gesicht, ein weißes Oval, in dem die dunklen, geschwollenen Augen wie Löcher in einer Maske wirkten. Ab und an fing Wyatt ein Flackern auf, als wollte sie ihm zu verstehen geben, dass sie eine gemeinsame Geschichte hätten, unter der der Schluss-Strich noch fehle.

»Stehst du auf der Gehaltsliste oder arbeitest du auf eigene Rechnung?«

»Was spielt das für eine Rolle?«

Eine wichtige, was Wyatt betraf: Wäre sie sozusagen freischaffend, würde sie sich für die Niederlage an ihm rächen wollen. Sie wäre somit ein ständiges Problem. Stünde sie in Keplers Diensten, müsste Kepler ihr unter allen Umständen klarmachen, dass der Auftrag für sie gestorben sei. Wyatt sah Kepler fragend an.

»Sie arbeitet für mich.«

»Ausschließlich?«

»Ja.«

»Und diese drei Schwergewichte, die sie unterstützt haben?«

»Wurden angeheuert. Wir werden nicht mehr auf sie zurückgreifen.«

Zu Rose gewandt, sagte Wyatt: »Ich bin kein Ziel mehr, Rose. Mr. Kepler wird dir gleich erklären, warum.«

»Ach ja?«, fragte Kepler und verschränkte seine Arme über dem grauen Gespinst auf seiner Brust. »Und wie käme ich dazu?«

Wyatt zog einen Beutel aus der Innentasche seiner Jacke und öffnete ihn mit einer Hand. Wie dicke Regentropfen prasselten glitzernde Teilchen von der Größe einer Fingerkuppe auf die Bettdecke. »Ihre Diamanten im Wert von hunderttausend Dollar«, sagte Wyatt.

»Ich wüsste gern, wieso Sie darüber Bescheid wussten.«

»Das ist uninteressant. Diamanten: hundert Riesen. Kokain: noch mal hundert Riesen. Was aber den Verlust des Wohlwollens Ihrer Glücksspielkunden betrifft und ihrer Bereitschaft, Ihre Dienstleistung auch weiterhin in Anspruch zu nehmen«, Wyatt zuckte mit den Schultern, »dieser Schaden ist nicht zu beziffern.«

Kepler starrte auf die Diamanten, dann hievte er sich aus den Kissen, um sie einzusammeln. »Sie sind doch völlig übergeschnappt. Was wollen Sie eigentlich?«

»Wie ich bereits schon zu Rose sagte: Auf meiner Stirn klebt ein Preisschild und ich will, dass Sie es entfernen.«

Kepler lachte trocken. »Aber weshalb sollte ich das tun?«

»Um sich weiteren Ärger zu ersparen.«

Kepler zuckte mit den Achseln. »Ich verfüge über viele, vor allem loyale Mitarbeiter. Die werden Jagd auf Sie machen und Sie eines Tages zur Strecke bringen.«

Wyatt stieß mit dem Lauf seiner Waffe auf eine Erhebung unter der Decke, Keplers Fuß. »Ich bin jetzt der Jäger, Kepler. Haben Sie das immer noch nicht verstanden?«

Der Fuß zuckte kurz. »Ich bin ehrlich gesagt verwirrt. Warum nehmen Sie nicht einfach die Diamanten und verpissen sich, meinetwegen nach Übersee?«

»Weil es mir hier gefällt.«

»Oder tauchen Sie unter.«

»Immer auf der Flucht? Sich immer umschauen müssen, ob man verfolgt wird ... für den Rest seines Lebens? Ich bitte Sie.«

Kepler gestikulierte verärgert mit den Händen. »Momentan sitzen Sie am längeren Hebel, ich kann mich nicht verteidigen, warum, also, legen Sie mich nicht um?«

»Das kann ja noch kommen.«

»Im Ernst«, sagte Kepler, »ich will es wissen.«

»Das Kopfgeld verträgt sich nun mal nicht mit meiner Arbeit. Ich möchte genau das machen, was ich vorher gemacht habe. Ich möchte mich frei bewegen können. Das kann ich nicht, solange der Auftrag noch steht und ich mich bei jedem Gauner, der mir über den Weg läuft, fragen muss, ob der sich was beweisen will, indem er mich über die Klinge springen lässt.«

»Was, wenn ich den Auftrag nicht zurückziehe?«

»Dann werde ich Sie umlegen. Vielleicht nicht sofort, vielleicht lasse ich Sie noch eine Weile schmoren. Aber ich werde Ihnen weiter in die Suppe spucken, so lange, bis Ihr Vertrauensbonus aufgebraucht ist, bis Sie am Boden sind.«

»Das aber wäre keine Lösung für Ihr zentrales Problem, Wyatt.« Towns meldete sich zurück. »Der Auftrag existierte dann noch. Und die Organisation verfügt über große Ressourcen. Selbst wenn Sie uns alle drei umbrächten, wer auch immer an unsere Stelle rückt, früher oder später wird er Sie finden.« Wyatt ignorierte Towns. Sein Blick ruhte auf Kepler. Der Verlauf der Unterhaltung war für ihn keine Überraschung.

»Hören Sie überhaupt zu?«, fragte Kepler. »Und was Ihre Verhandlungsposition anbelangt ... Ihr Vorschlag ist einen Scheiß wert. Warum sollten wir darauf eingehen?

Es reicht nicht, uns zu versichern, sich nicht mehr in unsere Belange mischen zu wollen. Da müssen Sie schon Überzeugenderes vorlegen.«

Wyatt schien darüber nachzudenken. Kepler beobachtete ihn. »Ich könnte Ihnen anbieten, für uns zu arbeiten. Für einen Mann mit Ihren Fähigkeiten haben wir immer Bedarf.«

»Sie scherzen.« Wyatt wusste, was es hieß, für Kepler zu arbeiten. In den Gefängnissen saßen etliche gute Profis, die dem Syndikat auf den Leim gekrochen waren. Oberflächlich betrachtet klang das Angebot der Organisation verlockend. Man würde sich einfach um alles kümmern: Lagepläne, Ausrüstung, Nachschub, selbst um Videobänder vom Einsatzort, wenn gewünscht. Hinterher würde man die gestohlenen Diamanten, Bilder, Goldbarren oder Reiseschecks an den Mann bringen, das Geld waschen, also alle Risiken tragen, damit derjenige, der den Job ausführte, nicht Gefahr lief, über den Tisch gezogen zu werden oder verdeckten Ermittlern in die Falle zu tappen. Der Haken an der Sache, gehörte man erst mal zum Syndikat, arbeitete man rund um die Uhr. Man bekam aber nur einen Hungerlohn verglichen mit dem Aufwand und den Fähigkeiten, die notwendig waren. Wenn man Glück hatte, verdiente man an jedem gestohlenen Dollar zehn Cent, den Rest sackte die Organisation ein. Wenn man Pech hatte und geschnappt wurde oder unter dem Arbeitsdruck zusammenbrach, war man völlig auf sich allein gestellt.

Nein danke. Wann auch immer Wyatt etwas zu Geld machen musste, er hatte stets gute Leute bei der Hand, unabhängige Mittelsmänner, die den Wert seiner Arbeit zu schätzen wussten und entsprechend zahlten.

»Sie begehen gerade einen großen Fehler«, sagte Kepler.

Wyatt schüttelte den Kopf.

»Also gut«, Kepler schob die Bettdecke hinunter bis zur Taille, »worauf warten Sie? Knallen Sie mich ab.«

»Halten Sie Ihre Klappe, Kepler. Ich sollte Ihnen doch etwas Überzeugenderes bieten ... kein Problem. Sie strecken Ihre Fühler Richtung Victoria aus, richtig?«

Keplers spöttischer Gesichtsausdruck verflüchtigte sich. »Wir säßen längst drin, wenn Sie uns nicht daran gehindert – «

»Vergessen Sie das jetzt mal«, fiel ihm Wyatt ins Wort. »Sagt Ihnen der Name Mesic etwas?«

Kepler witterte eine Falle und fixierte Wyatt. »Gestohlene Wagen?«

»Vor kurzem verstarb Karl Mesic. Sein ältester Sohn hat ehrgeizige Pläne, will in eine andere Liga. Das stößt auf Widerspruch beim Rest der Familie. So sind sie momentan ziemlich geschwächt und die Kanaille lauert nur darauf, sich die Brocken zu schnappen.« Wyatt machte eine Pause. Dann lächelte er. Es war kein freundliches, es war ein selbstsicheres Lächeln. »Ich kann sie Ihnen liefern.«

»Sie können mir die Mesics liefern?«

»Mit Haut und Haar. Wir müssen nur zuschlagen, solange alles noch beim Alten ist, solange alles noch halbwegs bei denen läuft.«

Kepler sah ihn skeptisch an. »Und was springt für Sie dabei heraus?«

»Die Mesics haben Geld, das mir gehört. Jemand, der zu ihrem Dunstkreis zählt, hat mich letztes Jahr aufs Kreuz gelegt. Ich rechne nicht damit, alles wieder zu sehen, aber jeden Donnerstag ist 'ne Menge Bares in ihrem Safe. Ich nehme mit, was da ist. Mehr will ich nicht.«

Keplers Skepsis machte Argwohn Platz. »Haben Sie die Sache noch an jemand anderen herangetragen?«

»Nein. Wieso?«

Kepler entspannte sich. »Weil ich auf Konkurrenz verzichten kann. Sie sagen, Sie wollen nur das Bargeld? Keinen weiteren Anteil?«

»Ich will nur das, was mir zusteht«, sagte Wyatt. »Der Rest gehört Ihnen.«

»Und das wäre?«

»Erst einmal könnten Sie den Mesics persönlich auf den Zahn fühlen. Und Sie kommen in den Besitz ihrer Unterlagen, alles Wissenswerte über die aktuellen Aktivitäten und über die Planungen für die Zukunft. Mit diesen Informationen dürfte eine Übernahme reibungslos funktionieren.«

»So sieht also Ihr Deal aus, das ist Ihr As im Ärmel. Sie liefern mir die Mesics und ich vergesse den Auftrag.«

»Richtig.«

Kepler lehnte sich zurück und musterte Wyatt. »Ich bezweifle nicht, dass Sie die Herrschaften ausschalten könnten, Sie bräuchten dazu nur das geeignete Team.«

Wyatt hatte eine Art Drehbuch im Kopf und bisher war niemand der Beteiligten davon abgewichen. »So ist es.«

»Aber das ist Ihnen nicht möglich, solange dieser Preis für Ihren Kopf ausgesetzt ist und jeder zweite Affe scharf darauf ist, Sie aus dem Verkehr zu ziehen.« Kepler hielt sich weiterhin an Wyatts Drehbuch. Kepler ging immer auf Nummer Sicher. Bevor er sich für irgendetwas engagierte, wog er sorgfältig Gewinn und Risiko gegeneinander ab. Wyatt beugte sich nach vorn und sagte leise: »Ob Sie's glauben oder nicht, ich habe Freunde, Leute, die lieber mit mir als gegen mich arbeiten, trotz Ihrer vierzig Riesen. Was ich brauche, ist Startkapital für die Operation und da könnten Sie mir weiterhelfen.«

»Bedauere, damit kann ich nicht dienen«, sagte Kepler nach kurzem Zögern.

»Und weshalb?«

»Man will schließlich die Übersicht behalten, was Investitionen betrifft. Was, wenn Ihre Freunde Sie übervorteilen oder Sie die Sache verpatzen? Dann hätte ich gutes Geld zum Fenster hinausgeworfen und dazu eine Menge Ärger am Hals, sollten die Mesics je von unseren Plänen erfahren.«

Wyatt runzelte die Stirn. Okay, also weiter im Text. »Was schlagen Sie vor?«

»Meine Leute arbeiten mit Ihnen zusammen. Sie werden sich nicht die Hände schmutzig machen, nichts riskieren, aber sie werden genauestens Bescheid wissen und Ihnen alles zur Verfügung stellen, was notwendig ist.«

Wyatt ließ sich Zeit mit seiner Antwort. Grundlage seiner Arbeit war die Erkenntnis, dass Eigeninteresse der Antrieb aller zwischenmenschlichen Beziehungen war. Er traute Kepler nicht. Er traute niemandem. Leider führte seine Tätigkeit dazu, dass er dem einen oder anderen zeitweilig Vertrauen entgegenbringen musste. Jobs, die er allein durchziehen konnte, hatten Seltenheitswert. Also war er auf andere angewiesen. Das hieß, immer auf der Hut zu sein, Risiken auf ein Minimum zu reduzieren und Kräfte, die gegen ihn arbeiteten, auszuschalten, bevor sie ihre Wirkung entfalten konnten. »In Ordnung, so lange klar ist, wer der Boss ist«, sagte er schließlich.

»Nun ja«, Kepler zuckte mit den Schultern, »irgendwie klingt das alles sehr riskant.«

Wyatt sah dem fetten Mann direkt in die Augen. Ein kalter Blick, der besagte, dass er es langsam satt habe. »Entscheiden Sie sich, Kepler, wollen Sie mich aus dem Weg haben oder soll ich Ihnen die Mesics liefern?«

Kepler wollte beides, vermutlich. Es war nicht auszuschließen, dass Kepler seine, Wyatts, Liquidierung anordnete, nachdem die ›Operation Mesic‹ abgeschlossen war. Wyatt hatte das in seine Überlegungen mit einbezogen.

Mittlerweile war er es leid, sich nur im Kreis zu drehen.

»Haben Sie mich verstanden, Kepler? Sie kriegen die Mesics. Dafür blasen Sie die Jagd ab. Auf dieser Basis müssen wir uns treffen. Wenn nicht, werde ich Sie töten. Ich werde es tun, auch auf die Gefahr hin, für den Rest meines Lebens verfolgt zu werden.«

»Wir könnten uns auch selbst um die Mesics kümmern.«

»Und warum haben Sie's bisher nicht getan? Die Wahrheit ist doch, dass das Syndikat in Melbourne keine Rolle spielt. Ich kenne die Stadt. Ich weiß, wie die Mesics organisiert sind und ich weiß, wie man sie in die Knie zwingt. Ich kenne mich aus. Das ist mein Job.«

Das war der letzte Satz in Wyatts Drehbuch. Nun blieb ihm nur noch, Kepler zu erledigen. Hier und jetzt, im Bett. Towns und Rose spürten es und warteten genau wie Wyatt auf eine Entscheidung von Kepler.

»Also gut, der Deal geht klar.«

Indem er das sagte, indem er diese Entscheidung traf, konnte Kepler den Kontrollverlust, den er erlitten hatte, zum Teil wettmachen. Entspannt streckte er sich auf dem Bett aus. »Die Details besprechen Sie mit Towns und Rose. Beide werden Sie nach Melbourne begleiten. Aber damit wir uns richtig verstehen: Keiner von beiden wird ein Risiko eingehen.«

Wyatt schüttelte den Kopf. »Damit Sie mich richtig verstehen: Rose bleibt hier, bei Ihnen.«

Fünfundzwanzig

Es war zwecklos, Jardine mit dem großen Geld locken zu wollen oder mit irgendwelchen Versprechungen, auch an alte Zeiten zu appellieren brachte nichts; Jardine hatte es nicht nötig, in sein altes Gewerbe zurückzukehren. Ihm ging es gut, mit Hilfe seines Computers ließ er jeden Buchmacher alt aussehen und es gab immer jemanden, der an seinen Konzepten interessiert war. Er konnte unter guten Büchern, Musik und Erinnerungen wählen und lebte ein ruhiges, zurückgezogenes Leben, aber eins mit Stil. Und dennoch hatten seine Augen in den letzten Tagen diesen hungrigen Haifischblick, der mit jeder Aktion gegen das Syndikat schärfer wurde. Wyatt hatte nur eine Möglichkeit, Jardine zu überzeugen. »Ich brauche deine Hilfe in Melbourne«, sagte er schlicht.

»Aha«, ein winziges Lächeln spielte um Jardines Mundwinkel.

Es war Sonntagmorgen und sie saßen in Jardines Wohnzimmer, die Balkontür war offen und eine frische Brise wehte herein. Wyatt hatte auf dem Sofa übernachtet. Er spürte seine Knochen und war schlecht gelaunt; es wurde Zeit, dass es losging.

Der Wind hatte gedreht und trug eine Stimme von der

Straße herauf ins Zimmer: »Nein zu einer dritten Startbahn! Helfen Sie uns durch Ihre Unterschrift!«

Jardine wies mit dem Kopf zur Balkontür und jetzt lächelte er wirklich. »Denen hab ich gestern zwanzig Dollar spendiert.«

Ein Gefühl von Beklommenheit, fast ein wenig Schwermut überkam Wyatt. Von Zeit zu Zeit wurden ihm Einblicke in ein ganz normales Leben gewährt, wurde er Zeuge der Verbindung eines ganz normalen Menschen zum Rest der Welt. Natürlich gab es Phänomene, die Wyatt hasste: Dummheit, Niedertracht, Prahlerei. Doch er hatte noch nie gewählt, sich für nichts engagiert oder irgendwelche Diskussionen am Stammtisch geführt.

Wäre er gezwungen, über die Aspekte menschlichen Zusammenlebens nachzudenken, käme er vermutlich zu dem Schluss, dass das Leben nur deshalb mehr recht als schlecht funktionierte, weil Menschen bereit waren, Kompromisse einzugehen. Allerdings stellte er nur selten Überlegungen darüber an, was die Welt bewegte. Als hätten die Handlungen anderer nichts mit seinem Leben zu tun. Obwohl er in bestimmten Situationen über das verfügte, was man Einfühlungsvermögen nennt, musste er sich eingestehen, dass das Innenleben so genannter Durchschnittsbürger ein Buch mit sieben Siegeln für ihn war. »Welche Startbahn?«, fragte er ratlos.

Jardine lachte. »Widme dich doch ausnahmsweise mal dem Nachrichtenteil, wenn du das nächste Mal Zeitung liest.« Er kannte Wyatt und wusste, dass dieser Zeitungen nur in die Hand nahm, um das Prickeln in den Fingerspitzen zu spüren, das ihm sagte, dass irgendwo ein lukrativer Job auf ihn wartete.

Es war lange her, dass Wyatt mit jemandem zusammengesessen und einen verbalen, freundschaftlichen Schlagabtausch geführt hatte, dennoch fühlte er sich bei diesem Geplänkel mit Jardine unbehaglich. »Ich biete dir eine Beteiligung an, auch auf Prozentbasis, wenn du willst.«

Jardine nahm einen Schluck Kaffee und stellte den Becher ab. Vorhin hatte er Croissants besorgt und jetzt konzentrierte er sich auf die Krümel auf seiner Brust, entfernte sie mit seinem angefeuchteten Zeigefinger. »Vertraust du deinem Instinkt oder sprechen die Fakten für sich?«

»Sowohl als auch. Die örtlichen Verhältnisse scheinen günstig, keine nennenswerten Alarmanlagen, außerdem haben die Mesics massive familiäre Probleme. Nächsten Donnerstag ist das Geld im Safe. An diesem Tag muss die Sache über die Bühne gehen, sonst kommt mir noch jemand zuvor.«

»Und Kepler ist bereit, dich finanziell zu unterstützen?«

Wyatt nickte. »Um die Einzelheiten zu besprechen, findet morgen Vormittag in Melbourne ein Treffen mit seinen Leuten statt.«

»Erst holen wir dein Geld, danach kommen die, um aufzuräumen?«

Wieder nickte Wyatt.

»Und du bist sicher, dass die Mesics im Hause sind, wenn wir dort auftauchen?«

»Sie sind derzeit stark verunsichert. Ein paar mittelmäßige Lokalmatadoren haben ihnen bereits die eine oder andere Tour versaut, also werden sie das viele Geld donnerstags wohl kaum unbeaufsichtigt lassen.«

»Schaffen wir das allein? Könnte Kepler nicht zusätzlich ein paar von seinen Jungs abstellen?«

»Kepler setzt seine Leute nur im Vorfeld ein, was mir sehr gelegen kommt. Die Vorstellung von zu vielen Waffen während der Aktion, vor allem Waffen aus Sydney, behagt mir nicht. Kepler will vor allem ausschließen, dass seine Leute verletzt werden oder vor Ort sind, sollten wider Erwarten die Bullen erscheinen. Wenn wir unter Beschuss geraten, blasen wir das Ganze sofort ab. Damit kann ich leben.«

Jardine blickte nachdenklich zum Computer hinüber.

»Würde die Sache enorm vereinfachen, wenn dein Partner einer wäre, mit dem du schon mal gearbeitet hast.«

»Ja.«

»Und wenn er sich in Melbourne auskennen würde.«

»Exakt.«

»Und wenn er sein Handwerk beherrscht und du sicher sein kannst, dass er dich nicht übers Ohr haut.«

Wyatt stand auf. »Los, Jardine, was ist jetzt? Ja oder nein?«

»Ich will eine Pauschale.«

»Okay, fünfzigtausend. Wenn's floppt, egal weshalb, schulde ich dir diesen Betrag.«

»Käme der Vorschlag von jemand anders, würde ich mich jetzt totlachen.«

Wyatt legte zwei Flugtickets auf den Couchtisch. »Um vier am Ansett-Schalter.«

SECHSUNDZWANZIG

Bax wollte gerade Feierabend machen, als das Telefon klingelte. Er nahm ab und hörte Stellas Stimme: »Kann ich Mack sprechen?«

Es war das verabredete Zeichen und Bax zuckte innerlich zusammen. »Hier gibt es keinen Mack, bedauere, aber Sie müssen sich verwählt haben.«

»Entschuldigen Sie bitte«, sagte Stella und legte auf. Umständlich schob er auf seinem Schreibtisch noch ein paar Akten von einer Seite auf die andere, griff erneut zum Hörer, rief den Fuhrpark an und orderte einen nicht gekennzeichneten Falcon. Der Wagen stand kurz darauf in der Garage für ihn bereit. Beim Anlegen des Gurts wurde ihm fast übel. Der Wagen stank nach kaltem Zigarettenrauch, Döner und Schweiß – Nebenprodukte der mühsamen Kleinarbeit von Polizisten. Ein Artikel fiel ihm ein, den er kürzlich gelesen hatte und der sich mit toxischen Stoffen beschäftigte, die von der Innenausstattung moderner Autos an die Atemluft abgegeben wurden. Er ließ das Fenster herunter und fuhr in Richtung Doncaster Freeway. An der Ausfahrt Bulleen Road verließ er den Freeway und kurz darauf entdeckte er im Parkhaus der Heidi Gallery Stellas blauen XJ6. Mit eiligen Schritten ließ er das unansehnliche Grau des Gebäudes hinter sich, wich Bäumen und Skulpturen aus, um schnell bei Stella zu sein, die ihn an der Uferpromenade erwartete.

Sie lächelte nicht, berührte ihn nicht zur Begrüßung, stand nur da und hielt ihre Oberarme umklammert; Bax konnte es kaum ertragen. Vergangenes Wochenende hatte sie sich wegstehlen können, um ein paar Stunden mit ihm zu verbringen, und Momente aus dieser Begegnung liefen wie ein Film vor seinem inneren Auge ab: ihre Beine, ihr flacher gebräunter Bauch, die feinen blonden Härchen um ihren Nabel. Und plötzlich schien alles Geschichte zu sein. »Wir haben ein Problem«, sagte sie eisig.

Er schluckte. »Ein Problem?«

»Gestern Abend ist ein Cop bei uns aufgetaucht.«

»Von der Innenverwaltung? Etwa meinetwegen?«, entfuhr es Bax.

Sie verzog verächtlich den Mund. »Beruhige dich, es hat nichts mit dir zu tun. Es war ein übergewichtiges Individuum namens Napper, gerissen, aber nicht besonders intelligent, der typische Bulle eben. Soll ein Sergeant sein, er war aber nicht in Uniform.«

»Vom Revier, das für euch zuständig ist?«

»Nein, irgendein anderes.«

Bax war ratlos. »Was hat er gewollt?«

»Er sagte etwas von verlässlichen Informationen, dass man es auf uns abgesehen habe. Die Typen sollen Profis sein und bewaffnet. Er war der Ansicht, das könnte uns interessieren.«

Bax ging im Geiste die Namen derer durch, die er im Laufe der Jahre hinter Gitter gebracht hatte, die für die Mesics oder mit ihnen gearbeitet hatten und zum Schluss kamen die dran, die man als Gegner ansehen musste. »Letzte Woche, der Typ in dem Volvo«, sagte er schließlich.

»Also sollten wir die Warnung sehr ernst nehmen. Sie bestätigt, was wir befürchtet haben«, meinte Stella.

»Hat dieser Typ, dieser Napper, gesagt, woher er das weiß? Ich meine, warum kommt er zuerst damit zu euch, statt seine Kollegen einzuschalten? Hat er Namen genannt?«

Bax entglitten die Gesichtszüge. Er sah es an Stella, an der Art und Weise, wie sie ihn beobachtete, mit zur Seite geneigtem Kopf. Sie wartete, bis der erste Sturm sich gelegt hatte, dann sagte sie:

»So, jetzt kommen wir langsam zum springenden Punkt, nicht wahr? Erstens: Unser Mr. Napper glaubt, wir würden es vorziehen, die Sache selbst in die Hand zu nehmen, um zu vermeiden, dass sich jede Menge Bullen zwischen unseren Büschen herumdrücken. Zweitens: Er sagt, er wisse, wer wann wie zuschlägt, nur seien ihm leider die Hände gebunden und er könne zum jetzigen Zeitpunkt nichts Näheres preisgeben.«

Bax nickte. »Verstehe. Und ihr sollt euch nun durch den Kopf gehen lassen, wie man das ändern kann.«

»Genau. Überlegungen, die uns zehntausend Dollar kosten.«

»Und ist die Krise erst mal überstanden, steht er sofort wieder auf der Matte, um zu erkunden, ob nicht langfristigere Formen der Zusammenarbeit denkbar wären.«

»So ist es. Man merkt, du weißt, wovon du sprichst«, sagte Stella und die Schärfe ihrer Stimme hinterließ eine große Wunde in Bax' Herz. Er räusperte sich. »Hat er mit euch dreien gesprochen oder nur mit dir?«

»Ah, wie ich sehe, denkst du mit. Er hat mit mir und Leo gesprochen. Victor war im Fitnessstudio. Wir haben ihm vorerst nichts gesagt. Unnötig, ihn nach Stand der Dinge bereits jetzt einzubeziehen.«

»Wie hat Leo reagiert?«

»Na, was glaubst du denn? Jetzt, wo er begreift, was das bedeutet, ist er außer sich. Er überlegt sogar, ein paar von seinen dubiosen Freunden als Bewacher für unser Grundstück zu engagieren.«

Bax seufzte bei der Vorstellung eines drohenden Gemetzels. »Meinst du, er hält Victor gegenüber dicht?«

»Ich habe lange auf ihn eingeredet und ihn überzeugen können, Victor nichts zu sagen. Hab ihm gesagt, das klären wir allein. Doch du kennst ihn, man kann sich nicht auf ihn verlassen, er steht zu sehr unter Victors Einfluss.«

»Zehntausend Dollar«, sagte Bax leise vor sich hin, »wann will sich dieser Napper wieder mit euch treffen?«

»Am Mittwoch. Auf neutralem Boden, wie er meinte. Er meldet sich.«

»Ich werde versuchen, ob ich was über ihn rauskriege.«

Stella kam jetzt näher und berührte seinen Arm. Mit einem Mal war alles in Sonnenlicht getaucht, ihr Haar, ihr Kleid, selbst der Fluss. »Ehrlich gesagt, ich habe gehofft, du könntest ihn irgendwie einschüchtern, ihn verprügeln, was weiß ich. Erzähl ihm, dass er sich in eine verdeckte Ermittlung einmischt. Komm wenigstens zu diesem Treffen am Mittwoch und hilf uns, mit ihm zu verhandeln.«

Bax' Gefühlschaos war ihm vom Gesicht abzulesen. Mit sanfter Stimme sagte er: »Das geht nicht, Liebes. Ich kann es nicht riskieren, einen Kollegen gegen mich aufzubringen, geschweige denn ihm gegenüber durchblicken zu lassen, dass ich mit all dem zu tun habe. Er muss nur an geeigneter Stelle einen diskreten Hinweis fallen lassen und ich bin erledigt. Und du auch.«

Stella riss sich los und trat ein paar Schritte zurück. Ihre Absätze rissen ein Büschel Bärlauch aus dem Boden. Plötzlich hatte Bax den Geruch von Knoblauch in der

Nase und auch der Fluss roch moderig. Nun stand er mit Stella wieder ganz am Anfang.

»Wir kratzen zehntausend Dollar zusammen, der Typ ist fein raus. Ich hab den ganzen Ärger am Hals und du hältst dich vornehm zurück. Ist es das, was du mir sagen willst?« Ihr Ton war scharf und zornig.

Er setzte alles daran, nicht nur seine Stimme, sondern auch seine Hände unter Kontrolle zu bekommen, und sagte leise: »Es gibt eine andere Möglichkeit, diesen Cop loszuwerden.«

Er sah ihr fest in die Augen. Irgendjemand hatte einmal zu ihm gesagt, er habe einen ungewöhnlich strahlenden Blick. »Vertrau mir, Stel.« Unentschlossen bewegte sie die Schultern hin und her. Er ergriff ihre Hände. »Du kennst doch meine Stärken. Vertrau mir, Liebes.« Es war eine Frage von Sieg oder Niederlage. Eine Sekunde später seufzte sie und Bax wusste, er hatte wieder einmal gewonnen.

SIEBENUNDZWANZIG

Die erste Zusammenkunft in Melbourne war für Montagnachmittag, siebzehn Uhr, angesetzt. In einem Gebäudekomplex am Rande der Innenstadt hatte das Syndikat eine gesamte Etage angemietet. Um dorthin zu gelangen, stiegen Jardine und Wyatt an der U-Bahn-Station Parliament aus und gingen durch die Treasury Gardens. Der Spaziergang durch die Parkanlagen war Jardines Idee gewesen. »Es kommt mir vor wie eine Ewigkeit«, sagte er und genoss sichtlich den Anblick der Baumwipfel über ihnen und das warme Sonnenlicht. Dabei zeigte er auf verschiedene Bäume und nannte sie beim Namen. Wyatt bekundete scheinbar Interesse und Zustimmung an den passenden Stellen, war tatsächlich jedoch mehr damit beschäftigt, mögliche Verfolger auszumachen.

»Florida«, bemerkte Jardine, als sie an einer Ampel auf Grün warteten. Er meinte das Gebäude auf der anderen Straßenseite, in dem sich die besagte Wohnung befand, seine niedrige Architektur, die scharf gezeichnete Dachsilhouette, die hellgrüne Fassade mit blauen Türen und Fensterrahmen. An verschiedenen Punkten der Fassade hatte man u-förmige blaue Röhren installiert. Größere dieser Röhren, die aussahen wie überdimensionale Lutschstangen, verliefen ohne ersichtlichen Zweck auch in Höhe des Gehwegs. »Erinnert mich irgendwie an Miami Vice«, sagte Jardine und Wyatt verstand kein Wort.

Sie standen jetzt vor dem Eingang. Es war die Art Gebäude, deren Verwaltung sich von sieben Uhr morgens bis Mitternacht einen Pförtner leistete. Wyatt drückte auf den Klingelknopf und richtig, sofort schob ein Mann in einer schlecht sitzenden Uniform sein Gesicht vor ein Mikrophon. Aus dem Lautsprecher neben dem Klingelknopf ertönte ein verzerrtes »Kann ich Ihnen helfen, meine Herren?«

»Wir sind mit Mr. Towns verabredet«, sagte Wyatt, »zweiter Stock.«

Der Pförtner glitt mit dem Zeigefinger eine Liste entlang, Wyatt sah, wie sich die Lippen des Mannes bewegten, dann ein Nicken und im selben Moment ertönte der Summer; die Tür war offen.

Sie nahmen den Aufzug. In der zweiten Etage wurden sie in einen engen Flur entlassen, in dem es nur eine Tür gab. Wyatt klopfte. Towns öffnete und bat sie in einen lang gestreckten Raum mit niedriger Decke. Die Wände waren von einem zarten Gelb, auf dem Boden lag ein dicker Teppich und zwei Männer erhoben sich aus schwarzen Ledersesseln.

Wyatt kannte Towns bereits, wusste, was er von ihm zu halten hatte, und konzentrierte sich auf die beiden anderen. Der Jüngere – Towns stellte ihn als Drew vor – trug einen schwarzgrau melierten Anzug, ein graues Hemd und eine rote Fliege. Er war um die dreißig, beinahe kahlköpfig und Wyatts Einschätzung nach charakterisierten ihn sein hungriger Gesichtsausdruck und die gepflegten Hände als einen Mann, der sich bei seinem kriminellen Tun nicht schmutzig machen musste. Als wolle er Wyatts Eindruck bestätigen, erklärte Towns: »Drew ist unser Wirtschaftsprüfer.«

Der Zweite verkörperte die Rohheit der Straße. Er hätte der Bruder des vermeintlichen Gewichthebers sein können, der zusammen mit Rose versucht hatte, Wyatt nahe der Lygon Street zu stellen. Um die fünfundzwanzig, kräftiges Kinn und kurze schwarze Haare, ein Mann, der nicht nur Gelassenheit ausstrahlte, sondern auch Kraft gepaart mit Würde – und Gefährlichkeit. »Das hier ist Hami«, sagte Towns, über Hamis Funktion sagte er nichts. Echter Neuseeland-Schrank, dachte Wyatt und gestattete Hami die kleine Provokation, ihm bei der Begrüßung fast die Hand zu zerquetschen.

»Setzen Sie sich«, sagte Towns, »Kaffee kommt gleich.«

Wyatt überdachte Keplers Besetzung. Towns für die Verhandlung mit den Mesics, Drew für die Prüfung ihrer wirtschaftlichen Verhältnisse und Hami für den Fall, dass Körpereinsatz vonnöten war. »Nur Sie drei?«

»Wieso? Meinen Sie, wir seien zu wenig?«, fragte Drew.

Er sprach durch die Nase und sein Tonfall verriet den missmutigen Zeitgenossen, was Wyatt bewog, ihn ein weiteres Mal zu mustern. Drew stand der Ehrgeiz ins Gesicht geschrieben, Ehrgeiz und Dünnhäutigkeit. Vermutlich wäre er gern an Towns' Stelle gewesen, doch Towns war clever und hatte sicher Ambitionen, lange zu leben.

»Nicht unbedingt. Ich möchte mich in den nächsten Tagen nur nicht ständig an neue Gesichter gewöhnen müssen«, erwiderte Wyatt.

»Wir sind nur zu dritt«, sagte Towns.

Doch Drew war noch nicht zufrieden. »Und wie steht's mit Ihnen? Im Moment sehe ich noch keinen Kommandotrupp. Soll das vielleicht heißen, dass Sie und Ihr Kumpel die Sache allein durchziehen?«

»Wir brauchen keine Armee«, erwiderte Wyatt.

Er hatte seine Regeln und er übernahm selten Jobs, bei denen zu viele dieser Regeln gebrochen wurden. Ein Job mit mehr als fünf Leuten war zu unübersichtlich. Ein Job unter Beteiligung von Amateuren oder Fremden warf zu viele Fragen auf. Alles, was auf Spezialeffekte à la Hollywood hinauslief, überließ er Traumtänzern und er übernahm selten Jobs, bei denen er – wenn man so wollte – die Beute in Kommission nehmen musste. Er bevorzugte Coups mit Bargeld, das in seine Tasche wanderte und sonst nirgendwohin.

»Nur wir beide«, sagte Wyatt. »Diskret, sauber und schnell.«

»Unabhängig von Alarmanlagen, Wachmännern oder Hunden?«, warf Drew verächtlich ein.

»Ich habe mir das Grundstück bereits angesehen und ich wiederhole mich gern: Wir brauchen keine Armee.«

»Was ist mit der Ausrüstung? Ich gehe davon aus, dass wir die beschaffen sollen.«

»Nein, ein Scheck würde genügen«, sagte Jardine, »die Besorgungen erledigt jemand anders für uns.«

Towns mischte sich jetzt ein. »Überlass es ihnen, Drew. Sie machen ihren Job, wir machen unseren.«

Der kahlköpfige Wirtschaftsprüfer zuckte mit den Schultern. »Natürlich. Hören wir uns also an, was der Experte zu sagen hat.«

Wyatt hatte verstanden. Er musste Drew bei Laune halten, er musste alle drei bei Laune halten. Er bedankte sich mit einem Nicken bei Towns und begann mit seinen Ausführungen, wobei er abwechselnd jeden einzeln ansah. Sie sollten sich angesprochen, als Teil der Sache fühlen.

»Das Grundstück ist mehrere Hektar groß, zwei Wohngebäude und ein Sicherheitszaun. Nach meinen Beobachtungen gibt es weder Wachpersonal noch Angestellte, auch keine Hunde. Außer den beiden Brüdern und der Frau lebt keine weitere Person dort.«

Drew sah auf den Teppich und schüttelte den Kopf. Hami ergriff zum ersten Mal das Wort: »Wie kommt ihr rein?«

»Gute Frage«, sagte Wyatt und sah ihn direkt an.

»Wenn es nach mir ginge, ohne viel Aufsehen – kein Alarm, keine Beschädigungen –, mit anderen Worten, am besten durch die Eingangstür. Doch bevor wir ihre Routine nicht kennen, können wir darüber nicht entscheiden. In den nächsten Tagen werden Jardine und ich das Grundstück observieren, abwechselnd. Wir werden notieren, wer wann wohin in welchem Wagen fährt, wann in welchen Räumen das Licht an- oder ausgeht und so weiter. Wir könnten auch versuchen, in einem ihrer Wagen auf das Grundstück zu gelangen. Das aber würde bedeuten, früher als nötig vor Ort zu sein. Sollte sich nichts davon umsetzen lassen, verschaffen wir uns Zutritt durch den Zaun.«

»Das ist ihr Problem, Hami, nicht unseres«, belehrte ihn Drew und warf ihm einen Du-wirst-hier-nicht-fürs-Quatschen-bezahlt-Blick zu.

»Zwei Gebäude?«, fragte Towns. »Wie wollen Sie sich orientieren?«

»Ich weiß, wo man problemlos Einsicht in den Lageplan bekommt.«

»Okay«, sagte Drew, »angenommen, ihr seid drin, es gab keine Komplikationen. Wann kommen wir ins Spiel? Lehnen wir uns zurück und warten darauf, dass das Blutvergießen vorbei ist?«

»Es wird kein Blutvergießen stattfinden«, sagte Towns.

Wyatt sah ihn aufmerksam an. Towns war durch und durch old school. Zurückhaltend und methodisch, sprach er mit leiser Stimme; ohne zu drohen, ohne überheblich zu sein, konzentrierte er sich ausschließlich auf die Fakten.

»Richtig. Mit so wenig Aufwand wie möglich gehen wir hinein und auch wieder hinaus. Wir werden die Mesics in einem Raum konzentrieren, sie mit Handschellen fesseln, Jardine wird den Safe knacken, dann räumen wir ihn aus, vielleicht auch noch ein paar Schubladen und dann verschwinden wir. Die Mesics überlassen wir Ihnen, was Sie mit denen anstellen, ist Ihre Sache.«

»Ich trau euch nicht über den Weg«, schnarrte Drew. »Woher wissen wir, dass ihr nicht sämtliche Akten, Aufzeichnungen, Namen und Adressen mitgehen lasst?« Er warf Towns einen Blick zu. »Wir sollten mit hineingehen.«

Das Vorpreschen des Jüngeren verärgerte Towns sichtlich. »Unsere Freunde hier wollen nur das Bargeld. Wenn es eine Falle ist, wenn irgendetwas schief geht, müssen sie das allein ausbaden, nicht wir. Wir warten nur auf das Signal und gehen hinein, wohlgemerkt, nachdem sie die Drecksarbeit erledigt und die Risiken getragen haben. Okay?«

»Was für ein Signal?«

»Oh mein Gott!«, stieß Jardine hervor, »irgendein erleuchtetes Fenster, eine Taschenlampe, ein Mobiltelefon, was immer Sie wollen.«

»Hat es Ihrem Partner die Sprache verschlagen, oder was«, schoss Drew zurück.

Towns hob beschwichtigend die Hand und sagte: »Wir wollen uns doch beruhigen, bitte.«

»In den Abendstunden, nach der Hektik des Tages, wenn sie zur Entspannung ein paar Drinks nehmen«, brummelte Hami leise.

Wyatt nickte. »Genau. Ich möchte es nicht am Tage durchziehen und dabei gesehen werden. Ebenso wenig nachts, wenn sie bereits im Bett liegen und durch ungewöhnliche Geräusche hochschrecken. Wenn sie noch wach sind, werden ihnen fremde Geräusche auf dem Grundstück oder im Hause weniger auffallen.«

Die anderen schwiegen und dachten darüber nach, nur Drew hatte noch eine Frage. »Wie kommt ihr hin? Und wie weg?«

»Wir werden ein städtisches Fahrzeug aus einem Depot stehlen«, erklärte Jardine. »Über Nacht wird niemand den Verlust bemerken, wenn überhaupt.«

Drew sah Wyatt an. »Klingt ganz so, als hättet ihr euch irgendwo verschanzt und den Plan bis ins Detail ausgearbeitet.«

Wyatt nickte. Er wusste, was jetzt kommen würde.

»Könnt ihr uns nicht die Adresse oder eine Telefonnummer geben? Falls wir euch erreichen müssen?«

Wyatt starrte den Aktenwälzer des Syndikats einfach nur an. Er und Jardine hatten in Northcote ein kleines Haus gemietet. Jardine hatte dort einige Verwandte, und es waren Verwandte, die keine Fragen stellten. Je länger das Schweigen dauerte, desto versteinerter wurde Wyatts Miene. »Schon gut«, sagte Drew schließlich. »Seht nur zu, dass ihr die Sache nicht danach in den Sand setzt. Einen Job planen und ihn durchziehen kann jeder, sich aber die Cops vom Leib zu halten, vor allem aber nicht aufzufallen, da sind die meisten überfordert.«

»Eines vergessen Sie dabei«, erwiderte Wyatt. »Diesmal werden Kriminelle Opfer einer kriminellen Handlung. Diesmal werden keine Cops auftauchen. Es sind auch nicht die Cops, die mir Sorgen bereiten, sondern Leute wie Sie.«

ACHTUNDZWANZIG

Napper rollte von ihr herunter und ließ sich rücklings auf den Teppich fallen. Es war bereits ihr drittes Treffen und Eileen wusste, dass nicht mehr zu erwarten war. Sie gab ihm einen leichten Schlag auf die Brust. »Mir ist eiskalt!«

Langsam und bedächtig rollte sich Napper auf die Seite, kniete sich hin und langte nach vorn, um den Heizofen anzuschalten, ein schmales Teil mit einem Sichtfenster, hinter dem imitierte Kohlen auf einem imitierten

Rost vor sich hin glühten. Sofort hing der Geruch von erhitztem Staub in der Luft.

»Eine Decke wäre mir lieber«, maulte Eileen.

Napper drückte ihr einen feuchten Kuss auf die Schulter. »Für dich tu ich alles«, sagte er und während er seinen feisten, nackten Körper durch den Raum bewegte, sang er: »Für dihiich tu ich aaalles, aaalles nuhuur für dich.« Wenigstens sang er jetzt. Als er ihr vor einer knappen Stunde die Tür aufgemacht hatte, war er mürrisch gewesen und hatte sie nur angeschnauzt, als sei ihm etwas gehörig gegen den Strich gegangen.

Die Decke, die er nun anschleppte, war mit verkrusteten Flecken übersät, über deren Herkunft Eileen lieber nicht nachdenken wollte. Ein heftiger Schauder überfiel sie, doch sie wollte Napper nicht brüskieren, also legte sie sich die Decke um die Schultern und setzte sich im Schneidersitz vor das erbärmliche Feuer.

»Wie geht's mit Niall weiter? Er sitzt jetzt schon fünf Tage ein.«

»Oh ja, danke, Mrs. R, ich fand es auch wunderbar mit dir.«

»Sei nicht so sarkastisch, beantworte einfach meine Frage.«

»So was dauert nun mal, Eileen.«

»Mir kommt das eher wie eine Einbahnstraße vor. Ich hab dir Wyatt ans Messer geliefert, du durftest mich dreimal vögeln und wofür? Ich will, dass mein Junge endlich freikommt.«

Napper griff unter ihre linke Brust und ließ sie auf seinem Handteller leicht hüpfen. »Perfekt. Was ist eigentlich dein Problem? Gerade eben hast du dich auch nicht beschwert.«

Gerade eben lief Eileen ein weiterer Schauder über den Rücken. »Ich erwarte ja keine Wunder, aber ich möchte wenigstens sehen, dass sich was tut.«

Napper grinste sie an und stand auf. Ihr Blick wanderte hinterher und sie sah, wie er sein bleiches Hinterteil und die schlaffen Genitalien mit einem satten Geräusch in einem Sitzsack aus Vinyl versenkte, nach einer schäbigen Aktentasche griff und die Schnallen öffnete. Er holte ein gefaltetes Papier heraus, wedelte damit in der Luft, um sich dann mit seiner Lieblingsbewegung, seitlichem Abrollen, aus der klammen Umarmung des Vinyls zu befreien. Er trottete hinüber zu ihr und stieß ihr spielerisch sein Knie gegen die Schulter. Sie sah hoch und schnappte sich das Papier, Nappers schärfste Waffe nur einen Zentimeter von ihrem Gesicht entfernt. »Entlassungsbescheid«, sagte Napper und presste sein Knie fester gegen ihre Schulter. »Fehlt nur noch meine Unterschrift.«

Eileen zog die Schultern hoch und lehnte sich gegen das Bettzeug, das auf dem Boden lag. Der Prozess gegen Niall wurde Anfang nächsten Jahres eröffnet, bis dahin wurde er auf Kaution freigelassen. Sie murmelte etwas vor sich hin.

»Wie bitte? hab dich leider nicht verstanden.«

»Danke.«

Napper schlüpfte zu ihr unter die Decke. Sie hatte keine Ahnung, warum es immer auf dem Boden abgehen musste. Vielleicht war das Bett heilig und nur für seine Freundin reserviert. Vielleicht war Boden für ihn gleichbedeutend mit Dreck und sie war ebenfalls Dreck in seinen Augen, in dem er sich ab und zu gern wälzte. Nach einer Weile wollte er wissen, wie sie von hinten aussah, also mühte sie sich auf die Knie und stützte sich mit den Händen ab. Es hatte etwas Tröstliches, das Gewicht ihrer schweren Brüste und ihres üppigen Bauches zu spüren, also ließ sie ihn gewähren. Ross war an allem schuld. Nicht einen Finger hatte er krumm gemacht, um dem Sohn zu helfen. »Du bist eine wunderschöne Frau«, sagte Napper, als er in sie eindrang.

Eileen wusste, dass Niall in seinem Zimmer noch eine zweite Armbrust versteckt hatte. Gott, sie hätte alles darum gegeben, Napper damit zu erschießen, genau in diesem Moment. Als der fette Sergeant endlich abgespritzt hatte, legte sie sich sofort wieder die Decke um die Schultern, ignorierte das Feuchte zwischen ihren Beinen und rutschte vor die Heizung, während Napper den Wasserkocher einschaltete. Mit zwei Tassen Nescafé kam er zurück. »Also ist Wyatt den Handel wert?«, fragte sie.

Napper liebte es, über seine Arbeit zu reden; im Nu wurde sein Mund zu einem schmalen Strich in dem breiten Gesicht. »Hab ein paar Nachforschungen über ihn angestellt.«

»Und?«

»Das Meiste ist reines Hörensagen. Man hat ihn nie geschnappt, muss 'n harter Brocken sein.«

»Sag ich doch. Was hast du sonst so über ihn rausgekriegt?«

Napper begann an den Fingern abzuzählen. Es waren dicke, kurze Finger, die Nägel abgekaut bis zum Fleisch. »Erstens, er ist einer von der alten Schule, spezialisiert auf bewaffnete Raubüberfälle. Zweitens, er arbeitet selbstständig und stellt für jeden Job ein neues Team zusammen. Drittens, irgendeine Gang aus Sydney will ihm ans Leder. Er hat wohl seine Nase in Dinge gesteckt, die ihn nichts angingen. Klingt doch nicht schlecht, oder?«

»Das hab ich dir alles schon erzählt«, sagte Eileen.

»Ich musste mir selbst ein Bild machen.«

Viel Grütze hatte dieser Napper nun wirklich nicht im Kopf. »Unterschätze Wyatt nicht«, warnte ihn Eileen. »Mit dem ist nicht zu spaßen. Jedenfalls sagt das mein Alter. Er ist bekannt dafür, dass er Leute einfach umlegt, wenn er ausgetrickst, in die Ecke gedrängt oder provoziert wird.«

»Ist schon klar. Was sagt dein Alter noch so über ihn?«

Auch das hatte sie ihm bereits alles vorgekaut. Entweder hatte Napper ein Gedächtnis wie ein Sieb oder einfach nur ein Brett vor dem Kopf, Eileen war sich da nicht sicher. »Er ist ein Einzelgänger. Man bekommt ihn auch nicht über seine Familie zu packen, weil er nämlich keine hat. Und was Frauen betrifft ... da weiß auch keiner Bescheid.«

»Wie hat er angefangen?«

Eileen erinnerte sich an eine alte Geschichte, die ihr Rossiter einmal erzählt hatte. Allerdings wusste sie nicht, inwieweit sie der Wahrheit entsprach. »Angefangen hat's in der Armee. Er hat Ausrüstung geklaut und verhökert und er ist mit 'ner Menge Sold über alle Berge.«

Völlig in Gedanken versunken, starrte Napper vor sich hin; er versuchte, ein klares Bild zu zeichnen von einem Mann, der nicht nur über außerordentliche Fähigkeiten verfügte, sondern auch ständig unter Druck stand und dem bisher niemand das Handwerk legen konnte. Es amüsierte Eileen, dass der dicke Sergeant derart ins Grübeln geriet. Mit einem verschmitzten Lächeln stieß sie ihn an. »Was meinst du ... klingt das nach einem, der die Mesics drankriegen kann?«

Napper zuckte unwillig zurück. »Lass das.« Er sah sie an. »Das ist nicht sein Stil. So viel man weiß, hatte er es bisher nie auf andere Kriminelle abgesehen.«

»Aber ich hab dir doch gesagt, er glaubt, die haben ihn letztes Jahr gelinkt.« Sie stieß ihm noch mal in die Seite. »Und ... kannst du ihn schnappen?«

Mürrisch starrte Napper in die falschen Flammen. »Erzähl mir was über seine Freunde.«

»Ach, auf diesem Weg willst du ihn dir greifen. Na, dann viel Glück. Er hat nämlich keine Freunde.«

»Dein Mann hat doch einen Namen erwähnt.«

»Jardine. Aber das ist kein Freund, das ist einer, mit dem er früher mal gearbeitet hat. Er lebt in Sydney.«

»Und beide sollen gestern in Melbourne aufgetaucht sein? Könnte bedeuten, dass sie mittendrin sind in den Vorbereitungen. Hoffentlich ist dein Alter klug genug, sich da rauszuhalten.«

»Er hält sich völlig im Hintergrund. Lass ihn in Ruhe, klar?«

Napper grinste sie an. »Könnte nicht schaden, wenn ich auf dem Laufenden bleibe, was die beiden betrifft.«

Eileen stand auf und warf die schmutzstarrende Decke auf den Boden. »Wir sind quitt.« Den Blick unverwandt auf den Heizofen gerichtet, sagte Napper: »Wäre schon blöd, wenn plötzlich neue Erkenntnisse über den guten Niall die Runde machen würden. Ich wäre gezwungen, seine Freilassung zurückzunehmen. Und dann die Blamage, wenn dein Alter erfährt, dass du Informationen an die Bullen weiter gegeben hast. Das könnte für richtig Ärger sorgen.«

Eileen wartete ein paar Sekunden, doch Napper machte keine Anstalten, sich umzudrehen und sie anzusehen. Sie ging in sein Bad, einen Tummelplatz für gesprungene Fliesen, Fugenschimmel und angetrocknete Seifenränder, und spülte alle Spuren ihres Zusammenseins mit Napper den Abfluss hinunter. Zurück im Zimmer, nahm sie ihre Sachen, die als Haufen auf dem dreckigen Teppich lagen, und zog sich an. Die Sinnlichkeit ihrer Bewegungen war dahin, ungehalten zerrte und zupfte sie an sich herum. »Ich werd sehen, was sich machen lässt«, sagte sie bissig.

»Das hört man gern, Mrs. R.«

Neunundzwanzig

Am Dienstagvormittag ließ sich Wyatt von einem Taxi ans Ende einer Seitenstraße nördlich der Doncaster Road fahren. Als das Taxi verschwunden war, ging er zurück zur Doncaster Road, bog links ab und machte sich auf den Weg zur Stadtverwaltung von Doncaster-Templestowe. Der Verkehr brauste an ihm vorbei, ohne dass er es zu bemerken schien. Autofahrer und Fahrgäste sahen allenfalls einen großen, schlaksigen Mann in Cordhosen und dunklem Anorak; die Leute, die mit ihm an der Ampel warten mussten, hatten vielleicht Gelegenheit, auch die geballten Fäuste wahrzunehmen und den verschlossenen Gesichtsausdruck, so verschlossen, dass man ihn kaum als traurig oder müde hätte bezeichnen können. Wyatt sah die anderen nicht an, spürte aber ihre Gegenwart. Sollte es jemand auf ihn abgesehen haben, würde er es sofort wissen.

Die Ampel schaltete auf Grün. Er überquerte die Straße, eingehüllt in die Abgase vorbeifahrender Autos. Für gewöhnlich bekam er den Kopf frei, wenn er zu Fuß ging, es half ihm, hinter dem ganzen Drumherum die Strukturen einer Operation zu erkennen, Wesentliches von Unwesentlichem zu trennen und sich nur auf das zu konzentrieren, was den Job ausmachte. Diesmal jedoch gab es einiges, was den Job ausmachte. Es war ein ziemliches Durcheinander und das Kapital kam von Leuten, die gute Gründe hatten, ihn hinterher aus dem Weg zu räumen.

Er lachte laut auf, kurz und harsch, und verwirrte damit eine Läuferin. Zusammen standen sie an einer roten Ampel, betrachtete seine Hände, die Frau suchte seinen Blick, er ignorierte sie. Als die Ampel umsprang, ging er los. Ein abbiegender Kleinlaster musste scharf bremsen und der Fahrer bearbeitete die Hupe. Wyatt blieb abrupt stehen, nur wenige Zentimeter von der vorderen Stoßstange des Wagens entfernt, und starrte den Fahrer an. Irgendetwas in diesem Blick musste den Mann besänftigt haben, denn er zuckte entschuldigend mit den Schultern und rang sich sogar zu einem schwachen Lächeln durch.

Wyatt überquerte jetzt die Straße.

Normalerweise machte es ihm Spaß, sich auf einen Job vorzubereiten. Zu lange Phasen der Untätigkeit führten dazu, dass er in eine Lethargie verfiel, aus der er mitunter nur schwer erwachte. Zwar hatten die letzten Tage jede Menge Aktivitäten mit sich gebracht, doch war ihm das eher wie Aktionismus vorgekommen – wenig sinnvoll und überzeugend. Es hatte einfach an Konzentration und Intensität gemangelt. Was für eine Erleichterung würde es sein, endlich das Grundstück der Mesics betreten zu können. Es wäre zugleich das letzte Manöver in dieser Angelegenheit, das Ende vor Augen, würde er sich wieder sammeln, sich als Ganzes fühlen, denn er würde das machen, was er am besten beherrschte.

Das Gebäude der Stadtverwaltung war noch zwei Blocks entfernt. Er ertappte sich dabei, wie er über die Zeit im Anschluss an den Handstreich nachdachte. Er hätte endlich wieder Mittel zur Verfügung, könnte sich irgendwo niederlassen, Geld investieren und ein angenehmes Leben führen.

Natürlich war das nicht alles. Das war es nie. Rose kam ihm in den Sinn, der weibliche Assassine des Syndikats. Selbst hier konnte er sie buchstäblich spüren. Frauen wie sie waren ihm nicht neu. Obwohl sie kein Thema für Schlagzeilen waren, gab es sie dennoch. Allein erziehende Mütter, die sich Sozialleistungen erschlichen, Giftmörderinnen oder Nachtclubsängerinnen, die ihr Verschwinden vortäuschten, nur um ihren Namen einmal gedruckt zu sehen, das waren Frauen, auf die sich die Boulevardpresse stürzte. Mit einer Frau wie Rose, einer Auftragsmörderin, die diskret und knallhart agierte, wüssten die Schreiberlinge nichts anzufangen. Mit den üblichen abgedroschenen Sätzen würden sie ihre Figur beschreiben, ihr Haar, ihre Art sich zu kleiden und damit stießen sie auch schon an ihre Grenzen, unfähig, nachzuvollziehen, was die Beweggründe dieser Frau sein könnten. Wyatts Gedanken wanderten zu den Mesics. Vorhin war er mit dem Taxi am Grundstück vorbeigefahren; wie eh und je hatte es sich selbstgefällig präsentiert, eine einzige Herausforderung. Die Erfolgschancen waren also eher noch gestiegen. Irgendwo da draußen war Jardine auf seinem Beobachtungsposten, machte sich Notizen über zeitliche Abläufe, Bewegungen, fremde Personen.

Das Domizil der Stadtverwaltung befand sich in einem Gebäude aus Glas und Beton, in dem es nach abgestandenem Rauch und Deodorant vom Vortag roch. Wyatt fragte nach dem Bau- und Planungsamt und wurde zu einem quadratischen Glas-Pavillon an der Rückseite des Gebäudes geschickt. Der verantwortliche Dezernent trug dunkelblaue Anzughosen, ein weißes Hemd und eine rote Krawatte. In seiner Brusttasche steckten mehrere Filzstifte. Seinen Zügen fehlten die Charakteristika, die das Auge benötigte, um ein Gesicht dauerhaft zu erfassen – sein Blick war von einem wässrigen Blau, der Teint rosafarben und das Haar schütter.

»Man hat meine bürgerlichen Rechte verletzt«, fiel Wyatt mit der Tür ins Haus.

Der Dezernent blickte ihn besorgt an. »Wie bitte?«

Wyatt stützte beide Hände auf den Schreibtisch und fuhr fort: »Der Nachbar von gegenüber hat einen scheußlichen Zaun hochgezogen. Dieser Zaun versperrt mir nicht nur die Sicht, er ist auch eine Beleidigung fürs Auge. Es muss doch ein Gesetz geben, das besagt, dass Bauvorhaben im öffentlichen Raum ästhetischen Bedürfnissen Rechnung tragen sollten.«

Der Dezernent wich zurück. Sein Mitarbeiterausweis am Gürtel führte ihn als Colin Thomas. »Tut mir Leid, doch die Richtlinien sehen vor, dass Einsprüche nur in der Planungsphase möglich sind.«

»Leider war ich längere Zeit abwesend, Mr. Thomas.«

Thomas' Züge entspannten sich ein wenig, als er seinen Namen hörte. »Ich bedauere, aber Sie kommen zu spät.«

Wyatt beugte sich weiter nach vorn. »Das stimmt nicht. Ich habe mich erkundigt. Sie können immer noch etwas dagegen unternehmen.«

»Es handelt sich um einen Zaun, sagen Sie?«

Wyatt nickte und gab ihm die Adresse. »Ein riesiges Grundstück an der Telegraph Road. Die Besitzer heißen Mesic.«

Thomas' Gesicht spiegelte innerhalb kürzester Zeit die unterschiedlichsten Gemütszustände wider – schlechtes Gewissen, Besorgnis, Resignation. Der wurde geschmiert, dachte Wyatt. Mit Sicherheit hatten die Mesics das Absegnen ihres Bauvorhabens mit einigen hundert Dollar beschleunigt. »Wissen Sie denn, welches Grundstück ich meine?«

»Ich glaube, ja. Aber was den Antrag betrifft ... es entsprach alles den Vorgaben.«

»Oh, das bezweifle ich nicht. Der Fehler liegt im System, nicht wahr?«, erwiderte Wyatt.

Thomas nickte, unfähig, seine Erleichterung zu verbergen.

»Trotzdem«, fuhr Wyatt fort, »ich bestehe auf mein Recht. Ich möchte, dass man dagegen vorgeht.«

»Das wird ein wahrer Papierkrieg. Jede Einzelheit muss geprüft und belegt werden. Ich fürchte, ich kann Ihnen da nicht behilflich sein.«

Wyatt holte seine Brieftasche hervor, nahm fünfzig Dollar heraus, legte sie auf den Schreibtisch, ließ aber die Hand auf dem Schein ruhen. »Verstehe«, sagte er. »Wenn ich kurz die Pläne für das in Rede stehende Grundstück einsehen dürfte, könnte ich mir über alle relevanten Details Notizen machen.« Während er sprach, schob er Thomas den Schein Millimeter für Millimeter entgegen. »Foliantennummer, Abstände, solche Sachen eben.«

Thomas' Hand schnappte sich den Schein. »Also gut, mal sehen, was ich für Sie tun kann.«

Ein paar Minuten später kam er mit einem Stapel Akten zurück. »Nebenan ist ein Tisch, da können Sie sich setzen. Ich wäre Ihnen sehr verbunden, wenn Sie – «, er verstummte.

Wyatt beendete den Satz für ihn: »Es nicht an die große Glocken hängen würden. Kein Problem.« Er hielt Thomas weitere zwanzig Dollar hin und sagte: »Und Sie haben mich nie gesehen.«

Eine halbe Stunde später verließ Wyatt das Büro. Nun kannte er nicht nur die genauen Abmessungen der Zaunanlage und des Grundstückes, er hatte auch die Grundrisse beider Gebäude in Form von Skizzen, die er angefertigt hatte, inklusive Lage von Fenstern, Türen, Treppen. Ferner hatte er den Verlauf der Gas-, Wasser- und Stromleitungen skizziert, die Position der Sicherungskästen und die Details der Telefonanlage. Wenn es so weit war, würde er sich mit geschlossenen Augen auf dem Anwesen bewegen können.

So fern er einen Weg gefunden hatte, auf das Gelände zu gelangen.

Dreißig

Am Mittwochnachmittag lieferte Rossiter Bolzenschneider, Plastiksprengstoff und Funkgeräte. Als er weg war, sah sich Wyatt die Bolzenschneider genauer an. Sie kamen aus Taiwan, waren schlecht verarbeitet und zu klein. »Los, wir müssen einkaufen«, sagte er zu Jardine. Da er vermeiden wollte, dass irgendein Verkäufer eines Baumarktes sich irgendwann an ihre Gesichter erinnern würde, sagte er: »Wir versuchen's bei Pfandleihen.« Er fühlte sich auf seltsame Weise mit Pfandleihern verbunden, wurden sie doch ständig von den Cops mit Listen gestohlener Gegenstände belästigt. »Smith Street«, sagte Wyatt zu Jardine, der am Steuer eines der beiden Wagen saß, die sie gemietet hatten. Die Fahrt verlief wie immer schweigend. Erst als sie in einem Verkehrsstau in Clifton Hill festsaßen, wo Bauarbeiter sich an den Straßenbahngleisen zu schaffen machten, erzählte Jardine:

»Diese Mesic hat was mit einem Typen.«

Wyatt sah ihn fragend an.

»Sie haben sich gestern Mittag getroffen und heute schon wieder.«

»Wo? Bei ihr?«

Jardine schüttelte den Kopf. »Ich hatte beschlossen, ihr zu folgen. Sie waren außerhalb verabredet und sind dann in ihrem Wagen zu einem Apartmenthaus in South Yarra gefahren.« Er zog einen Zettel aus der Jackentasche. »Hier, die Adresse.«

»Beschreibe ihn.«

»Ziemlich groß und schlank, gestern trug er einen Anzug, heute legeres Zeug, aber teuer. Trotzdem, wie ein Manager kommt der mir nicht vor, wenn du verstehst, was ich meine. Scheint extrem vorsichtig zu sein, hat sich ständig umgeschaut, als er in ihren Wagen gestiegen ist, auch als sie das Apartmenthaus betreten haben. Er selbst fährt einen roten Sportwagen. Frag mich nicht, welche Marke.«

»Den hab ich gesehen«, sagte Wyatt. »Sie haben sich sonst bei ihr zu Hause getroffen. Offensichtlich sind sie vorsichtiger geworden.«

In Colinwood stellte Jardine den Wagen vor einem vietnamesischen Lebensmittelgeschäft ab. Wyatt fütterte die Parkuhr und bedeutete Jardine mit einem Nicken, ihm zu folgen. Seit eh und je war die Smith Street *die* Adresse für dunkle, verstaubte Möbelgeschäfte, griechische Cafés, Secondhandläden und alle Arten von Discountern, doch die Wirtschaftskrise hatte auch die Ansiedlung von Pfandhäusern befördert.

Die Schaufenster des ersten Leihhauses, das Wyatt und Jardine aufsuchten, waren vergittert und große Aufkleber versprachen: »Wir nehmen alles«. Wyatt und Jardine betraten den Laden.

Drinnen saß ein Mann hinter dem Tresen und las; er kaute auf den Enden seines Schnurrbartes, völlig versunken in seine Lektüre. Als er hörte, wie die beiden eintraten, legte er das Buch sofort beiseite. »Kann ich Ihnen helfen, meine Herren?«, fragte er mit einem strahlenden Lächeln.

»Ich suche einen Bolzenschneider, möglichst groß«, erwiderte Wyatt.

»Bolzenschneider, Bolzenschneider ... einen Moment bitte.« Er sah in sämtlichen Vitrinen nach und kam dann mit einem kleinen Werkzeug zurück. »Ich habe nur eine hervorragende Blechschere.«

»Komm«, sagte Wyatt zu Jardine und sie verließen den Laden. »Schauen Sie doch nächste Woche noch mal vorbei!«, rief ihnen der Mann hinterher.

Der zweite Laden wurde von einem griesgrämigen Ehepaar geführt. Sie blickten Wyatt und Jardine nur ausdruckslos an, ihnen schien nichts zu entgehen. Sie hatten in ihrem Leben schon Haarsträubendes gehört und waren auch heute auf alles vorbereitet.

»Wir suchen einen robusten Seitenschneider.«

Von der Frau kam keinerlei Reaktion, ihr Ehemann atmete hörbar aus, unklar, ob aus Belustigung oder

Zynismus. »Das kann ich mir vorstellen«, sagte er.

Wyatt wartete ab.

Nichts geschah. Schließlich sagte der Alte: »Haben wir nicht im Sortiment.«

Sie betraten die dritte Pfandleihe. Aber diesmal musste Wyatt gar nicht erst fragen. Ein Seitenschneider, zirka ein Meter lang, staubte dort im Regal zwischen einem Wirrwarr von Radioersatzteilen und alten Tonbändern vor sich hin. Er zahlte die verlangten fünfunddreißig Dollar und sie verließen das Leihhaus. »Jetzt die Klamotten?«, fragte Jardine.

Wyatt sah auf seine Uhr. »Es ist zehn vor sechs, wir haben also noch zehn Minuten Zeit.«

Das Sgro Clothing Emporium verkaufte Billigkleidung aus Acryl und Baumwolle – Jeans, Kleider, Röcke, T-Shirts, Trainingsanzüge, aber auch Bettwäsche und Kopfkissen. Als sie die Tür öffneten, wehte der Wind herein und brachte die Plastikohrringe und Haarreifen neben der Kasse zum Klimpern. An den Decken und Wänden verliefen Rohre und Leitungen und der Linoleumbelag auf dem Boden war abgetreten und warf Wellen. Ein kleiner älterer Mann, ein Maßband um den Hals, lächelte sie aus dem Halbdunkel an. »Ja, ja«, sagte er und wedelte mit den Händen in der Luft, »Sie sich umschauen, Sie finden schöne Kleidung, dann mir sagen.«

Die beiden entschieden sich für schwarze Jeans, T-Shirts und Windjacken. Beim Bezahlen ließ der Inhaber keine Silbe über ihre Auswahl fallen, vielmehr behandelte er sie, als seien sie die ersten Kunden, die er jemals gehabt hatte. Sorgfältig wickelte er die Sachen in braunes Packpapier, schlug die Ecken und Kanten ein, maß Schnur ab und versah schließlich jedes Paket mit einer

Schlaufe zum Tragen. Wyatt sah ihm zu und wieder überkam ihn dieses melancholische Gefühl, zu den grundsätzlichen Dingen des Lebens keine Beziehung zu haben. Er war sich nicht mal sicher, wie er dem Inhaber gegenüber Freude oder Erstaunen über dessen Freundlichkeit zum Ausdruck bringen, geschweige denn wie er sich bedanken sollte. Das überließ er Jardine.

Es war erst kurz nach sechs und doch wurde es bereits dunkel. Sie kauften sich Hamburger, aßen sie im Wagen und danach übernahm Wyatt das Steuer und manövrierte sie durch den dichten Verkehr auf der Hoddle Street Richtung Freeway. Gegen sieben hatten sie das Mesic-Grundstück erreicht und parkten an der Rückfront.

Sie schwiegen. Es gab auch nichts zu besprechen. Jardine hatte für jeden ein Infrarot-Nachtfernglas aus Sydney mitgebracht und nun lehnten sich beide Männer in ihren Sitzen zurück, beobachteten das Gelände und die zwei Häuser.

»Wenn wir den Zaun durchschneiden, riskieren wir, von den Nachbarn gesehen zu werden, außerdem wird die Alarmanlage losgehen und die Mesics werden uns mit Waffen im Anschlag empfangen«, fing Wyatt an, laut zu denken.

»Was, wenn wir den Zaun sprengen und einfach mit dem Wagen durchfahren? Eine Blitzaktion, sozusagen – «

»Die nicht nur die Mesics aufschreckt, sondern auch die Cops.«

Wieder verfielen beide in Schweigen und dachten angestrengt nach. Wyatt musste gegen die Müdigkeit ankämpfen, ein Phänomen, das ihm bis dato völlig unbekannt gewesen war und das ihm das sinnlose Hin und Her im Leben vor Augen führte, die losen Enden und die vergeblichen Bemühungen. Das Warten, die Suche nach Lösungen stellten diesmal keine Herausforderung dar. Solange die Sache nicht erledigt und er im Besitz seines Geldes war, würde es ihm nicht gelingen, abzuschalten, neben sich zu treten. Sein Blick schweifte über den Zaun und das Gelände mit den hässlichen Zwillingshäusern und ihm wurde bewusst, dass er die letzten Monate auf der Stelle getreten war, während das Geld nur einen Sprung von ihm entfernt gelegen hatte. Selbst die Stadt schien seiner Anwesenheit überdrüssig. Es kam ihm so vor, als hätte er niemals einen Job präzise und schnell durchgezogen, ja, als sei er nicht mal mehr dazu in der Lage. Er fühlte sich wie ein Hamster in einem Laufrad durch diese Operation, die so ganz ohne Reiz und noch dazu nicht mal seine eigene war. »Mein Gott«, murmelte er verbittert.

Jardine ließ das Fernglas sinken und sah Wyatt an. Er wusste, was in ihm vorging. »Endspurt, alter Junge.«

»Ist das hier erst mal vorbei, lass ich die Finger von irgendwelchen Banden, Amateuren oder zweifelhaften Coups«, entfuhr es Wyatt gallig.

»Alles schön und gut«, sagte Jardine, »aber morgen Nacht wollen wir denen da drüben auf den Pelz rücken und es stellt sich immer noch die Frage: Wie kommen wir rein?«

Darauf wusste auch Wyatt keine Antwort. Jardine setzte das Fernglas wieder an und nahm das Grundstück weiter in Augenschein. Kurz darauf sagte er: »Na, da ist er ja. Nach dem kannst du die Uhr stellen.«

»Wen meinst du?«

»Victor. Kommt gerade aus dem Fitness-Studio.«

Die Härchen auf Wyatts Unterarmen richteten sich plötzlich auf und mit einem Mal war er hellwach. »Dieses Fitness-Studio hat nicht zufällig einen netten dunklen Parkplatz?«

Einunddreißig

Das Mesic-Mäuschen hatte ihm vorgeschlagen, die zehntausend Dollar direkt bei ihnen in Templestowe abzuholen, doch er hatte dankend abgelehnt. Er war einmal dort gewesen und einmal war genug. Was, wenn die Bundespolizei oder zivile Fahnder die Brüder bereits observierten? Dann wären sie jetzt nicht nur im Besitz seines Konterfeis, sondern hätten inzwischen auch seinen Kombi überprüft. Für den Fall der Fälle hatte Napper sich eine Geschichte zurechtgelegt, die zur Hälfte auf Fakten basierte, genauer gesagt auf der Festnahme eines Jugendlichen, den er dabei erwischt hatte, wie er auf einem Gelände der Mesics Gebrauchtwagen eigenwillig mit Graffiti verschönert hatte. Misstrauisch geworden, habe er diese Spur eben in seiner Freizeit weiter verfolgt. Einen zweiten Auftritt bei den Mesics so zu rechtfertigen, hieße, das Glück herauszufordern. Nicht einmal ein frisch gebackener Constable würde ihm das abkaufen.

Also hatte er seine Bude vorgeschlagen, vielleicht ging ja da was mit Stella Mesic. Doch die hatte nur gelacht. »Ich und zu einem Cop in die Wohnung? Vergessen Sie's.«

Sie hatten sich auf einen neutralen Ort geeinigt, den Parkplatz neben dem Bootshaus in Fairfield. Das Fairfield Hospital für Infektionskrankheiten war ganz in der Nähe und Napper stellte sich unsichtbare Mikroorganismen vor, die durch die Luft schwebten, sich in seinen Lungen festsetzten, um in fünf bis zehn Jahren als Krebsgeschwür auf seinem Schwanz wieder aufzutauchen. Er saß im Auto, die Scheiben hochgekurbelt, starrte auf den Fluss und auf die zu habgierigen Ungeheuern mutierten Enten, während seine Gedanken um die Klinik kreisten, die ihren infektiösen Mikromüll nur einen Steinwurf entfernt ausstieß.

Es war Mittwochnachmittag, Viertel nach fünf, und von Stella Mesic keine Spur. Vielleicht steckte sie im Stau fest. Läufer und Radfahrer flitzten am Rand des Parkplatzes vorbei. Es standen noch andere Autos hier, auch einige Kleinlaster, doch aus irgendeinem Grund schien sich jeder nur für seine alte Kiste zu interessieren. Im Rückspiegel erhaschte Napper das eine oder andere Grinsen der Vorbeifahrenden. Okay, die Mühle war alt und mitgenommen und durch die Löcher im Boden sah man den Auspuff, aber so schlimm, dass man sich darüber totlachen musste, war's nun auch wieder nicht. Er zuckte die Schultern, spielte ein bisschen am Autoradio und beobachtete, wie einer von den Jung-Dynamischen sich den mühsam erarbeiteten Sport-Schweiß mit einem Handtuch abwischte, dann in seinen Porsche stieg und davonschoss. Napper grinste verächtlich.

Siebzehn Uhr zwanzig. Ein XJ6 fuhr auf den Parkplatz, Stella Mesic am Steuer. Napper beobachtete sie erst eine Weile. Sie war allein gekommen. Es war ihr niemand gefolgt. Er stieg aus, ging auf dem knirschenden Kies auf ihren Wagen zu, öffnete die Beifahrertür und ließ sich in das weiche Lederpolster fallen.

Kein Lächeln ihrerseits, keine Begrüßung, nicht mal eine besorgte Miene, nur ein unterkühltes Nicken. Napper roch ihr Parfum, einen diskreten, teuren Duft. Dann drehte sich die Frau langsam zur Seite und sah ihn an. Er hörte das leise Rascheln von Seide auf ihren Oberschenkeln.

»Nun, Sergeant Napper, Parkplatz am Fairfield Bootshaus, Mittwoch um siebzehn Uhr, ich fürchte, ich habe mich etwas verspätet.«

»Kein Problem.«

Er wartete. Doch von ihr kam nichts mehr. Das brachte ihn in Verlegenheit, deshalb fragte er: »Haben Sie das Geld?«

»Lassen Sie mich bitte zuerst kurz zusammenfassen. Sie sagten meinem Mann und mir, dass wir in absehbarer Zeit Opfer eines bewaffneten Raubüberfalls würden. Ferner, dass Sie uns alle Einzelheiten nennen, sofern wir bereit seien, Ihnen zehntausend Dollar zu zahlen. Ist das korrekt?«

Sie versuchte, ihn hinzuhalten, und das gefiel Napper nicht. »Genau, das hab ich gesagt. Soll das jetzt ein Rückzieher werden? Gut. Wie Sie wollen. Ich bin nicht im Visier, muss mich nicht ständig fragen, wann, wie, wo? Wenn Sie auf diese Art Ärger stehen, bitte sehr.«

Sie schien darüber nachzudenken, runzelte die Stirn und wurde unsicher. Ihre Hände fuhren an ihrem Körper entlang, etwas, was Napper schon bei ihr beobachtet hatte. Er setzte nach, da er sich im Vorteil wähnte: »Falls Sie sich jedoch gegen diese Gangster schützen wollen, falls jemand von der Polizei Ihnen ab und zu mal beistehen soll, sind doch zehntausend Dollar nicht zu viel verlangt, oder wie sehen Sie das? Andersherum, ich an Ihrer Stelle wäre nicht glücklich bei der Vorstellung, einen Cop zum Feind zu haben, der einem das Leben schwer machen könnte ... und das nur, weil man einen kleinen Deal ausgeschlagen hat.«

Stella Mesic sah ihn reumütig an und nickte. »Ich wollte nur noch mal Klarheit. Ich gebe zu, ich habe Angst. Die Vorstellung, dass bewaffnete Männer in mein Haus eindringen, macht mir Angst. Sie, Sergeant, machen mir Angst.«

Sie schluckte und der Anblick ihrer aufgerissenen Augen kam einem Griff in Nappers Schritt gleich. Seine Hand wanderte in ihre Richtung, fand ihr Knie und strich über das glatte Gewebe ihrer Strümpfe. »Solange ihr mich nicht aufs Kreuz legt, passiert nichts«, sagte er und verstärkte den Druck seiner kräftigen, kurzen Finger. Stella wurde kreidebleich. »Legt ihr mich aber aufs Kreuz, seid ihr erledigt.«

»Ich verstehe«, stieß sie hervor.

Napper lockerte den Griff, ließ seine Finger kurz unter den Saum ihres Rockes schlüpften und gab ihr einen Klaps auf den Oberschenkel. »Na bitte. Ist doch gar nicht so schwer zu verstehen. Und ... wo ist jetzt das Geld?«

»Ich hab es hier.«

Sie griff in die Innentasche ihrer schwarzen Wildlederjacke, zog einen Umschlag heraus und warf ihn Napper in den Schoß.

Es waren Hunderter, Napper brauchte also nicht viel Zeit, um sie zu zählen. Er sah Stella an und sagte: »Das hier sind nur zweieinhalbtausend. Dafür hol ich nicht mal Luft. Sie schulden mir siebeneinhalb Riesen.«

Der verängstigte Gesichtsausdruck wich einer versteinerten Miene; Stella warf ihr dichtes Haar in den Nacken und sagte scharf: »Woher weiß ich, dass Sie uns nicht einen Haufen Mist auftischen? Letzten Endes haben Sie uns absolut nichts Neues erzählt. Wir wissen, dass wir zurzeit offene Flanken haben, wir wissen auch, dass einige Leute darüber nachdenken, uns zu attackieren.«

»Ach was?« Napper blinzelte nervös.

»Deshalb sind zweieinhalb für den Moment genug. Mehr sind Ihre Informationen nicht wert. Nennen Sie uns Namen, den Zeitpunkt und die Art der Vorgehensweise, dann bekommen Sie auch den Rest.«

Mehr oder weniger hatte Napper damit gerechnet und er sagte: »Na schön. Wie Sie meinen.«

»Zuerst die Namen.«

»Wyatt und Jardine, keine Vornamen. Beide sind knallharte Profis, beide haben noch nie gesessen. Dennoch ist Wyatt derjenige, den man besonders beachten muss.«

»Sind sie gewalttätig?«

»Kommt drauf an, wie mutig man ist. Normalerweise fesseln sie ihre Opfer, räumen ab und verschwinden. Stellt man sich ihnen in den Weg, werden sie brutal, zieht man eine Waffe, ist man ein toter Mann.«

»Wann?«

»Morgen.«

»Morgen? Schön, dass wir das so zeitig erfahren. Wann genau?«

»Sie schlagen für gewöhnlich nicht am Tage zu. Also irgendwann am Abend.«

»Und woher wissen Sie das alles so genau, Napper? Stecken Sie mit denen unter einer Decke? Vielleicht schon mal den einen oder anderen Job für die beiden aufgetan?«

Napper war entrüstet. »So was passiert vielleicht in

Sydney, aber nicht hier! Nein, ich hab meine Kontakte.«

»Kann man sich mit diesen Kontakten mal unterhalten?«

»Keinesfalls. Ein guter Cop gibt niemals seine Quellen preis. Das ist doch allgemein bekannt.«

»Eine Sache verwirrt mich trotz allem«, Stella machte es sich in ihrem Sitz bequem und gönnte Napper den Anblick einiger Zentimeter Haut ihres Oberschenkels, »Sie behaupten, diese Männer wollten uns nur berauben. Aber mir sind Gerüchte zu Ohren gekommen, dass Konkurrenten eine Übernahme planen, dass sie vor allem an unseren Unterlagen interessiert sind. Sind Sie sicher, dass die beiden wirklich nur Geld wollen?«

»Ich hab Ihnen alles erzählt, was ich weiß. Diese Jungs gehören keiner Organisation an, sie arbeiten allein und haben auch nicht vor, Geschäftsleute zu werden. Was ist jetzt mit den restlichen siebeneinhalb Riesen?«

Er sah, wie Stella sich plötzlich nach vorn beugte und einen Schalter am Armaturenbrett betätigte. Was dann geschah, sagte ihm, dass er sich von den siebeneinhalb Riesen verabschieden konnte. Die hintere Tür eines Transporters, der in der Nähe parkte, öffnete sich und der Ehemann der Mesic sprang heraus, eine Videokamera in der Hand und um den Hals eine Nikon mit einem beeindruckenden Teleobjektiv. Der Mann war nicht nur außerordentlich kräftig, er machte auch einen fitten und selbstbewussten Eindruck.

»Napper, schauen Sie mal her«, sagte Stella.

Napper schaute hin. Sie zeigte ihm einen Mikrorecorder. »Hier, Ihre Stimme, Sergeant. Sicher, Sie können uns das Leben schwer machen. Aber bedenken Sie den Kummer, den wir Ihnen bereiten könnten. Derryn

Hinch von Truth, zum Beispiel, ganz zu schweigen von den Cops, deren Job es ist, gegen die eigenen Kollegen zu ermitteln. Ich weiß genau, wen es härter treffen wird. Sie haben uns einfach nichts anzubieten, das ist der Punkt. Sie sind schlicht ein paar Nummern zu klein.«

»Verfluchte Schlampe«, murmelte Napper.

Stella Mesic ließ den Motor an. »Nun, ich möchte Sie nicht länger aufhalten. Übrigens, die zweieinhalbtausend können Sie behalten. Ein Gebot der Fairness.«

Ein Gebot der Fairness. Napper hievte sich aus dem Jaguar. Er ging hinüber zu seinem Kombi, stieg ein und startete. Ein Gebot der Fairness. Er fädelte sich ein in den dichten Feierabendverkehr auf der Heidelberg Road, während der Satz ihm nicht mehr aus dem Sinn ging. Ein Gebot der Fairness. Er fühlte sich wie benebelt. Alle Welt hatte sich gegen ihn verschworen und darauf war er nicht vorbereitet gewesen.

Auf der Hoddle Street kam der Verkehr fast zum Erliegen. Napper orgelte auf dem Kupplungspedal herum und sah, dass er kaum mehr Benzin im Tank hatte. Das Problem, die Benzinleitung war leck und er befand sich auf der Innenspur. Draußen flimmerte die abgasgesättigte Luft vor Hitze und durch die Löcher am Boden drangen die Auspuffgase in den Innenraum. Aus irgendwelchen Gründen ging auf seiner Spur jetzt gar nichts mehr. Auf den anderen floss der Verkehr. Ein Japsen-Modell, glänzender Lack, Unmengen von Chrom und voll aufgedrehte Stereoanlage, schob sich an ihm vorbei. Napper hätte am liebsten einem Impuls nachgegeben und das Lenkrad kurz und schmerzlos herumgerissen, um den kleinen Pisser in eine Kollision mit einem Bus zu verwickeln.

Zu allem Überfluss schienen sich die anderen Autofahrer für ihn zu interessieren. Dem Japsen folgten ein Silver Top Taxi, ein Möbelwagen, zwei oder drei typische Familienkutschen, dann ein nagelneuer Volvo und jedes Mal starrte mindestens ein Gesicht in seinen Kombi, jedes Mal mit einem Anflug von Hohn um die Mundwinkel. Er kurbelte das Fenster herunter, lehnte sich etwas hinaus und zeigte einer älteren Frau, die auf dem Rücksitz eines Taxis saß, seine geballte Faust. »Was glotzt du so, alte Schlampe?«

Erschrocken wich die Frau vom Fenster zurück und blickte nur noch starr geradeaus. Kaum war das Taxi vorbeigefahren, schloss ein Renault auf, drinnen eine Wagenladung Weiber, vermutlich Lesben, so wie die aussahen: Stoppelbirnen, Muscleshirts und Achselbehaarung. Der ganze Haufen krümmte sich vor Lachen und jede zeigte mit dem Finger auf ihn. Er wartete, bis der Renault überholen würde, doch seltsamerweise blieb er auf gleicher Höhe. Napper renkte sich fast den Hals aus, um zu ergründen, was da vorn los war: Ein Rettungswagen schob sich rückwärts in die Blechlawine und jetzt war alles zum Stillstand gekommen. Er öffnete die Tür, beugte sich hinaus und brüllte: »Habt ihr Scheiß-Emanzen irgend'n Problem?«

Sofort kurbelten die Frauen die Scheiben hoch, verriegelten die Türen, und obwohl sie sich aneinander drängten, fühlte sich Napper noch nicht als Sieger. Also stieß er die Tür auf, stieg aus und bearbeitete den Renault mit den Füßen. Er wollte diesen Frauen einfach alles, was sich in seinem Hirn angehäuft hatte, entgegenschleudern. Doch die Worte verweigerten sich ihm, er spürte nur noch Hass und Wut in sich aufsteigen und hätte am liebsten durch die Karosserie gegriffen. Ringsum wurden Autotüren verriegelt, raunte man sich zu: »... nicht hinsehen ... einfach ignorieren ...«

»Also was?«, schrie Napper und trat noch einmal zu. »Was ist euer Problem?«

Plötzlich machte der Renault einen Satz nach vorn und rollte etwa einen Meter weiter. Napper sprang zurück. Der Rettungswagen hatte die Szene verlassen und der Verkehr setzte sich langsam wieder in Bewegung.

Er wollte in seinen Wagen steigen. Was hatte die Leute nur geritten? Der sah doch ganz normal aus. Hatte auch keinen Platten irgendwo. Dann ging er einmal um den Wagen herum und er geriet zum zweiten Mal in Rage.

Das Plakat war so groß wie die Doppelseite einer Zeitung und dieses Miststück von Exfrau hatte es unterhalb des Fensters auf die Heckklappe geklebt. Man konnte die Aufschrift noch im Abstand von einer Meile entziffern: GESUCHT WEGEN AUSSTEHENDER UNTERHALTSZAHLUNGEN, darunter ein vielfach vergrößertes Portraitfoto von ihm. Unter dem Foto stand noch einiges, vermutlich der gesamte Katalog seiner Vergehen. Er machte sich nicht mehr die Mühe, es zu lesen. Die dumme Kuh. Er versuchte das Plakat an einer Ecke wegzureißen, doch sie hatte einen Superkleber verwendet. Die Fahrer hinter ihm veranstalteten ein Hupkonzert und der eine oder andere lachte sogar.

ZWEIUNDDREISSIG

Bax trat zwischen den Bäumen hervor, blieb wie angewurzelt stehen, hob erst den einen Absatz seiner handgefertigten Schuhe an, dann den anderen – fünfhundert Dollar bei Footloose in der Chapel Street – und fluchte. Dreck und Moder. Und leichter Knoblauchgeruch von zertretenem Bärlauch in seinem Anzug.

Vorbei an ein paar Kindern, die Enten fütterten, und Liebespaaren im Gras ging Bax die Uferpromenade hoch. Die Mesics erwarteten ihn in Stellas Jaguar. Sie saß hinten, Leo am Lenkrad und Bax setzte sich auf den Beifahrersitz. »Habt ihr ihn?«

»Hör dir das an«, sagte Stella und legte den Mikrorecorder auf die Ablage zwischen den Vordersitzen. Bax konnte nun verfolgen, wie sich der fette Sergeant um Kopf und Kragen redete.

»Fotos?«

In Leos Schoß lag die Videokamera. Er gab sie Bax und erklärte ihm, wie man auf dem Display die Bilder abrufen konnte. Bax sah Stella und Napper, deutlich erkannte er beide Wagen, beide Kennzeichen. Die Aufnahme zeigte ferner Datum und Uhrzeit. »Sehr schön.«

Leo nahm seine Kamera und sagte: »Ja, wirklich phantastisch. Nun brauchen wir für morgen Abend nur noch ein paar Jungs mit entsprechender Ausrüstung zu engagieren. Ein Kinderspiel, reine Routine für mich.« Eine Reihe ungepflegter Zähne erschien unter seinem rotblonden Schnauzbart. Sein Gesicht war aufgedunsen. Zu viele Kalorien und Entspannungsdrinks. »Oder was meinst du, Bax?«

Doch Bax winkte ab. Er wollte sich auf das Band konzentrieren. »Wyatt«, sagte er, »den Namen hab ich schon einmal gehört.«

»Und?«

»Hört sich nicht gut an. Das ist einer, mit dem man besser nicht aneinander gerät.«

»Na Gott sei Dank! Von einem Waschlappen fertig gemacht zu werden wär ja unerträglich«, meinte Leo sarkastisch.

Stella rutschte auf ihrem Sitz nach vorn und steckte den Kopf zwischen die Vordersitze. Sie berührte seinen Oberarm. »Beruhige dich, Schatz, es wird schon alles gut gehen.«

Leo sah auf ihre Finger und umschloss sie mit seiner Hand. Zu Bax gewandt, sagte er: »Mir will nicht in den Kopf, warum du sie nicht schnappst, bevor sie bei uns einbrechen.«

»Jetzt denk mal nach«, sagte Bax. »Am Anfang sind sie angespannt, zu allem fähig. Nicht nur ich könnte verletzt werden, auch Stella und du. Aber hinterher, wenn sie schnell verschwinden wollen, werden sie unvorsichtig. Sie haben die Hände voll, sind in Eile, vor allem aber bilden sie sich ein, die Sache sei erledigt.«

Er sah Stella an, hoffte auf ihre Unterstützung. »Vergiss nicht, wir sind gefesselt«, sagte sie zu ihrem Mann. »Sie glauben, sie hätten uns im Griff. Sie werden sich das Geld schnappen und absolut nicht damit rechnen, dass die Cops auftauchen.«

»Wahrscheinlich werden sie euch mit Handschellen irgendwo anketten«, sagte Bax. »Profis halten das für eine Zeitersparnis im Gegensatz zu echten Fesseln.«

»Wie auch immer«, meinte Stella und schüttelte Leos Arm. »Alles in Ordnung, Schatz? Die Polizei wird sie sich genau dann greifen, wenn sie das Grundstück verlassen wollen.«

»Die Polizei, dein Freund und Helfer ... « Leo schüttelte den Kopf. »Warum können wir das nicht selbst in die Hand nehmen?«

»Erstens«, sagte Bax, »wird dir das kaum gelingen. Diese Typen sind Killer, die sich den Weg freischießen, wenn sie in Bedrängnis geraten. Schließlich haben sie mehr zu verlieren als ihr. Willst du es darauf ankommen lassen? Wenn du nun ein paar Profis anheuerst, zeigst du allen, auch Victor, wie schwach ihr, du und Stella, wirklich seid.«

Bax ließ seine Worte wirken. Leo sah aus dem Fenster. »Zweitens«, fuhr Bax fort, »die Nachricht von dem Überfall, die Verhaftungen, die Anwesenheit der Polizei auf dem Grundstück, und zwar für mehrere Tage, all das wird eure Gegner erst mal abschrecken. Drittens, es wird Victor irritieren. Er wird merken, dass es einen Scheiß bedeutet, älter zu sein, dass seine Kontakte einen Scheiß bedeuten. Wird ihm erst mal klar, dass wir von dem Plan, euch zu überfallen, nicht nur gewusst, sondern dass wir ihn auch vereitelt haben, dass ich maßgeblichen Anteil hatte, was den Schutz der familiären Interessen betrifft, wird er das Gefühl bekommen, außen vor zu sein, und sieht seine Machtbasis zerbröckeln. Heuerst du aber Fremde zum Schutz an, wird er das als Rechtfertigung benutzen, um die Firma zu zerschlagen.«

»Wir könnten Druck auf ihn ausüben«, sagte Stella, »damit er zurück in die Staaten geht, das macht, was er vorher gemacht hat. Seine Prozente bekommt er weiterhin, wie früher.«

Stellas Hand lag noch immer auf Leos Arm und Bax

erwischte sich dabei, wie er anfing, darauf zu starren. Sie schlief nach wie vor mit Leo, das gab sie offen zu. Ob ihr das gefiel oder nicht, ob sie Leo mochte, darüber schwieg sie sich jedoch aus. Jedenfalls schlief sie mit ihm. Bax wusste nicht, was er davon halten sollte, auf jeden Fall fühlte er sich unbehaglich dabei. Einmal, hatte sie ihm lachend erzählt, sei sie von einem Treffen mit ihm nach Hause gekommen, noch ganz feucht, und Leo habe es mit ihr treiben wollen. Also hätten sie es getrieben, nur hätte sie vorher gerne geduscht. Es steckte keine Berechnung in Stellas Worten oder in der Art und Weise, wie sie sie formulierte, Stella war eben so. Früher hatte Bax so etwas nicht gekratzt. Doch jetzt machte es ihm etwas aus, jetzt gab es ihm einen Stich.

Er schüttelte den Gedanken ab und wendete sich wieder Leo zu. »Du musst dich morgen Abend normal verhalten. Überrascht, wütend, erschrocken wegen der Waffen. Spiel bloß nicht den Helden.«

»Ja, klar, aber eins kann ich garantieren: Das Geld setz ich nicht aufs Spiel. Zwanzigtausend, mehr bleibt nicht im Safe, der Rest wandert in ein Schließfach bei der Bank. Sollte was schief gehen, zwanzig Riesen können wir verschmerzen, zweihundert nicht.«

Bax schüttelte den Kopf. Das alles war bereits zur Genüge erörtert worden. »Sie werden merken, dass was im Busch ist, Leo. Sie erwarten morgen Abend viel Geld im Tresor und wenn sie das nicht vorfinden, werden sie richtig angepisst sein. Keine Ahnung, was dann passiert, vielleicht nehmen sie das Haus auseinander, vielleicht ziehen sie euch eins mit der Waffe über, so lange, bis ihr sagt, wo das Geld steckt. Mach dir keinen Kopf, ich kümmer mich um das Geld und werde dafür sorgen, dass es nicht als Beweismittel eingezogen wird.«

»Wenn du's versaust, Bax, mach ich dich fertig, ich liefer dich der Innenbehörde aus. Du stehst mir für das Geld gerade.«

Leo war rot angelaufen, seine Stimme überschlug sich, also versicherten sich beide, dass alles klar gehe, sowieso, und Stella streichelte Leos Arm.

Dann, scheinbar für ihren Mann Partei ergreifend, sagte sie: »Aber es kann doch sein, Bax, dass sie uns etwas antun, aus einer Laune heraus oder damit wir sie nicht verfolgen können. Wäre es nicht besser, wir verließen das Haus vorher?«

»Erstens würde sie das misstrauisch machen, so viel Geld im Haus und niemand da, der ein Auge drauf hat. Zweitens, es ist nicht der Stil von diesem Wyatt, Leute zu verletzen. Wir wissen von einem guten Dutzend Überfällen und immer war es seine Strategie, die Leute zu beruhigen. Kam jemand zu Schaden, dann nur, weil er ihm die Tour vermasseln wollte oder ihn mit einer Waffe provoziert hat.«

Sollte heißen: *Also, Leo, solltest du 'ne Waffe haben, versteck sie irgendwo und lauf morgen Abend nicht damit spazieren.* Bax sah den schweren Mann aufmerksam an und hoffte, dass die Botschaft angekommen war. »Verhaltet euch völlig normal«, sagte er noch einmal. »Ladet doch Victor zum Abendessen ein. Das macht die Sache leichter.«

DREIUNDDREIßIG

Victor Mesic fühlte sich frisch und entspannt. Es war Donnerstagabend und er hatte soeben eine Stunde im Fitnessraum verbracht, zum Abschluss noch einen Saunagang eingelegt und war dann unter die Dusche gegangen. Sieben Uhr, die Abenddämmerung tauchte alles in ein sanftes, verschwommenes Licht. Victors Sinne waren hellwach. Sein Saab glänzte in der Dunkelheit wie ein riesiges, träges Insekt. Von irgendwoher wehte der Duft gedünsteter Zwiebeln zu ihm herüber und in dem jungen Eukalyptus rund um den Parkplatz hatten sich die Vögel bereits zur Nachtruhe niedergelassen. Aus einem Haus gegenüber drang ein wummernder Bass.

Jemand öffnete eine Autotür, ließ sie leise ins Schloss fallen und plötzlich beschlich Victor das Gefühl, dass etwas nicht stimme. Zur Gewissheit wurde es, als er die Waffe an seinem Kiefergelenk spürte und jemand leise sagte: »Das ist nicht mein Finger, Vic.«

Er erstarrte und hob seine Hände hoch.

»Mach jetzt keinen Fehler«, sagte die Stimme und der Druck der Waffe wurde stärker. »Öffne die Tür, auf der Beifahrerseite.«

Nun war es also so weit, genau wie er es prophezeit hatte, ihre Gegner machten nicht mal vor der Familie Halt. »Rutsch auf den Fahrersitz.«

Victor blieb wie angewurzelt stehen. Er verspürte den Drang, seine Blase zu entleeren. »Wer sind Sie? Was wollen Sie?«, presste er mühsam krächzend hervor.

»In den Wagen, Vic!«, befahl die Stimme und diesmal bohrte sich die Waffe in seinen Rücken. Er stieg ein. Die Waffe kitzelte sein Ohr, als der Mann ebenfalls in den

Wagen stieg. Als die Innenbeleuchtung anging, konnte Vic das Gesicht des anderen deutlich sehen. Es war hager, streng, ein Gesicht, das, sollte es überhaupt jemals lächeln, abwesend und kalt bliebe. Der Körper war langgliedrig und geschmeidig, es war, als müsse der Mann ihn förmlich zusammenfalten, um in den Wagen zu passen. Die Hände steckten in Latexhandschuhen. »Nehmen Sie meine Brieftasche«, versuchte es Victor. »Oder nehmen Sie meinetwegen den Wagen. Aber lassen Sie mich gehen.«

»Vielleicht später, Vic. Doch im Moment möchte ich nur, dass wir zu dir nach Hause fahren.«

Die Stimme klang leise, ruhig, beinahe beschwichtigend.

»Nach Hause?«

»Durch das Tor und aufs Gelände. Es wird niemandem etwas geschehen, also kein Grund, irgendwie durchzudrehen. Gleich nach uns wird ein zweites Fahrzeug aufs Gelände fahren. Ruhe und Besonnenheit sind die Garanten dafür, dass niemand zu Schaden kommt, dass nichts zu Bruch geht, okay?«

»Damit kommen Sie nicht durch. Wir werden's an die große Glocke hängen.«

Der Mann klopfte mit dem Lauf der Waffe leicht auf Victors Handknöchel. »Fahr los, Vic, mehr verlange ich nicht von dir.«

Enerviert durch die Gelassenheit seines Beifahrers, riss und zerrte Victor an der Gangschaltung, trat die Pedale durch, gab Vollgas, so dass der Motor aufheulte und der Auspuff röhrte. Er riss sich erst zusammen, als die kühle Stimme sagte: »Nun fang dich mal wieder, Vic.«

Zehn Minuten später richtete sich der Mann auf und

starrte durch die Windschutzscheibe. »Wir sind gleich da. Okay, Vic, ich weiß, dass das Tor elektronisch gesteuert wird. Du wirst bitte das Tor öffnen, auf das Grundstück fahren, so lange warten, bis das zweite Fahrzeug hineingefahren ist, und dann das Tor schließen. Dann stellst du deinen Wagen vor dem Haus ab. Solltest du auf die Idee kommen, irgendeinen Alarm zu aktivieren, zerschieße ich dir beide Kniescheiben. Das Gehen würde dir dann zukünftig sehr schwer fallen. Hast du verstanden, was du zu tun hast?«

Victor vertraute der Kraft seiner Stimme nicht mehr, darum nickte er nur.

»Sehr gut. Wir beide verstehen uns, Vic. Okay, fahr jetzt langsamer, setz den Blinker und öffne das Tor.«

Victor befolgte die Anweisungen. Ein Fünkchen Hoffnung keimte in ihm auf, als Stella auf den Stufen vor ihrem Haus erschien, die Hände wegen der Scheinwerfer schützend über den Augen. Er ließ das Fenster zur Hälfte herunter und wollte ihr gerade etwas zurufen, doch das Klicken der Waffe verhalf ihm zur Einsicht. »Ich bin ein Bekannter, der zum Abendessen mitgekommen ist, okay?«, murmelte die Stimme.

Victor nickte. Er hielt an, ließ das Fenster ganz herunter und rief: »Stella!«

»Gut, dass ich dich abpassen konnte. Ich wollte dich zum Essen einladen«, sagte Stella.

Victor deutete mit dem Kopf auf seinen Beifahrer und sagte: »Ich hab einen Freund mitgebracht.«

Ein Anflug von Misstrauen zeigte sich auf ihrem Gesicht, verlor sich aber sofort und er hörte sie sagen: »Na dann kommt ihr eben beide.«

Während er den Lauf der Waffe an seinen Rippen

spüren konnte, vernahm Victor eine sanfte, angenehme Stimme, die freundlich erwiderte: »Aber gern. Das ist dir doch recht, oder, Vic?«

Victor nickte.

Dann wurde Stella von einem weiteren Paar Scheinwerfer geblendet. Sie trat einen Schritt zurück und runzelte die Stirn. »Telecom? was wollen die denn?«

»Keine Ahnung.«

Victor benötigte dringend Anweisungen von seinem Beifahrer. Er sah ihn an. Stella ging auf das Fahrzeug der Telecom zu und womöglich direkt auf die Mündung einer weiteren Waffe. »Was jetzt?«, fragte er.

Der Druck der Waffe wurde stärker. »Tor zu, Licht aus und raus aus dem Wagen. Versuch nicht, wegzurennen, schrei nicht herum, mach nur das, was ich gesagt habe.«

Victor stieg aus und stand ratlos auf dem Kiesweg. Der Mann stellte sich neben ihn. Victor äußerte sich nicht mehr, die Waffe in seiner Nierengegend war Kommunikation genug.

Dann erloschen die Scheinwerfer des Telecom-Fahrzeugs. Die Luft war mild und die Sterne funkelten mit den Lichtern der Großstadt um die Wette. Victor hörte Schritte. Irgendwer strauchelte, dann ein Fluch und die Schritte kamen näher. Zwei Gestalten tauchten aus dem Dunkel auf – Stella, dahinter ein zweiter Mann, groß, sportlich, eine Waffe in der Hand. Als sie auf gleicher Höhe waren, blieb Stella stehen. Voller Abscheu rief sie: »Damit werdet ihr nicht durchkommen!«

Wyatt wünschte, er bekäme jedes Mal einen Dollar, wenn jemand diesen Spruch losließ. Er hielt Victor die .38er an die Schläfe und sagte:

»Wir kommen damit durch, keine Sorge.«

Stellas Gesichtsausdruck verfinsterte sich. »Ich meine hinterher! Ihr habt offensichtlich keine Ahnung, mit wem ihr es hier zu tun habt!«

Auch das hatte Wyatt schon häufiger gehört. »Wir werden jetzt ins Haus gehen. Wird Zeit, Ihren Gatten kennen zu lernen«, sagte er.

Sie betraten das Haus durch die Vordertür, Stella ging voran, Jardine folgte, dann Victor und schließlich Wyatt. Der schaute sich um. Indirektes Licht, dadurch wirkte das Streifenmuster der Tapete schlierig, überall Uhren, große und kleine, verspieltes Goldzeug auf zierlichen Tischchen mit geschwungenen Beinen, altmodische Standuhren in den Wandnischen und alle warfen sie ihre Schatten auf den Parkettboden. Sie blieben in der Eingangshalle stehen. Die Frau musste gekocht haben, es roch nach Curry. Durch eine halb offene Tür fiel ein breiter Lichtstreif, ein Fernsehgerät lief, jemand hustete.

»Zeig dich da an der Tür, aber geh nicht hinein. Sag, dass mit deinem Wagen etwas nicht stimmt«, flüsterte Wyatt dicht an Victors Ohr.

Nun kam Jardines Einsatz. Mit dem Rücken zur Wand, stand er neben der Tür und machte seine Waffe klar, während Victor Mesic sagte: »Leo, hast du mal 'ne Minute Zeit? Ich hab den Motor abgewürgt und jetzt springt er nicht mehr an.«

In die Eingangshalle fiel ein Schatten. »Vielleicht zu viel – «

Leo spürte den Lauf der Waffe unter seinem Kinn und blieb wie angewurzelt stehen. »Wer zum Teufel sind Sie?«

»Klappe halten, runter auf den Boden«, befahl Wyatt.

An der Wand befand sich ein hoher, schmaler Heizkörper, der leise knackte, als wolle er sich über die Unruhe beschweren. Wyatt wedelte mit seiner .38er: »Alle auf den Boden, Rücken zur Heizung.« Er hielt die drei Mesics in Schach, während Jardine sie mit Handschellen an die Halterungen des Heizkörpers schloss.

Anschließend wurden nur noch wenige Worte gewechselt. Diese Phase schätzte Wyatt am meisten – Profis am Werk, die wussten, was sie taten. Das Zentrum der ›Operation Mesic‹ war ein großes Arbeitszimmer am hinteren Ende der Eingangshalle. Wyatt beachtete weder das ausladende Ledersofa noch den schimmernden Schreibtisch oder die Bücherregale. Er zeigte Jardine lediglich, wo der Tresor stand. Jardine hockte sich vor das massive graue Ungetüm und fuhr mit seinen kräftigen Fingern über die Tür. »Kein Problem«, sagte er.

»Bist du sicher?«

»Ist immer wieder dasselbe. Die Leute investieren ein Vermögen in Sicherheitszäune und Alarmanlagen, aber von ihren beschissenen Safes wollen sie sich nicht trennen.«

»Wie wirst du vorgehen?«

Sacht glitten Jardines Fingerkuppen über die Einpassung der Safetür. »In jede Ecke ein schönes Loch bohren, mit Nitroglyzerin füllen und schon ist die Eiserne Lady geknackt.«

Wyatt nickte. »Wenn du mich brauchst ... ich schau mich mal 'n bisschen um.«

Jardine holte eine schwere Bohrmaschine aus der Tasche und machte sich an die Arbeit. Wyatt ließ ihn allein und setzte erst mal die Alarmanlage und das elektrische Tor außer Funktion. Dann spazierte er durchs Haus auf der Suche nach Zufallsfunden. Obwohl er davon ausgehen konnte, dass der eigentliche Preis für ihre Anstrengungen im Safe lag, zog es ihn instinktiv in dunkle Ecken, hin zu den verborgenen Gelegenheiten.

Ein weiterer Grund: Er wollte sich nicht länger in der Nähe der Mesics aufhalten. Ihr Hass aufeinander war derart ausgeprägt, dass es ihm regelrecht bitter aufstieß. Irgendwie war der Wurm drin in dieser Operation. Klar, sie hatten ihre Hausaufgaben gemacht, alles lief rund – zu rund für seinen Geschmack. Für ihn war es die Ruhe vor dem Sturm.

Zuerst nahm er sich das Schlafzimmer vor. Auf einer Frisierkommode lag eine Louis-Philippe-Uhr und eine Brieftasche voller Fünfziger und Hunderter. Er zählte rasch durch und kam auf etwa tausend Dollar. Geld und Uhr wanderten in seine Tasche, dann waren die nächsten Zimmer dran. Doch es fand sich nichts Brauchbares mehr. Nur eine Menge Bilder, Vasen, überladene Uhren – in seinen Augen alles Plunder.

Er machte sich auf den Weg zurück ins Arbeitszimmer. Unten würdigte er die an den Heizkörper gefesselten Mesics keines Blickes. Jardine hatte gerade den Schreibtisch gekippt, um den Raum so gut wie möglich vor der Explosion zu schützen. Jetzt war er dabei, die Löcher zu füllen. Wyatts Gegenwart schien er nicht zu bemerken.

Der verließ das Arbeitszimmer und begab sich hinaus ins Freie. Sein Element war die Stille, konsequenterweise mied er den Kiesweg und schlenderte über den Rasen zu Victors Haus. Es war das Haus des alten Mannes gewesen und es war voll gestopft, auf jeder freien Fläche drängelten sich Vasen und Figürchen, die Bilder an den Wänden thematisierten Buschhütten-Romantik und hatten Trödelmarkt-Flair. Kompakte Sitzmöbel aus Pinienholz, bezogen mit rotem und grünem Leder, wuchtige Kommoden und Anrichten, ebenfalls aus Pinie, besorgten den Rest. Das vorherrschende Material aller übrigen Oberflächen war blendend weißer Hochglanzlack.

Wyatt benötigte kaum zehn Minuten, um eine weitere Armbanduhr, dreihundert Dollar und ein vergoldetes Feuerzeug zu entdecken.

Wieder draußen, lauschte er in die Dunkelheit hinein. Verkehr in der Ferne, in einer Nebenstraße beschleunigte gerade ein Auto, hier und da Geräusche aus den Häusern gegenüber. Kein Lüftchen wehte. Er glaubte fast, das Blut in seinen Adern zu hören. Langsam fühlte er sich besser. Er liebte es allein zu sein, er liebte das Risiko, der Nervenkitzel war wie eine Droge für ihn.

Zurück in Leos Haus, wurde er von Jardine mit den Worten »Fertig zur Sprengung« empfangen. Sie standen in der Halle. Die Explosion verursachte viel Lärm und Rauch, doch Jardine hatte dafür gesorgt, dass die Sprengwirkung auf die Tür des Tresors beschränkt blieb. Als der Rauch sich verzogen hatte, sah Wyatt, dass sie nur noch an einer Angel hing. Das Geld war da, es hatte die Explosion unbeschadet überstanden. »Bedien dich«, sagte Jardine.

Wyatt überschlug den Betrag. Es mussten über zweihunderttausend Dollar sein. Mehr wollte er gar nicht wissen. Er stopfte die Bündel in eine Nylontasche und hätte sich gern sicher gefühlt, wohl wissend, dass dieses Gefühl sich erst einstellen würde, wenn er weit weg war von hier. Verglichen mit den Millionen, die die ›Operation Mesic‹ dem Syndikat einbringen würde, waren diese zweihunderttausend ein Klacks. Was nicht zwingend hieß, dass Kepler bereit sei, darauf zu verzichten.

Er zog den Reißverschluss der Tasche zu und ging in die Halle, wo Jardine auf ihn wartete. »Wir kriegen euch«, rief einer der Brüder ihnen nach. Doch Wyatt ließ einfach nur die Tür hinter sich ins Schloss fallen.

Leo hatte den Betrunkenen aus dem Volvo erkannt. Nur diesmal war der Typ ganz er selbst. Der Zweite sagte ihm nichts, sein Stil hingegen um so mehr – Effizienz und eine undurchdringliche Miene. Das Benehmen der Männer war alles andere als liebenswürdig, aber nicht roh. Sie entschuldigten sich nicht, sprachen ruhig und nur das Nötigste, erklärten nicht, wer sie seien oder was sie vorhätten. Ihr Vorgehen war völlig mechanisch, sie wirkten fast desinteressiert und Leo schloss sich dem an. Im Nachhinein empfand er Bax' Ratschlag als vernünftig. Diese Typen zu attackieren wäre ein Fehler.

Die Männer hatten sich aufgeteilt. Dann hörte Leo das Kreischen eines Bohrers und wusste, es ging um den Safe. Er schwieg und suchte eine bequeme Position am Boden, bewegte seine Handgelenke hin und her, damit die Blutzufuhr durch die Handschellen nicht zu stark behindert wurde. Victor und Stella machten das Gleiche.

Auf einmal drehte sich Victor zu Stella und sagte: »Was ich gesagt habe. Wir sind ein Selbstbedienungsladen. Die kommen einfach rein und greifen sich, was sie wollen.«

»Wenn du meinst, Victor.«

»Die Mesics lassen sich die Butter vom Brot nehmen, das werden alle denken.«

»Halt endlich die Klappe.«

Victor sprach leise, aber eindringlich. »Überleg doch mal. Es ist höchste Zeit, sich von diesem provinziellen

Geschäft zu verabschieden, sich mit Leuten zusammenzutun, die keine Vorstrafenregister haben, keine verdreckten Overalls tragen, die ihr Geld sicher anlegen, irgendwo auf den Cayman Islands zum Beispiel, und die nicht darauf warten, dass zwei Gangster ihren Safe ausräumen, ich meine Leute, die den Police Commissioner höchstpersönlich schmieren und keinen miesen Zivilbullen wie Bax.«

Leo hörte, wie seine Frau giftig entgegnete: »Man wird dich schon auszahlen, Victor. Und jetzt sei endlich ruhig.«

»Ich will nicht, dass man mich auszahlt. Ich will mein Geld da anlegen, wo es sich in wenigen Monaten von allein vervierfacht.«

Leo dachte nach. Wenn Stella nicht da war, hatte Victor ihm diese Sachen ständig vorgebetet, hatte Diagramme erstellt und immer wieder mit dem Finger auf Zahlenkolonnen gezeigt. Schließlich hatte es ihm eingeleuchtet. »Nichts für ungut, alter Junge, aber versuch doch dieses Miststück davon zu überzeugen.« Und Leo hatte es versucht. Er war sich jedoch nicht sicher, ob sie ihm überhaupt zugehört hatte. Aber jetzt, wo sie es zulassen mussten, ausgeraubt zu werden, startete er einen neuen Versuch. »Ich finde, da ist was dran, Stel.«

Doch dann kam der Typ mit dem Killerface von seinem Rundgang zurück und kurz darauf hörte Leo, wie der Safe gesprengt wurde. Er schwieg und litt. Er sah den Männern nach, als sie das Haus verließen. Als sie draußen waren, zerrte er an den Handschellen, doch es war sinnlos, und zu allem Überfluss hatten sich die vielen Uhren im Haus verabredet, gleichzeitig acht Uhr zu schlagen.

VIERUNDDREIßIG

Das Signal sollte mit Mobiltelefonen übermittelt werden, die Rossiter beschafft hatte. Während Jardine das Tor öffnete, rief Wyatt bei Towns an. Es klingelte einmal und als Towns abnahm, sagte Wyatt: »Alles klar.« Er wartete auf Towns' »Okay«, dann unterbrach er die Verbindung, klemmte sich hinter das Steuer von Victors Saab und folgte Jardine, der im Telecom-Fahrzeug hinaus auf die Straße fuhr.

Das Geld lag im Telecom-Fahrzeug. Eine reine Vorsichtsmaßnahme. Wyatt hatte dabei an einen gelangweilten oder neugierigen Cop im Streifenwagen gedacht, dem es zwar in den Sinn kommen könnte, den Fahrer eines Saab zu schikanieren, der aber einem Fahrzeug der Telecom keine weitere Beachtung schenken würde. Wyatt selbst stellte eine weitere Vorsichtsmaßnahme dar. Er folgte Jardine in großem Abstand, um den Verkehr vor ihm, hinter und neben ihm im Blick zu haben. Sollte das Syndikat wirklich scharf auf die zweihunderttausend Dollar sein, wäre ein Überfall hier draußen denkbar. Wyatt wusste, worauf er zu achten hatte, schließlich hatte er dergleichen Überfälle selbst verübt, hatte Fahrzeuge abgedrängt, um in den Besitz von Goldbarren, Pelzen, Spirituosen oder Ölbildern zu gelangen. »Wenn du auf dem Freeway bist«, hatte Wyatt zu Jardine gesagt, »lass dich nicht zwischen zwei Schwerlastern einklemmen. Möglicherweise arbeiten sie zusammen. Bleib auf der Überholspur. Lass dich nicht Richtung Ausfahrt abdrängen oder auf den Mittelstreifen.«

»Und außerhalb eines Freeways?«

»Da achtest du auf Baustellen, auf Leute mit Autopannen, einfach auf alle Situationen, in denen du gezwungen wirst, langsam zu fahren oder anzuhalten oder sogar eine Umleitung zu nehmen. Steht ein Auto quer zur Fahrbahn, nicht anhalten, sondern das Heck rammen, möglichst schräg.«

»Um anschließend einen Abgang durch die Windschutzscheibe zu machen.«

»Das bezweifle ich. Die meisten Modelle haben hinten weder einen Motor noch sonst eine Verstärkung. Wenn du die richtige Stelle triffst, schiebst du sie einfach beiseite und bist durch.«

Doch nichts dergleichen geschah auf den Straßen, die aus Templestowe hinausführten. Auf der Höhe Doncaster Road gelangten sie auf den Freeway. Stadteinwärts war kaum Verkehr. Hoch über ihnen sandten die futuristisch anmutenden Leuchten ihre großzügigen Lichtkegel hinunter auf die breit und verträumt daliegenden Fahrspuren. Wyatt folgte Jardine bei konstant 90 Stundenkilometern durch eine Niederung, die die Nähe von Straßenfluchten, Steinwüsten und drei Millionen Menschen nicht mal erahnen ließ.

Höhe Hoddle Street verließen sie den Freeway. In einer Seitenstraße hatten Saab und Telecom-Fahrzeug ausgedient und wurden gegen zwei Mazdas ausgetauscht, die Wyatt und Jardine im Laufe des Tages dort abgestellt hatten. Jardine hatte die Autos mit falschen Papieren bei unterschiedlichen Verleihfirmen gemietet. Wieder fuhr Wyatt Jardine hinterher, wieder hielten sich beide strikt an die Verkehrsregeln. Der letzte Fahrzeugwechsel erfolgte am Windsor Hotel in der Spring Street, da bekanntlich dort immer Taxis standen. Aus Sicherheitsgründen hielt Jardine gleich gegenüber vom Taxistand, stieg aus, überquerte die Straße und ließ sich auf die Rückbank des ersten Taxis fallen. Es fuhr los und Wyatt folgte ihm im Abstand von drei Wagenlängen durch Fitzroy, Carlton und Clifton Hill. Es war 20.30 Uhr.

Um 20.45 Uhr waren sie in Northcote. Wyatt parkte in zweiter Reihe weit hinter dem Taxi, machte die Scheinwerfer aus und beobachtete, wie Jardine bezahlte, ausstieg und die Milchbar an der Ecke ansteuerte. Der Fahrer blieb noch eine Minute stehen, trug die Fahrt ein, es folgte ein kurzer Dialog mit der Taxizentrale, dann rauschte er davon. Wyatt fuhr vor zur Milchbar, sammelte Jardine ein und bog in eine andere Straße ab.

Den Mazda ließen sie zwei Blocks entfernt von ihrem Haus stehen und legten den Rest zu Fuß zurück. Jardine hatte nicht verstanden, warum das alles nötig war. »Du kannst mir vertrauen«, hatte er am Nachmittag zu Wyatt gesagt, »ich renn dir schon nicht davon.«

»Das weiß ich«, hatte Wyatt erwidert, »aber ich kann dem Syndikat nicht vertrauen. Wir bleiben die ganze Zeit zusammen. Wenn du im Blickfeld bist und angegriffen wirst, weiß ich, was zu tun ist. Bist du's nicht und sie greifen an, erfahre ich es nicht mal.«

Jardine hatte genickt. »Du hast an alles gedacht – fast ein bisschen obsessiv, könnte man sagen.«

»Nur so bleibt man am Leben.«

20.55 Uhr. Die Straßen waren menschenleer und versanken in der Dunkelheit, als die letzten Lichter über den Veranden erloschen. Wyatt und Jardine schlichen auf das Grundstück und gingen zweimal um das Haus. Beim ersten Mal überprüften sie den kleinen Hof, beim zweitem Mal die Klebestreifen, mit denen Wyatt Fenster und Türen versiegelt hatte. Sie waren unbeschädigt.

Auch die Eingangstür war unberührt geblieben. Jardine ging als Erster hinein, die Tasche mit dem Geld über der Schulter. »Geschafft«, sagte er und hielt Wyatt die Tür auf.

»Abwarten«, meinte Wyatt.

Sie waren zu Hause, hatten das Geld und dennoch ließen Wyatt die düsteren Ahnungen nicht los. Er stand jetzt im Flur, dicht hinter Jardine, als der den Lichtschalter betätigte. Es klickte einmal, dann ein weiteres Mal, doch es blieb dunkel. Wyatt wollte gerade »warte« sagen, als ihm die Worte im Halse stecken blieben. Er hörte das feine Schnappen von Metall, als jemand ein Geschoss in das Patronenlager einer halbautomatischen Waffe beförderte.

Der Schütze arbeitete mit Schalldämpfer und der Schuss klang wie ein ersticktes Husten. Im selben Moment bäumte sich Jardines Körper auf. Wyatt versuchte, dem großen Mann auszuweichen, sich wegzudrehen und wollte nach seiner .38er greifen, doch Jardine fiel nach hinten und riss Wyatt mit zu Boden. Das Gesicht auf dem zerfransten, staubigen Teppich, spürte er, wie sich seine Rückenmuskeln in Erwartung eines zweiten Schusses verkrampften.

Doch es gab keinen zweiten Schuss. Stattdessen hörte er, wie die Waffe vergeblich gespannt wurde und er spürte die Panik dahinter. Die Waffe hatte eine Ladehemmung. Das kam vor bei einer Halbautomatik. Deshalb benutzte Wyatt sie nur selten. Er versuchte sich hochzurappeln, wand sich hin und her und befreite schließlich seinen Oberkörper von Jardine.

Doch das sollte ihm nichts nützen. Er sah noch, wie

ein Arm in seine Richtung schwang, die Pistole wie eine Schlagwaffe in der Hand, und zog den Kopf ein, als würde sein Schädel dadurch elastischer. Der Rest war nur noch Schmerz.

FÜNFUNDDREISSIG

Er wusste nicht, wie lange er so dagelegen hatte. Er blinzelte, kam langsam zu sich und drehte den Kopf, um auf die Uhr zu sehen. Das war ein Fehler. Schmerz durchzuckte ihn und am Kopf fühlte er ein leichtes Puckern. 21.15. Lange war er nicht bewusstlos gewesen. Ein unruhiges, flaches Röcheln rückte Jardine in sein Bewusstsein und sofort spürte er das Gewicht des Freundes auf seinen Beinen.

Er kämpfte sich unter Jardine hervor – diesmal traf ihn der Schmerz nicht unvorbereitet –, kam unsicher auf die Beine und ging ins vordere Zimmer zum Lichtschalter. Das Licht, das jetzt in den Flur fiel, war ausreichend, um zu erkennen, dass Jardine am Kopf getroffen war. Sein Oberkörper war voller Blut und auch der Teppich unter ihm. Vorsichtig tastete er den Kopf ab, konnte aber nur feststellen, dass das Haar blutverklebt war. Wyatt lehnte sich an die Wand und dachte nach. Die Tasche mit dem Geld war weg. Jardine brauchte Hilfe. Die Waffe hatte gestreikt, also würde jemand vom Syndikat zurückkommen, um den Job zu Ende zu bringen. Vermutlich Rose. Von Anfang an war sie sein gefährlicher Schatten gewesen. Sein Blick fiel auf einen Fleck an der Wand. Er verfolgte seine Spur und fand weitere Flecken. Teilabdrücke von Schuhen, die nach oben bis zu einer Einstiegsöffnung in der Decke führten. Sie war durchs Dach gekommen und hatte die Glühbirne herausgedreht. Er benutzte das Telefon in der Küche. Eigentlich hatte er Eileen oder Ross erwartet, nicht den Sohn. Der sollte doch in Untersuchungshaft sein. Wyatt nannte seinen Namen nicht. »Ist dein Vater da?«

»Ich hol ihn«, sagte Niall Rossiter.

Als Rossiter sich meldete, sagte Wyatt: »Ich brauch einen Arzt, der keine Fragen stellt.«

Rossiter musste das kurz verdauen. »Bist du schwer verletzt?«

»Jardine wurde am Kopf getroffen.«

»Lass mich nachdenken«, sagte Rossiter und Wyatt hatte das Gefühl, ihm dabei zuhören zu können. »Ounsted vielleicht.«

»Hab ich schon mal gehört. Wie kann ich den erreichen?«

»Hm ... der zieht alle paar Monate bei Nacht und Nebel um«, sagte Rossiter, »warte 'ne Sekunde.« Noch bevor Wyatt Rossiter warnen konnte, nichts auszuplaudern, fiel auch schon der Hörer klappernd auf eine harte Unterlage.

Rossiter kam wieder und gab ihm eine Adresse und eine Telefonnummer in Carlton. »Eileen meint, sie ist noch aktuell.« Er machte eine kurze Pause und fragte dann: »Was ist schief gegangen?«

»Ich muss noch ein paar Dinge erledigen«, erwiderte Wyatt mit einer Eiseskälte, die Rossiter am anderen Ende der Leitung wohl durch Mark und Bein ging. »Klar«, sagte er hastig und legte auf.

Wyatt verfrachtete Jardine in den Mietwagen und brachte ihn zu der angegebenen Adresse. Eine Straße voller Grün, wo der Doc ein unscheinbares kleines Haus mit grauer Zementfassade bewohnte, das von den beiden prächtigen Klinkerbauten rechts und links fast erdrückt wurde. Die Anwohnerschaft setzte sich überwiegend aus Akademikern, Medienleuten und Joga-Jüngern zusammen, die entweder Landcruiser oder VW-Cabrios fuhren. Ounsteds Wagen war nicht zu übersehen, er passte zum Haus; ein Peugeot-Kombi, uralt, mit ausgeleierter Federung und verrosteten Türen. Der Mann, der auf Wyatts Klopfen reagierte, war schmächtig, dürr und trug einen zerknitterten Anzug mit ausladenden Revers. Er roch nach Whisky und Zigaretten und versuchte, durch fahrige Bewegungen seiner Nikotinfinger davon abzulenken. Sein Teint hatte die kalkige Blässe eines Menschen, der das Sonnenlicht scheut. Wyatt schätzte ihn auf sechzig, doch vermutlich war er jünger. Vor fünfzehn Jahren hatte man Ounsted die Approbation entzogen und seitdem verarztete er Patienten, deren Wunden und Leiden in staatlichen Kliniken für eine Menge Aufregung sorgen würden. Er organisierte Morphium, nähte Schnittwunden und behandelte Schussverletzungen.

»Hinter dem Haus ist eine Gasse«, sagte er zu Wyatt, »fahren Sie dorthin, während ich alles für den Eingriff vorbereite. Wir bringen Ihren Freund durch die Hintertür rein.«

Die Gasse war sehr schmal und der Mazda holperte über das Pflaster aus graublauem Sandstein. Ungefähr in der Mitte hielt Wyatt an, ließ den Motor im Leerlauf und wartete, dass Ounsted das Tor öffnete. Mit Ausnahme von Ounsteds Haus waren die rückwärtigen Fassaden der umliegenden Häuser im Laufe der letzten Jahre renoviert worden. Manche hatten sogar Spaliere, an denen sich Jasmin emporrankte. Das Tor zu Ounsteds

Grundstück war ein verzogenes, etwa vier Meter hohes Holzgatter, das schief in seinen Angeln hing und mit einem Vorhängeschloss versehen war. Oberhalb hatte der Doc Stacheldraht angebracht.

Auch im Haus roch es nach Alkohol und Zigaretten, vermischt mit dem strengen Geruch nach Antiseptika. Eines der Zimmer war sauber, ausgestattet mit einem Medikamentenschrank, einem Operationstisch plus Lampe, Nierenschalen. Der Rest des Hauses glich seinem Bewohner: vom Leben gebeutelt und bemitleidenswert.

Gemeinsam hievten sie Jardine auf den Operationstisch und Ounsted injizierte ein Schmerzmittel und ein Sedativum. »Das wird ihm erst mal helfen«, sagte er und für einen Moment kam der Arzt in ihm zum Vorschein. »Zuerst möchte ich einen Blick auf Sie werfen.«

Wyatt setzte sich, damit Ounsted seine Kopfwunde untersuchen konnte. »Sie werden's überleben: Bluterguss, leichte Schwellung und eine kleine Risswunde. Ein Schmerzmittel und Sie haben's überstanden. Gönnen Sie sich einfach ein wenig Ruhe. Spannen Sie ein paar Tage aus.«

»Ich hab noch etwas zu erledigen.«

»Das hab ich mir schon gedacht«, sagte Ounsted, »ich hab das auch nur pro forma gesagt.«

Dann machte er sich an Jardines Behandlung. Wyatt assistierte ihm dabei; erst musste das Blut entfernt werden, dann wurde die Wunde gereinigt und zum Schluss der Kopfverband anlegt. Es war ein Streifschuss gewesen und hatte Jardine oberhalb des rechten Ohrs einen regelrechten Schmiss beigebracht. »Nur ein paar Millimeter weiter rechts, und Ihr Freund wäre in einem anderen Zustand. Er muss ein paar Tage hier bleiben. Er hat Glück gehabt. Unglaublich, was ein Körper so aushält. Wenn ich daran denke, wie ... «

Der Doc hatte offensichtlich ein Mitteilungsbedürfnis, doch Wyatt blendete ihn einfach aus. Er dachte über seine nächsten Schritte nach. Mit Kepler würde er anfangen, wenn auch nicht sofort. Das Syndikat lief ihm schließlich nicht davon. Als Erstes brauchte er Ruhe, eine Unterkunft für die Nacht. Als Ounsted endlich seinen Monolog beendet hatte, fragte Wyatt: »Was schulde ich Ihnen?«

Ounsted schien die Schlingen seines Teppichbodens zu zählen. »Zweihundertfünfzig dürften genügen.«

»Ich gebe Ihnen dreihundert«, sagte Wyatt, »dafür möchte ich heute Nacht hier schlafen können.«

Ounsted sah ihn mit dem Blick des Mediziners an. »Weiser Entschluss. Sie sehen angeschlagen aus. Ich verabreiche Ihnen ein Schmerzmittel, dann können Sie besser schlafen.«

»Keine Medikamente.«

»Wie Sie wollen. Da drüben ist das Gästezimmer.«

Ounsted führte Wyatt in ein kleines Zimmer, das auf die Straße hinausging. Zwei schmale Betten. Wyatt betrachtete sie. Das eine war so gut oder schlecht wie das andere. Er stand mitten im Raum und starrte Ounsted an. Dem Doc wurde es ungemütlich. »Das Bad ist am Ende des Flurs. Bis morgen«, sagte er und verließ das Zimmer.

SECHSUNDDREIßIG

Etwas hatte ihn geweckt, eine diffuse Veränderung, die in der Luft hing. Er lag auf dem Rücken, fühlte ein Prickeln auf der Haut und nun gingen auch seine Antennen auf Empfang.

Er wusste, wo er war, und er spürte, dass es ihm besser ging, auch der Kopfschmerz war in den Hintergrund getreten. Es war niemand da, der eine Waffe auf ihn richtete, ihn mit einem Lichtstrahl blendete oder ihn anschrie, er solle sich auf den Boden legen. Alles war friedlich hier und doch wieder nicht.

Er fühlte das Blut in seinen Adern pulsieren. Vielleicht war ihm einfach nur kalt, also zog er die Bettdecke bis unters Kinn. Die Bewegung setzte dem Schwanken zwischen Wachen und Schlafen ein Ende und er erinnerte sich, das Klingeln eines Telefons gehört zu haben, danach eine Stimme irgendwo in einem entlegenen Winkel des Hauses.

Vermutlich verlaufen Ounsteds Nächte genau so, dachte Wyatt. Schlafrhythmen, unterbrochen durch Anrufe, um an irgendeinem Ort ein Leben zu retten oder jemandem einen Schuss zu setzen. Er sammelte sich, um die Geräuschkulisse zu filtern – die unverdächtigen Geräusche von Ounsted selbst, aus dem Haus und von der nächtlichen Straße –, um herauszufinden, was als Bodensatz übrig blieb.

Ounsted war jetzt an der Eingangstür, dann hörte Wyatt, wie er zum Tor ging, das auf die Straße führte. Vor dem Fenster hingen Jalousien. Er bog zwei Lamellen auseinander, um hindurchsehen zu können: Ounsted in Hut und Mantel mit seinem Arztkoffer in der Hand. Er stieg in den alten Peugeot, warf den Motor an und schaltete die Scheinwerfer ein. Am Ende der Straße bog er nach rechts, danach war alles still.

Wyatt legte sich wieder hin und döste ein wenig. Er würde Kepler umlegen und es dabei belassen. Würde er sich Rose vornehmen oder Towns, müsste er den ganzen Haufen erledigen, und dafür hatte er im Augenblick weder die Energie noch die Zeit oder die Mittel. Kepler hatte diesen Tanz eröffnet, Towns als sein möglicher Nachfolger würde weitermachen. Doch Towns war jemand, mit dem man verhandeln, mit dem man Nägel mit Köpfen machen konnte. Sicher, das Geld spielte eine gewichtige Rolle, aber nie und nimmer würde er die vollen zweihunderttausend zurückbekommen. Er musste sich was einfallen lassen, dem Syndikat das Geld auf andere Weise abzuknöpfen.

Nach einer knappen halben Stunde kam Ounsted zurück. Wyatt hörte es am Tuckern des Motors und dem Krächzen des Getriebes. 23.02 Uhr. Er stieg aus dem Bett und spähte noch einmal durch die Lamellen. Der Doc stellte den Wagen ab, betrat das Grundstück und schloss das Tor hinter sich.

Wie sollte er nach Sydney kommen, wie sich Kepler schnappen? Das war ein Problem. Beides würde Zeit kosten und Geld. Zeit hatte Wyatt im Übermaß, seine Mittel aber waren begrenzt. Blieb nur, auf Bewährtes zurückzugreifen, einen schnellen Versicherungsjob oder das einzige Restaurant eines verschlafenen Nestes im Umland um die Tageseinnahmen zu erleichtern; also die Art von Nebenverdienst, die ihm zwar ein paar Scheine einbrachte, aber noch lange keine finanzielle Entlastung bedeutete. Wyatt schlief darüber ein. Er schlief, bis der

Doc die Nachttischlampe anmachte und ihn wachrüttelte – nur es war nicht Ounsted, sondern Rose in Ounsteds Hut und Mantel, eine Waffe in der Hand.

Das erklärte den nächtlichen Anruf. Sie hatten Ounsted weggelockt und Rose war an seiner statt zurückgekehrt.

Sie trat zwei Schritte zurück und grinste Wyatt an.

»Die lebende Legende. Eine Schande, dass sie im Bett stirbt, noch dazu ohne Schuhe.« Sie zielte genau auf seine Stirnmitte. »Du darfst die Augen schließen, wenn du möchtest.«

So gut war sie nun doch wieder nicht. Sie hätte nicht aufhören dürfen, mit ihm zu reden, nicht zulassen dürfen, dass Konkurrenzdenken und Emotionen die Oberhand gewannen. Wie selbstgefällig sie sich präsentierte und ihm zu verstehen gab, er habe verloren, wie sie alles daran setzte, ihm bewusst zu machen, dass er sterben werde und wer den Abzug drücke – es war nicht professionell und Wyatt erschoss sie durch die Bettdecke. Blut spritzte umher, Fetzen der Bettdecke segelten durch die Luft und Rose prallte mit dem Rücken gegen den Schrank und sank zu Boden. Ihre Gliedmaßen waren bereits erschlafft, doch als Wyatt genau hinsah, war da noch eine einzige letzte Regung, eine unwillkürliche Muskelkontraktion, und danach regte sich nichts mehr.

In der Manteltasche fand er die Schlüssel des Peugeot. Er vergewisserte sich, dass Jardine im Behandlungszimmer friedlich schlief, und nur einen Augenblick später stand er in der Gasse hinter Ounsteds Haus. Er lief einmal um den Block, doch alles war menschenleer. Rose war ohne Verstärkung gekommen. Jetzt war er der Jäger.

Siebenunddreissig

Der Osten Melbournes war grün, feucht und außergewöhnlich dunkel. Doch hundert Meter entfernt spendete ein Gebäude seiner düsteren Umgebung ein wenig Licht – das Apartmenthaus, in dem sich die Etage des Syndikats befand. Wyatt sah auf die Uhr – 23.30 Uhr – und lehnte sich gegen die Fahrertür des Peugeot. Er wartete.

Nicht lange und seine Aufmerksamkeit war gefragt. Die Glastür ging auf, ein Portier in Uniform berührte seine Mütze mit der Hand, um einen Mann im Trainingsanzug zu grüßen. Wer der Läufer war, wusste Wyatt nicht. Er wusste nur, dass jedes Mal, wenn Jardine und er sich im Anschluss an die Observation der Mesics zu nächtlicher Stunde mit Towns getroffen hatten, ein Läufer aus dem Gebäude gekommen war. Der Mann flitzte gerade am Peugeot vorbei und ward nicht mehr gesehen.

Einige Minuten später kam ein Zweiter aus dem Gebäude. Er lief langsamer. Wyatt hatte zuvor die Innenbeleuchtung ausgeschaltet, so dass für den Mann nichts darauf hindeutete, dass die Beifahrertür in diesem Moment aufgestoßen wurde. Er prallte gegen die Tür, rang nach Luft und ging zu Boden. Niemand war in der Nähe. Wyatt sprang aus dem Wagen, gab Äther aus Ounsteds Koffer auf ein Tuch und drückte es dem Freizeitsportler aufs Gesicht. Dann zog er ihm den Trainingsanzug aus und streifte ihn sich über. Zuletzt verfrachtete er den Typ auf die Rückbank.

Er wartete. Nach etwa zwanzig Minuten hatte der erste Läufer seine Runde durch die umliegenden Straßen beendet und näherte sich dem Apartmenthaus. Wyatt stieg aus dem Wagen und holte ihn noch vor der Eingangstür ein. Die letzten Meter liefen sie gemeinsam. Wie sein vermeintlicher Laufpartner stoppte auch Wyatt die Zeit. Sein Gesicht war weitgehend durch die Kapuze verhüllt, sein Atem ging stoßweise. Es war der Sound der Großstadt, so untrennbar mit dem Laufen verbunden wie Laufschuhe für zweihundert Dollar. Es klappte. Der andere drehte sich unwillkürlich nach ihm um, nickte ihm leicht zerstreut zu und stoppte an der Glastür ein weiteres Mal die Zeit. Der Portier erkannte sie, betätigte den Türöffner und sie waren drinnen.

Wyatts Laufpartner bewohnte ein Apartment im Erdgeschoss. Die Aufzüge waren am hinteren Ende der Eingangshalle. Getreu seiner Rolle joggte Wyatt über den Marmorfußboden, drückte auf den ›Aufwärts‹-Knopf und während er auf den Lift wartete, machte er einige Rumpfbeugen.

Der Aufzug kam, die Tür teilte sich und Wyatt trat ein. Die Kabine war innen verspiegelt und der Anblick dieser halb vermummten Gestalt, dieser Klamotten, die er freiwillig nie tragen würde, war ihm ziemlich peinlich. Er drehte seinem Spiegelbild den Rücken zu, starrte hinaus ins Foyer und wartete darauf, dass die Tür sich schloss.

Nahezu lautlos schwebte der Fahrstuhl nach oben. Wyatt nahm seine .38er heraus. Er trug Handschuhe. Sanft deutete der Aufzug seinen Halt an, die Türen schoben sich mit einem leisen pling! auseinander und Wyatt stand in dem schmalen Flur des Apartments, um sogleich Drew die Waffe unter das Kinn zu stoßen. Der kahlköpfige Wirtschaftsprüfer trug in jeder Hand einen Koffer. Er blieb stehen, als Wyatt »Stehen bleiben!« sagte und stellte die Koffer ab.

»Rein hier«, befahl Wyatt.

Außer Towns, der gerade in einem der Schlafzimmer Hemdenstapel in einen Koffer packte, war niemand zu sehen. Wyatt nötigte beide hinunter auf den Boden, Gesicht nach unten. »Sieht nach überstürztem Abschied aus«, bemerkte er.

»Rose ist nicht zurückgekommen«, erwiderte Towns, als sei das eine Erklärung.

»Wo ist Hami?«

»Er holt schon mal den Wagen.«

»Wir hatten eine Abmachung, Towns. Ich will mein Geld zurück.«

Towns verdrehte den Kopf, um Wyatt anzusehen. Er schien irritiert und dachte fieberhaft nach, ohne zu einem Ergebnis zu kommen. »Ich habe Ihr Geld nicht!«

»Sie wussten von dem Haus in Northcote und haben Rose hingeschickt«, sagte Wyatt. »Sie hat uns aufgelauert und ist mit dem Geld abgehauen.«

Towns schüttelte den Kopf. »Da muss noch jemand im Spiel sein. Wir haben Ihr Geld nicht.«

»Dann hat sie sozusagen in Eigenregie gehandelt?«

Towns ließ den Kopf wieder sinken und legte die Wange auf den Teppich. »Ist nicht ihr Stil.«

»Beim ersten Versuch hat ihre Waffe versagt«, beharrte Wyatt. »Dann hat sie einen zweiten Anlauf genommen. Mich interessiert, woher sie beide Male wusste, wo wir uns aufgehalten haben.«

»Wir hatten keine Ahnung, was das Haus in Northcote betrifft. Das mit Ounsted ... vor etwa einer Stunde haben wir einen Tipp bekommen. Was ist mit Rose?«

»Na was wohl?«, antwortete Wyatt lakonisch. Dann: »Ist es Keplers Idee gewesen, sie auf uns anzusetzen?«

Wieder verrenkte sich Towns fast den Hals, um Wyatt

anzusehen. Er war sichtlich entnervt. »Ich sag's noch mal. Wir haben Ihr Geld nicht und Rose hat nicht in Eigenregie gehandelt. Verdammt noch mal, das ist wirklich der Gipfel! Erst locken Sie uns in eine Falle, dann beschuldigen Sie uns Ihr Scheißgeld genommen zu haben.«

Wyatt runzelte die Stirn. »Was soll das heißen, eine Falle?«

»Ach, Wyatt, kommen Sie«, Towns' Tonfall wurde grob, »Sie haben die Mesic-Brüder umgelegt und versuchen, es uns in die Schuhe zu schieben.«

»Ich habe keine Ahnung, wovon Sie sprechen.«

»Zum Glück waren wir noch nicht auf dem Grundstück, als die Cops aufgetaucht sind. Wir sind dann sofort hierher, haben kurz darauf den Hinweis erhalten, dass Sie beide bei Ounsted sind und haben Rose losgeschickt, um die Sache zu regeln. Bisher ist sie nicht zurück, hat sich nicht mit uns in Verbindung gesetzt, was bedeutet, dass Sie schneller waren. Für uns heißt das: Zurück nach Sydney und einen Schluss-Strich unter diese verdammte Geschichte ziehen.«

Wyatt saß auf dem Bettrand, in einiger Entfernung von Drew und Towns. Die .38er in seiner Hand spielte nicht mehr als eine Statistenrolle. »Da ist was faul. Als wir das Gelände verlassen haben, waren die Mesics noch am Leben. Habt ihr was beobachtet? Wenn ja, was?«

»Nach dem Signal haben wir erst mal gewartet. Ihr wart weg, niemand ist euch gefolgt, also wollten wir unseren Teil erledigen. Und dann waren auf einmal die Cops da.«

»Woher wissen Sie, dass die Brüder tot sind?«

»Es war bereits in den Nachrichten.« Towns sah auf die Uhr. »Gleich Mitternacht. Machen Sie den Fernseher an, wenn Sie mir nicht glauben.«

Wyatt dirigierte sie in den Wohnraum. Dort schaltete er den Fernseher an und zappte sich durch die Programme. Der Überfall auf die Mesics war Topthema bei Nine News. Die Bilder zeigten viel Nacht, nur hier und da durchbrochen von der Beleuchtung in den Gebäuden, jede Menge Streifenwagen, deren rot-blaue Signalleuchten eine Atmosphäre des Schreckens heraufbeschworen. Ein Polizist drängte die Kameras zurück, dann die Großaufnahme einer Reporterin vor Ort: »Ein bewaffneter Raubüberfall nahm heute Abend in diesem Haus in Templestowe einen schrecklichen Verlauf. Zwei Brüder wurden ermordet, kaltblütig erschossen, als sie wehrlos mit Handschellen an einen Heizkörper gefesselt waren. Eine weitere Bewohnerin, nach eigenen Angaben die Ehefrau eines der Opfer, blieb unverletzt und soll sich zur Zeit bei Freunden aufhalten. Die Polizei fahndet nach zwei Männern, die vermutlich mit einem weißen Toyota-Kleinlaster und einem Saab auf der Flucht sind. Die Männer gelten als äußerst gefährlich und machen von der Schusswaffe Gebrauch. Zurück ins Studio.«

»Wir betrachten das folgendermaßen, Wyatt: Nachdem Sie Ihr Geld hatten, haben Sie die Mesics erschossen und wir sollten dafür zur Verantwortung gezogen werden.«

»Und warum hätte ich die Frau verschonen sollen? Warum bin ich hier und fordere mein Geld zurück? Wir hatten eine Abmachung und ich für meinen Teil habe mich daran gehalten.«

Während er sprach, starrte er auf den Bildschirm. Auf einem anderen Kanal wurde ausführlicher über den ›Templestowe-Doppelmord‹ berichtet. Die Opfer wurden beim Namen genannt und Polizei und Nachbarn schilderten ihre Eindrücke für die Kamera. Filmmaterial aus einer früheren Berichterstattung wurde nochmals gezeigt: Rettungswagen, Stella Mesic beim Einsteigen in ein Auto, Lichtkegel von Taschenlampen und Hundeführer, die das Gelände durchkämmten.

Hätte es die Möglichkeit gegeben, ein Bild einzufrieren, Wyatt hätte sie sofort genutzt: Zwischen den Männern, die auf der Treppe zur Eingangstür standen, wenn auch nur am Rande des von den Kameras ausgeleuchteten Bereiches, entdeckte Wyatt den Unbekannten, den er am ersten Tag der ›Operation Mesic‹ gesehen hatte. Der Typ war ein Cop und Wyatt gingen mit einem Male eine Menge Lichter auf. Er drückte einen Knopf auf der Fernbedienung, das Bild fiel zusammen und der Bildschirm war dunkel. »Ich werde euch die Mesics noch liefern«, sagte er zu Towns.

ACHTUNDDREIßIG

Der Anfang ihrer Affäre mit Bax war einfach unbeschreiblich gewesen. Sie hatten sich nicht satt sehen können am Anblick ihrer gierigen Körper in den Wand- und Deckenspiegeln von Stellas Schlafzimmer, ihre Haut schweißglänzend in dem durch leichte Vorhänge gedämpften Licht der Nachmittage, an denen Leo nicht zu Hause gewesen war. Bax hatte es erregt, sie beim Schlürfen von Austern zu beobachten, und manchmal hatte sie übermütig Brandy über seinem Schritt verspritzt. Das waren die Momente gewesen, in denen sie ihr kehliges Lachen hatte erklingen lassen und von dem Bax sagte, es mache ihn so wahnsinnig an. Es waren keine Schuldgefühle gewesen, die sie umgetrieben hatten, sondern nur der Hunger auf einander. Danach war Bax wieder gegangen; sie hatte geduscht und sich angezogen, sich auf wohlige Weise zerschlagen gefühlt, froh, noch einige Stunden für sich zu haben, enttäuscht, wenn Leo früher nach Hause gekommen war, als erwartet.

Doch mit der Zeit verschwand das Knistern zwischen ihnen. Sie wurde Zeuge, wie Karl Mesic starb, musste mit ansehen, wie Victor auf den Plan trat und zunehmend Einfluss auf Leo nahm, musste damit rechnen, alles zu verlieren. Auch wenn Bax anfänglich den Eindruck gemacht hatte, er sei unberechenbar – das hatte an seinem Job gelegen, an seinen illegalen Beziehungen zur Familie, an seiner Gier –, war er letzten Endes einfach nur schwach. Sie hatte seinen scharfen Verstand bewundert, seine analytischen Fähigkeiten, doch nach dem Tod des alten Mannes und mit Victors Erscheinen auf der Bildfläche schien Bax immer weniger in der Lage zu sein, Dinge auch bis zu ihrem Ende zu verfolgen. Zwar hatte Bax sehr genau erkannt, welche Vorteile der Überfall dieses Wyatt mit sich bringen könnte, doch in allerletzter Minute hatte er einen Rückzieher gemacht. Hatte behauptet, Wyatt sei zu gefährlich und würde es auch auf eine Schießerei ankommen lassen, bei der jedermann verletzt werden könne. Wenn er Wyatt verhafte, sei das keine Garantie dafür, dass Victor einlenke. Im Gegenteil, so Bax, für Victor sei der Überfall wahrscheinlich ein Beweis für die Schwäche der Familie und entsprechend könne er auch Leo gegenüber argumentieren und versuchen, ihn auf seine Seite zu ziehen. Er, Bax, und Stella stünden dann im Regen. Und dann sitze ihm auch noch sein Chef, Coulthart, im Nacken.

So weit Bax' Sicht der Dinge. Hätte man Stella gefragt,

dann lag das Mesic-Unternehmen quasi vor ihnen auf dem Präsentierteller. Es gab nur zwei Hürden: Victor war die eine, die Cops, die versessen darauf waren, den Mesics das Handwerk zu legen, die andere. Aus dem Überfall konnte man jedoch Kapital schlagen. Der Verlust von zweihunderttausend Dollar war für die Firma zu verschmerzen. Wenn Wyatt und Jardine tatsächlich *die* Profis waren, für die Bax sie hielt, würde man sie nie fassen, würden sie sich – egal, was passierte – nie freiwillig stellen, niemand würde je erfahren, was wirklich im Haus los war, als die beiden sich mit dem Geld aus dem Staub gemacht hatten.

Es war eine .22er Target-Pistole. Bax hatte sie bei einer gemeinsamen Aktion mit dem Rauschgiftdezernat mitgehen lassen. Er dachte, sie könne ihm vielleicht mal nützlich sein; sollte er eines Tages einen Unbewaffneten erschießen, könnte er ihm die Waffe unterschieben.

Alles hatte sich genau so abgespielt, wie Napper es vorhergesagt hatte: Wyatt und Jardine waren bei ihnen aufgetaucht, hatten sich das Geld geschnappt und waren wieder abgezogen. Stella blieb nur kurze Zeit mit Victor und Leo allein zurück. Victor zeterte, Leo schwieg, als sie durch das Glas der Haustür Scheinwerfer aufleuchten sah. Bax. Er betrat das Haus durch die Vordertür, seinen Dienstwagen hatte er in der Auffahrt stehen lassen. Um sein Erscheinen zu rechtfertigen, hielt er eine Geschichte parat. Er verfolge gerade eine heiße Spur im Falle eines Autodiebstahls, sei zufällig hier vorbeigekommen und habe den Eindruck gehabt, etwas stimme nicht. Er habe das überprüfen wollen und sich deshalb Zutritt zum Haus verschafft.

Kaum hatte Bax die Eingangshalle betreten, da entfuhr

es Victor auch schon messerscharf: »Schau mal einer an, wer da kommt.« Der Klang seiner Stimme machte Stella klar, dass Victor anfing, die richtigen Schlussfolgerungen zu ziehen. Bax hockte sich hin, diverse Schlüssel in der Hand, und befreite Stella von ihren Handschellen. Sie stand auf und rieb sich die Handgelenke. Die Anspannung war Bax vom Gesicht abzulesen. Sie befürchtete, er werde erneut die Nerven verlieren, wenn nicht sogar seine Meinung ändern, und umschloss rasch sein Handgelenk. Ihr Griff war warm und fest, und für Bax schrumpften in diesem Augenblick alle Probleme auf ein erträgliches Maß. Ihr entging nicht, dass er sich allmählich entspannte. »Die Waffe«, sagte sie ruhig.

Bei der Vorstellung, was sie zu tun gedachte, verzerrte sich sein markantes, schmales Gesicht. Er sagte nichts, griff in die Innenseite seines teuren Jacketts und holte die Pistole hervor. Er trug Handschuhe, ihr reichte er ein großes Taschentuch, das sie um den Griff der Waffe wickelte. Dann entsicherte sie die Pistole. Bax hatte ihr zuvor genau erklärt, wie die Waffe funktionierte.

Leo wollte nicht wahrhaben, was sich da anbahnte. Er versuchte aufzustehen, sich vom Heizkörper loszureißen, trotz der Handschellen.

»Los ... Macht schon, Bax, Stel, macht mich hier los, bitte!«

»Spar dir deinen Atem«, sagte Victor.

»Du brauchst mich doch, Stel!«

»Idiot«, zischte Victor. »Hast du's immer noch nicht kapiert?«

Bax wollte nicht Zeuge dessen werden, was nun folgte, und drehte sich weg. Sie schoss jedem Bruder zweimal in den Kopf, einmal mitten in die Brust, ließ die Waffe fallen und gab Bax das Taschentuch zurück. »Erledigt«, sagte sie und berührte seinen Arm. Dann setzte sie sich auf den Boden und Bax, der, so gut es ging, versuchte, die zitternden Körper neben sich zu ignorieren, schloss sie wieder an den Heizkörper an.

»Bax«, sagte sie leise und blickte ihm dabei fest in die Augen, »es läuft perfekt. Okay? Du brauchst jetzt nur noch anzurufen und deine Geschichte zu erzählen.«

Die Funkstreife war als Erste zur Stelle, dann folgte ein Krankenwagen, dann noch einer, dann mehrere Polizeiwagen. Ein Uniformierter befreite Stella von ihren Handschellen und schenkte ihr einen Brandy ein. Sie gab vor, unter Schock zu stehen und agierte mechanisch. Leute von der Spurensicherung fotografierten die Leichen, den Safe, die offenen Schubladen im Haus, sicherten Fingerabdrücke. Die Besatzung der Krankenwagen wurde langsam unruhig, meinte, man solle erst die Gerichtsmedizin rufen, bevor man sie rufe. Der Gerichtsmediziner, als er dann endlich kam, reagierte gereizt und spulte sein Pensum ab, einen weißen Kittel über seinem Smoking. Die von der Mordkommission brachten sie in die Küche, eine Beamtin kochte Kaffee und man sagte: »Wir müssen Ihnen leider einige Fragen stellen.« Sie stellten Fragen. Stellten weitere Fragen. Beamte vom Raubdezernat befragten sie ebenfalls. Dann wieder die von der Mordkommission. Die gleichen Fragen, nur anders formuliert. Schließlich rief sie: »Das ist ja unerträglich! Ich habe Ihnen alles gesagt, was ich weiß«, und schlug die Hände vors Gesicht. Bax sah sie nicht mehr.

Gegen zehn Uhr nachts ließen sie Stella gehen. Sie musste ihren Aufenthaltsort angeben, eine Telefonnummer hinterlassen, damit man sich mit ihr in Verbindung setzen konnte. Sie nannte das Apartment in South Yarra und ließ sich von einer Beamtin dorthin fahren. Es war merkwürdig. In den Augen der Polizei war sie Abschaum, die Familie war Abschaum und die Welt war ein besserer Ort ohne sie. Doch ab und zu war es ihr so vorgekommen, als riefen sich die Cops in Erinnerung, dass man Ehemann und Schwager vor ihren Augen exekutiert hatte und dass sie dem Tod ins Angesicht geblickt haben musste, denn man behandelte sie etwas zuvorkommender, und sie nahm es hin in dem Gefühl, es verdient zu haben. Sie hüllte sich in ihre Rolle wie in einen Umhang, den sie auch dann nicht ablegte, als die Beamtin ging und sie allein in ihrem Apartment zurückblieb. Ihre Stimmung war düster, nachdenklich, Stella fühlte sich als tragische Heldin. Sie genehmigte sich einen Scotch auf Eis, legte Marianne Faithfull auf und stellte sich all die einsamen Frauen vor, die in Sportwagen durch Paris fuhren.

Doch Bax wusste das alsbald zu zerstreuen. Kurz vor Mitternacht stand er vor ihrer Tür, aufgewühlt und bleich. Sie brachte ihn ins Wohnzimmer und drückte ihn hinunter aufs Sofa. Wie die Unruhspirale einer Uhr, die man zu stark aufgezogen hatte, drohte er gleich zu zerspringen. Und vermutlich ging es wieder von vorne los: Fragen, Fragen, Fragen.

»Wir waren uns doch einig, dass du nicht herkommst«, sagte sie. »Das ist viel zu riskant.«

»Mir ist niemand gefolgt, Stel«, erwiderte er und sah sie flehentlich an. »Ich muss einfach wissen, worüber sie mit dir gesprochen haben, welche Fragen sie dir gestellt haben.«

»Was meinst du wohl, was sie gefragt haben? Ob ich

die Männer deutlich gesehen habe. Ob ich sie beschreiben kann. Ob ich eine Ahnung habe, wer sie sein könnten. Ob ich der Meinung bin, Raub sei das ursprüngliche Motiv gewesen oder ob es sich um einen geplanten Mord gehandelt haben könnte, der wie ein Raubüberfall aussehen soll, der aus dem Ruder gelaufen ist. Ach, und ob die Mesics irgendwelche Feinde hätten.« Sie lachte. »Klar, hab ich gesagt, die gesamte Polizei von Melbourne. Dann wollten sie wissen, wie viel Geld im Safe war, und ob und wenn ja, was die beiden Männer gesagt haben. Und so weiter und so weiter.« Sie holte Luft. »Und bei dir? Haben sie dir deine Geschichte abgekauft?«

»Sie haben's geschluckt, das mit den Nachforschungen in Sachen Autodiebstahl.«

»Und sie haben sich nicht über den Zeitpunkt deines Erscheinens am Tatort gewundert?«

Bax rieb sein Gesicht mit beiden Händen. »Ja, schon, aber ich hab ihnen erklärt, dass die Mesics nur am Abend zu Hause anzutreffen sind. Ich hab ihnen auch Coultharts Namen gegeben und gesagt, dass ich seit Jahren gegen euch ermittle.« Er ließ die Hände sinken und stöhnte: »Oh Gott, ich kann's immer noch nicht fassen, wie cool du gewesen bist.«

Stella sah ihn an und wünschte sich nichts sehnlicher, als dass er gehen möge.

»Die Untersuchungen werden sich eine Weile hinziehen«, fing er wieder an. »Es werden ein paar Wochen ins Land gehen, bis sie aufhören herumzuschnüffeln. Bis dahin ist die Konkurrenz gründlich abgeschreckt und wir beide können die Firma in Ruhe neu ordnen.«

Das Licht war gedämpft, hinter den schweren Vorhängen lauerte die Nacht. Bax, der bisher steif und aufrecht an einem Ende des Sofas gesessen hatte, rutschte unmerklich in Stellas Richtung. Die wich ihm so lange aus, bis sie mit dem Rücken die Armlehne berührte. Jetzt schlug sie die Beine unter, schnappte sich ein Kissen und hielt es sich vor die Brust – Körpersprache, die nur darauf abzielte, ihn auf Distanz zu halten. Zwischen ihnen hatte sich eine Kluft aufgetan, nicht nur die räumliche hier und jetzt auf dem Sofa. »Ich weiß nicht, Bax«, sagte sie schließlich.

Er wurde hellhörig. »Was willst du damit sagen?«

»Keine Ahnung«, sie zuckte mit den Schultern. »Irgendwie hat sich alles verändert. Am liebsten würd ich die Firma verkaufen, meine Sachen packen und nach Übersee gehen.«

Er blickte zur Seite und fragte mit stockender Stimme: »Und was ist mit mir?«

»Die Mesics sind erledigt. Das sollte deinem Chef reichen, dich nicht länger unter Druck zu setzen.«

»Das meine ich nicht. Ich meine uns«, erwiderte Bax.

Sie hatte einfach keine Energie mehr für das alles hier. Das Gespräch war ins Stocken geraten und eine Pause entstand. Sie würde sie nicht beenden, vielleicht fand er ja so die Antwort.

»Dann geh ich jetzt wohl besser«, sagte er endlich.

Sie nickte.

Er stand auf und schien für einen Augenblick mit sich zu ringen, ob er sie küssen solle oder nicht. »Ich kann ja morgen Nachmittag mal anrufen«, murmelte er nur.

»Ich werd wahrscheinlich nicht da sein.«

»Ich ruf dich an.«

Sie nickte.

An der Tür drehte er sich noch mal um. »Ich finde schon selbst hinaus.«

Als er weg war, fiel ihr ein, dass sie vergessen hatte, ihm die Schlüssel abzunehmen. Sie zog den Stecker des Telefons aus der Buchse und machte sich zur Nacht fertig. Ihr stand absolut nicht der Sinn nach Auseinandersetzung mit ihm, sie wollte auch keine Leidensmiene sehen, keine Gefühlsausbrüche oder gar Gewalt ertragen müssen oder was auch immer seine Reaktion sein würde, und so wurde sie richtig wütend, als sie kurz darauf seinen Schlüssel im Schloss hörte. Sie marschierte aus ihrem Schlafzimmer, um ihm die Meinung zu sagen. Doch der Mann, der im Wohnzimmer stand, war einer der beiden, die sie heute überfallen hatten, und der Blick, den er ihr zuwarf, war hart und Ausdruck eiskalter Intelligenz. Neben Bax befanden sich noch zwei Fremde in seiner Begleitung. Der Mann schob die beiden mit sanftem Druck in Stellas Richtung. »Darf ich vorstellen«, sagte er, »Ihre neuen Partner, Stella. Mr. Towns und Mr. Drew.«

NEUNUNDDREIßIG

Nachdem er sie bei Stella abgesetzt hatte, fuhr Wyatt zurück über den Fluss. Alle Spuren führten nach Abbotsford. Rossiter kannte sämtliche Details der ›Operation Mesic‹, dann Nialls unerwartete Freilassung aus der Untersuchungshaft und schließlich wussten nur die Rossiters, dass er Ounsteds Dienste in Anspruch nehmen musste.

Er stellte den Peugeot unter einer Platane in der Gipps Street ab und legte den Rest des Weges zu Fuß zurück. Er sah keine andere Möglichkeit, als einen Überraschungsangriff zu starten. Hinter dem Haus verlief eine Gasse, die ging er entlang. Auf Höhe des kleinen Anbaus, in dem sich die Einliegerwohnung befand, blieb er stehen. Die Rückwand der Wohnung war in die Umzäunung integriert. Wyatt spähte über den Zaun. Er sah ein staubiges Fenster mit einem Stoff-Fetzen dahinter, drinnen brannte Licht und ein Radio spielte. Lautlos überwand er das Hindernis.

Er war auf den Kampfhund gefasst gewesen, der sich sogleich geduckt anschlich, massig und glatt wie ein Schwein. Wyatt wickelte sich seinen Gürtel um den linken Unterarm, täuschte einen Angriff an und ließ gleichzeitig das Messer in seiner Rechten aufspringen. Das Tier setzte an zum Sprung und Wyatt schnitt ihm die gestreckte Kehle durch. Das Herz des Hundes schlug noch, die Lungen arbeiteten und füllten sich schnell mit Blut; im Nu hatte der Pitbull roten Schaum vorm Maul und er fiel zu Boden wie ein Stein. Noch im Fallen rissen seine scharfen Zähne die Haut an Wyatts Handgelenk auf.

Er trat zwei Schritte zurück, sein Herz raste. Dieser Tod, kaum einen Meter entfernt von Nialls Fenster, war brutal und unappetitlich gewesen. Instinktiv zog er sich noch weiter zurück, als Niall im Licht einer nackten Glühbirne, die drinnen von der Decke hing, im Türrahmen erschien.

Wyatt schälte sich aus der Dunkelheit, die .38er in der Hand. »Ich möchte mein Geld holen.«

Offenbar hatte sich Rossiters Sohn die Zeit mit Rauchen und Trinken vertrieben. Die Augen zusammengekniffen, um sie vor dem Rauch der Zigarette in seinem Mundwinkel zu schützen, eine Bierdose lässig in der Hand, so stand er nun vor Wyatt. Als er ihn erkannte, fiel ihm die Zigarette aus dem Mund. Als er den Zustand seines Hund erkannte und die letzten Spasmen mitbekam, fiel ihm auch die Bierdose aus der Hand.

Wyatt hatte damit gerechnet, dass Niall sich um den Hund kümmern würde, um so erstaunter war er, als der Junge mit einem Satz zurück in seiner Wohnung war und die Tür hinter sich zuschmiss.

Wyatt hämmerte dagegen, rüttelte an der Klinke, rammte die Tür einige Male mit der Schulter und rief: »Ich will mein Geld, Niall!«

Er sah, wie der Pfeil durch das Fenster auf ihn zugeschossen kam. Doch das Glas verminderte die Durchschlagskraft und veränderte die Flugbahn; er touchierte lediglich Wyatts Oberschenkel und fiel wirkungslos zu Boden. Wyatt ging in die Hocke und bewegte sich weg vom Licht.

Wieder splitterte Glas, doch diesmal war es nicht das Fenster auf seiner Seite, sondern das Fenster, das auf die Gasse hinausging. Man hörte ein Stück Stoff zerreißen, danach schnelle Schritte, die sich vom Haus entfernten. Wyatt schwang sich auf das Dach der Hundehütte und von dort über den Zaun. Er verharrte noch kurz in der Hocke, bis er Nialls Silhouette deutlich im Licht der Laternen am Ende der Straße sah. Sofort nahm er die Verfolgung auf. Der Junge flüchtete in Richtung Fluss. An einem bestimmten Punkt – Niall lief an der Seitenmauer der Brauerei vorbei – sah Wyatt den hastigen Schatten des Jungen auf der Backsteinmauer wachsen und gleich wieder schrumpfen. Niall hatte einen Rucksack auf dem Rücken. Wyatt folgte ihm in einem Abstand von ungefähr zweihundert Metern und hoffte, dass die Kräfte des Jungen nachlassen würden.

Doch Niall war zwanzig Jahre jünger als Wyatt und er war in Panik. Er schlug diverse Male Haken, näherte sich immer mehr dem Fluss und dem alten Frauenkloster am westlichen Ufer. Auf dem Kinderbauernhof dahinter verlor Wyatt ihn aus den Augen.

Der Ort war sowohl eine gute als auch eine schlechte Wahl. Nialls zuhause war die Straße, dorthin hätte er flüchten sollen, ein Taxi anhalten oder einem x-beliebigen Autofahrer an der nächstbesten Ampel die Armbrust unter die Nase halten. Mit dem dichten Gehölz, den Graslandschaften und Tiergehegen am Ufer wusste einer wie Niall nichts anzufangen. Andererseits konnte er sich dort hervorragend verstecken, vorausgesetzt seine Geduld und seine Nerven ließen ihn nicht im Stich. Der Verkehrslärm auf der Studley Park Bridge, die Dunkelheit und das unbekannte Gelände boten ihm genügend Schutz. Dasselbe galt für Wyatt. Jedoch nur für diesen Zweck, ansonsten war das Gelände eine Zumutung.

Er hätte Niall auch erst bei Tagesanbruch aufstöbern können – wenn er genügend Zeit gehabt hätte. So aber startete er seine Suche in der Nähe des Eingangs zum Kinderbauernhof, durchforstete systematisch das Terrain und konzentrierte sich dabei auf das Zentrum; würde er den Rändern zu lange Aufmerksamkeit schenken, bestünde die Gefahr, dass Niall ihm entwischte. Ab und zu blieb er stehen und lauschte. Da war der Verkehr auf der Brücke in Richtung Kew, der Wind, der sich in den Wipfeln der Bäume verfing und da war etwas im Hintergrund – leise, konstant, vermutlich der Fluss auf seinem Weg durch die Täler. Einige Schafe ruhten im Gras, als Wyatt sich ihnen näherte, vernahm er ein Husten, das beinahe menschlich klang.

Dann ein Quieken in höchster Not. Wieder nicht menschlich und dennoch schriller Ausdruck des Entsetzens. Er stieß auf den Schweinekoben. Sämtliche Ferkel quiekten und das Muttertier, einen Pfeil in der Hüfte, bewegte sich vor und zurück, getrieben von dem Instinkt, ihre Ferkel zu beschützen und gleichzeitig Niall zu bedrohen. Der saß im Schlamm und versuchte verzweifelt, seine Armbrust zu laden. Der Mond schien, so konnte Wyatt diese Szene genauestens verfolgen. »Es ist vorbei, Niall. Lass die Armbrust fallen und steig über den Zaun«, rief er ihm zu.

In einer einzigen Bewegung drehte Niall seinen Oberkörper in die Richtung, aus der die Stimme kam, und schoss einen Pfeil ab. Wyatt hörte das phutt! dicht an seinem Kopf und feuerte dreimal. Es waren gezielte Schüsse. Die Geschosse streiften die Latte hinter Niall und landeten knapp neben seinem Schritt im Schlamm. »Die Nächste trifft deine Eingeweide. Lass die Armbrust fallen und steig aus dem Koben.«

Niall gab auf, er fing an zu schluchzen, jedoch mehr aus Ärger, und warf mit der Armbrust nach der Sau. Als er sich aus dem triefenden Schlamm hochgerappelt hatte, starrte er hilflos auf den Dreck, der an seinen Händen und Hosenbeinen klebte. Er drehte sich um und kletterte über den Zaun. Kaum auf der anderen Seite angekommen, rutschte er aus und fiel Wyatt direkt vor die Füße.

»Gib mir den Rucksack.«

Etwas wacklig auf den Beinen, streifte Niall den Rucksack ab, jede Bewegung eine Anstrengung. »Ist nur mein Zeug, nichts weiter.«

Wyatt nahm ihm den Rucksack ab, trat zwei Schritt zurück und öffnete ihn mit einer Hand, in der anderen hielt er seine .38er. In der Tat, die Sachen, die Wyatt jetzt ins Gras schüttete, waren nicht annähernd zweihunderttausend Dollar wert. Niall hatte nur das Notwendigste eingepackt: Unterwäsche zum Wechseln, eine Brieftasche, ein Fahrtenmesser und Pfeile für die Armbrust. In der Brieftasche befanden sich fünfundsechzig Dollar und vier gestohlene Kreditkarten. Wyatt warf den Rucksack zu den Sachen ins Gras.

»Mal sehen, was dein alter Herr zu sagen hat.«

»Der weiß von nix«, zischte Niall.

»Deine Mutter also.«

»Die ist weg. Hat sich vor vor 'n paar Stunden verzogen.«

Mehr war aus Rossiters Sohn nicht herauszuholen. Sie nahmen den Weg zurück, den sie gekommen waren, Niall voran, mit hängenden Schultern. Über der Eingangstür brannte eine Lampe. Der Valiant stand auf seinem Platz, doch von dem VW keine Spur. »Nach hinten durch«, befahl Wyatt und dirigierte Niall mit der Waffe zum Hintereingang. Die Tür stand offen. Wyatt schob den Jungen vor sich her. »Lass dir nichts anmerken«, sagte er leise und sorgte dafür, dass der Lauf der .38er Niall die Richtung vorgab. Vorbei an der Waschküche, vorbei an dem Bad mit der tropfenden Dusche, betraten sie die leere Küche und von dort aus das Wohnzimmer. Rossiter saß im Dunkeln und vernichtete eine Flasche billigen Scotch.

Als er sie hörte, machte er rasch die Lampe an und das Licht warf Schattenrisse an die Decke und die Wände, die aus Rossiters Albträumen hätten stammen können. Sein Collingwood-Fußballjersey, das er anstelle eines Pyjamaoberteils trug, war voller Zigarettenasche. Er richtete seine geröteten Augen auf Wyatt und nickte ihm zu. »Dachte mir, dass du hier auftauchst.«

Die .38er gut sichtbar in der Hand, nötigte Wyatt beide Männer auf die Couch. Dann schloss er sie mit Handschellen aneinander. Sie wirkten bedrückt und leisteten keinen Widerstand. »Das musst du nicht machen«, sagte Rossiter, wohl wissend, dass diese Bemerkung überflüssig war. Er richtete seinen Blick auf Wyatt und bettelte förmlich um Verständnis. »Sie hat mich sitzen lassen, Junge, es tut mir Leid.«

Doch Wyatt kam ihm nicht entgegen, sondern starrte ihn nur unverwandt an. Rossiter konnte diesem bohrenden Blick nicht standhalten und wich ihm aus.

»Hat sie auch das Geld mitgenommen?«

Rossiter lachte bitter auf. »Sie hat den VW und meine letzten fünfzig Mäuse mitgenommen.«

Kalte Wut stieg auf in Wyatt und nahm seinem Gesicht jegliche Farbe. Er versetzte Rossiters Kopf einen Schlag mit der Faust.

»Sie hat mich verraten, damit Niall freikommt. Nur deshalb sitzt er jetzt hier!«

»Ja.«

»Du hast alles ausgespuckt über den Job, wo wir uns aufgehalten haben, einfach alles.«

In Rossiters Augen begann es zu flackern. »Sie ist doch meine Frau.«

»Das ist kein Argument«, erwiderte Wyatt. »Wem hat sie die Informationen geliefert? Einem Anwalt? Einem Richter? Oder einem Bullen?«

»Einem Bullen.«

»Name?«

»Napper. Hier vom Revier.«

»Und bei dem ist sie jetzt«, sagte Wyatt, »teilt sich mein Geld mit ihm.«

Rossiter dachte nach. Sein Gesichtsausdruck verriet, dass es eine Option sein könne, eine grausame zwar, aber eine Option. Doch dann sagte er: »Nein, klingt nicht nach Eileen. Für den Jungen immer, aber nicht für Geld.«

Wyatt sah ihn an. Sein Blick war leer. Nach einer Weile sagte er: »Das Syndikat hat jemanden zu Ounsted geschickt, der mich aus dem Weg räumen sollte.«

Rossiter schoss das Blut ins Gesicht. Er sah zur Seite. »Nun ... ja ... das ist ihre Schuld. Sie hatte gehofft, dass Napper dich heute Nacht schnappt oder dich sogar erschießt. Als du nun angerufen hast, hat sie Panik geschoben, weil sie weiß, dass du ihr das früher oder später heimzahlen wirst.«

»Und deshalb hat sie dem Syndikat einen heißen Tipp gegeben?«

Rossiter blickte mutlos auf den Boden und nickte.

»Wart ihr immer schon per du, ihr und das Syndikat?«

»Mann, Junge ... vierzig Riesen, wenn man dich schnappt. Jeder wusste, an wen er sich zu wenden hatte.«

»Ihr beide hättet mit Eileen verschwinden sollen.«

»Ich wollte das mit dir klären.«

Wyatt starrte ihn an. Vielleicht war das sogar die Wahrheit. Er deutete mit dem Kopf auf Niall. »Und was ist mit ihm?«

Ohne einen Funken Stolz in den Augen musterte Rossiter seinen Sohn. »Der kleine Pisser hat sich eingebildet, er könnte es mit dir aufnehmen, wenn du hier reinschneist.«

Niall drehte sich abrupt von seinem Vater weg, um ihn zum Schweigen zu bringen. Rossiters Arm wurde mitgezogen und die stark geäderte Hand landete auf Nialls Oberschenkel. Niall fluchte und stieß sie weg. Wyatt wurde klar, was Blutsbande Menschen antun konnten, und es kam ihm so erbärmlich vor.

Das Gartentor quietschte und unwillkürlich ging ein Ruck durch beide Rossiters. Nun schienen sie nur darauf zu warten, dass es wieder ins Schloss fiel.

Vierzig

Die Vorgehensweise hatte Napper von einem Vergewaltiger abgekupfert, den er vor einigen Jahren im Rahmen einer Überwachung festnehmen konnte. Der Täter war auf das Dach seines Opfers geklettert, hatte ein paar Ziegel entfernt und war in den Raum zwischen Dach und Decke geschlüpft. Durch die Einstiegsluke hatte er sich dann Zutritt zum Haus verschafft. Nur hatte es sich seinerzeit bei dem Täter um ein kleines spindeldürres Etwas gehandelt. Napper hingegen hatte sich jede Menge blauer Flecken an seinen dicken Oberschenkeln zugezogen, als er sich durch die kleine Luke des Hauses in Northcote hatte zwängen müssen. Außerdem war er unsanft gelandet, was seine Schienbeine ebenfalls schlecht verkraftet hatten. Und dann die Panik, als die Waffe ihm den Dienst versagt hatte. Sollte sich nochmals die Gelegenheit bieten, bei einer Drogenrazzia eine Waffe mitgehen zu lassen, müsste es ein Double-Action-Revolver sein, keine Halbautomatik. Schussversagen bei einer Pistole heißt, man ist geliefert, bei einem Revolver hingegen muss man nicht erst die Patrone aus dem Patronenlager entfernen, man zieht nur mal kurz durch und fertig.

Immerhin war er jetzt sicher zu Hause und um zweihundertneuntausend Dollar reicher. Napper saß auf seinem Bett, umschlang seinen Körper mit beiden Armen und schaukelte vor und zurück, erleichtert und beinahe in Jubelstimmung. All die Zwanziger, Fünfziger und Hunderter – seine Hand zuckte nach vorn, um sie zu berühren. Er hatte alle Banderolen abgezogen und die Scheine aufs Bett geworfen, um seiner Vorstellung von einem Riesenhaufen Gestalt zu geben. So als Bündel hatte es nach verdammt wenig ausgesehen. Nun ja, anfangs war er sogar etwas enttäuscht gewesen, bis er das Geld gezählt hatte. Vielleicht war es der Wodka, den er in sich hineinschüttete, aber je länger er auf den Haufen Scheine blickte, desto irrealer kamen sie ihm vor, wie ein Berg abgelöster Etiketten von Marmeladegläsern oder bunter Papierschnipsel, die alle vor seinen Augen verschwammen.

Napper riss sich von dem Anblick los und nahm noch einen Schluck Wodka. Es war nach Mitternacht und seit zwei Stunden hockte er nun schon so da. Er hatte sofort Tina angerufen, doch die hatte angepisst reagiert, sie schlafe bereits und es sei ihm wohl bekannt, dass sie um fünf Uhr aufstehen müsse, er könne ihr mal im Mondschein begegnen und dann hatte sie den Hörer hingeknallt. Je länger er darüber nachdachte, desto mehr stellte er die Beziehung zu Tina in Frage. Wollte er sie überhaupt? Das hier war 'ne schöne Stange Geld. Das erlaubte einem Mann, bei der Wahl der Puppen Ansprüche zu stellen. Sein Blick wanderte hinüber zu den Scheinen, ohne sie tatsächlich zu sehen. Tatsächlich war sein Blick nach innen gerichtet und die Jahre mit Josie zogen an ihm vorüber. Am Anfang hatte er gedacht, das sei wahre Liebe. Als Sozialarbeiterin hatte sie Verständnis gezeigt für seine Arbeit als Polizist, dann die Geburt von Roxanne, sie zogen in ein Haus – und plötzlich war alles wie auf den Kopf gestellt. Josie entdeckte ihre feministische Ader – und soweit er wusste, auch ihre lesbische – und von nun an bombardierte sie ihn vierundzwanzig Stunden am Tag mit Emanzen-Parolen. Auf einmal wollte sie wieder studieren. Ihm warf sie vor, er verrohe durch seinen Job und das färbe ab aufs Kind, um das er sich sowieso nie kümmere. Napper stutzte. Das Glas auf halber Höhe zu seinem Mund, vergaß er sogar daraus zu trinken. Das war doch eindeutig ein Widerspruch! Er versaute Roxanne, obwohl er nie Zeit mit ihr verbrachte? Blöde Kuh! Er musste unbedingt vermeiden, dass Josie Wind von dem Geld bekam.

Langsam dämmerte ihm, dass diese zweihundertneuntausend Dollar eigentlich ein Schiss waren. Anwaltskosten, Unterhaltszahlungen an Josie und Roxanne, ein Ersatz für seine Schrottmühle, ohne Löcher im Boden, ein schöneres Haus, dann die Schulden beim Buchmacher – meine Güte, am Ende des Jahres könnte alles aufgebraucht sein.

Er kippte den Wodka hinunter, goss sich nach und verteilte das Geld großzügiger auf dem Bett. Doch dann musste er über sich selbst lachen. Es waren eben nur zweihundertneuntausend Dollar, egal, wie großflächig er es auch ausbreitete. Napper stellte das Glas ab, stand auf und beugte sich nach vorn, hob jeden einzelnen Zwanziger, Fünfziger und Hunderter auf, bündelte sie und stopfte sie zurück in die Tasche. Er zog den Reißverschluss zu und jetzt saß er da, die Tasche auf seinem Schoß. Sie fühlte sich so angenehm schwer an. Napper hatte sich vorhin die Hosen ausgezogen, um seine geschundenen Beine einzucremen. Jetzt trug er nur seinen Frottierbademantel und er genoss das Gefühl von Nacktheit und er genoss die Vorstellung von seinem Schwanz so dicht an diesem ganzen Schotter.

Sein Blick wanderte durch das Zimmer. Unters Bett passte die Tasche nicht, auch nicht in den Schrank, unten, wo die schmutzige Wäsche lag, ebenso wenig in die Kommode zu seinen Socken. Weder die Küche noch die Schränke im Badezimmer, auch nicht der Platz hinter seiner Willie-Nelson-Sammlung erschienen ihm geeignet. So, mehr hatte seine klägliche Bude nicht zu bieten. Ließe er das Geld in der Wohnung, lebte er in ständiger Furcht vor Einbrechern. Wenn er die Tasche mitnähme, hätte er auch keine ruhige Minute, weil er sich überall von Straßenräubern umzingelt sähe.

Zum Teufel, heute Nacht würde niemand einbrechen, schon gar nicht, wenn er da war. Morgen würde er das Geld auf verschiedene Bankkonten verteilen. Zwanzig Konten mit jeweils neuntausendneunhundertneunzig Dollar um die Mitteilungspflicht der Banken zu umgehen, die alle Einlagen ab zehntausend Dollar melden mussten. Himmel, gab es überhaupt so viele Banken? Es würde ihn Tage kosten, das Geld unterzubringen. Eine leise Angst kroch in ihm hoch. Er hatte Geld, doch wohin damit? Was sollte er anstellen, damit es ihm auch blieb?

Eine Befürchtung zog die Nächste nach sich, und die setzte ihm anständig zu. Es waren keine Einbrecher, die er fürchten musste, keine Straßenräuber, es war die Geschichte, die er heute Nacht angefangen, aber nicht zu Ende gebracht hatte. Es war ihm nicht gelungen, Wyatt und Jardine auszuschalten. Den einen hatte er angeschossen, den anderen nur kurzzeitig außer Gefecht gesetzt. Alles in Panik und wenig nachhaltig. Wie sie die Sache wohl sahen? Napper wusste aus Erfahrung, dass Kriminelle sich ständig gegenseitig aufs Kreuz legten. Wenn er Glück hatte, würden die beiden Überlegungen in diese Richtung anstellen. Andererseits waren sie nicht dumm. Sie würden die durchgehen, die von dem Job Kenntnis hatten. Und Eileen konnte keinem großen Druck standhalten, sie würde schnell anfangen zu quatschen.

Napper sah auf seine Hände. Sie zitterten, entweder aus Furcht oder wegen der Drinks, vielleicht wegen beidem. Er schob sie unter seine Achseln und schaukelte wieder vor und zurück. Er musste nachdenken. Sollte er irgendwie aktiv werden? Sollte er versuchen, herauszufinden, wie die Geschichte weitergegangen ist? Zurück nach Northcote, ins Haus, konnte er nicht. Aber er könnte die Notaufnahmen anrufen, die Mordkommission oder die Jungs vom Revier in Northcote. Andererseits gäbe es dann auch Fragen, die Kollegen würden wissen wollen, wer er sei und weshalb er sich so brennend für einen Mann mit einer Schussverletzung interessiere.

Blieben nur die Rossiters. Brächte er sie zum Schweigen, verlöre sich seine Spur und Wyatt und Jardine würden ihn niemals finden. Nur die Mesics wussten noch, dass er seine Hände im Spiel hatte, doch die glaubten, er sei draußen. Napper kicherte. Haben sich eingebildet, sie könnten ihn so einfach loswerden. Haben geglaubt, er würde sich mit ihren lausigen zweieinhalb Riesen zufrieden geben. Hat sich verrechnet, die Bande. Er war aufs Ganze gegangen, hatte abgewartet, was heute Nacht für ihn noch zu holen sein könnte. Und es war der Jackpot gewesen.

Die Sorgen meldeten sich zurück. Wie schaffte man nacheinander drei Leute aus der Welt, ohne die jeweils anderen zu alarmieren? Tja ... es passierte schließlich ständig, dass Familienväter ausklinkten, durchs Haus spazierten, erst die Ehefrau, danach die sieben Kinder im Schlaf abknallten. Und zum Schluss sich selbst erschossen. Doch das war ihm zu riskant. Vielleicht ein Messer? Napper hatte damit keine Erfahrung, wusste nicht, ob man besser ins Herz stach oder am Hals herumsäbelte. Und dann das Blut, die Leute, die sich im Todeskampf aufbäumten und einen anstarrten. Nein, das war nicht sein Ding.

Also eine Bombe. Erledigte alle drei auf einmal. Von Bomben verstand er was. Er hatte Vorträge gehört, Veranstaltungen von der Armee, die Bombenräumung zum Thema hatten, und er hatte auch einen Kurz-Lehrgang besucht. Einer seiner Informanten – der, von dem der Trick mit dem Quecksilber stammte – hatte früher in Belfast Autobomben gebastelt. Das war, bevor er die Schnauze voll hatte vom Elend und von der Politik.

Napper zog seine Hose an und ging nach draußen. Die Garagen befanden sich hinter dem Haus. Er nutzte seine nicht. Er fuhr jeden Tag mit dem Wagen und das ständige Auf- und Zuschließen der Garage war ihm einfach lästig. Vielmehr diente sie ihm als Abstellplatz für die Geräte aus seiner Hausbesitzer-Ära: Rasenmäher, Schaufeln, Rechen und Düngemittel. Den meisten Platz jedoch beanspruchten diese Umzugskartons. Wäre da nicht sein Widerwille gegen das Wort ›Recycling‹ gewesen – zu sehr erinnerte es ihn an Josie und ihre rosarot angehauchten Ansichten –, längst hätte er die Kartons auseinander genommen und entsorgt.

So, jetzt zum Gelatine Dynamit, drei Portionen plus Zünder, die er von seinem Autobomber bekommen hatte. Napper zog die Garagentür hinter sich zu, schaltete das Licht über der Werkbank an und nahm den Sprengstoff vorsichtig aus dem Schuhkarton. Das Gelignit hatte bereits angefangen zu schwitzen. »Sind schon über dem Haltbarkeitsdatum«, hatte sein Informant gesagt, »also sei bloß vorsichtig.«

Napper starrte auf die explosive Masse. Er hätte sich wohler gefühlt mit Plastiksprengstoff, C4 oder Semtex, zum Beispiel, Zeug, das man in die gewünschte Form bringen konnte, ohne dass einem gleich alles um die Ohren flog, wenn man nicht genug Obacht gab. Aber wo, bitte schön, sollte er sich um diese Uhrzeit welchen beschaffen?

Gelignit tat es auch. Er spielte verschiedene Möglichkeiten durch. Da wäre die klassische Autobombe. An den Stromkreislauf für die Scheinwerfer angeschlossen oder verdrahtet mit dem Mechanismus des Zündschlosses oder über einen Druckschalter unter dem Fahrersitz auszulösen, raffinierter noch, eine im Kofferraum angebrachte Zündvorrichtung: Beim Öffnen der Klappe wird eine Wäscheklammer zusammengedrückt, zwischen der ein Stück Pappe steckt, das herunterfällt und so den Kreislauf in Gang setzt. Oder eine Bombe direkt im Haus. Die bewährte Wecker-Methode. Der Zünder an der Schreibtischschublade. Das gut verschnürte Bombenpaket. Oder irgendwas mit Fernzündung, leider hatte er weder Sender noch Empfänger zur Hand. Vielleicht verbindet man es mit dem Telefon. Und bei Anruf – bumm! Oder die Bombe einfach durchs Fenster werfen.

Das größte Problem war, Gelignit zur Detonation zu

bringen. Eventuell war es möglich, die Instabilität des Sprengstoffes zu nutzen. Eine Erschütterung könnte die Explosion auslösen. Er stellte sich das Haus der Rossiters vor. Sie verwendeten Gas, heizten mit einer Therme, die an der Wand befestigt war, und hatten eine Gasherd. Die Therme funktionierte über eine Zündflamme, die ständig brannte. Er könnte das Gelignit in der Küche deponieren, den Gasherd aufdrehen, abhauen und warten, bis genug Gas ausgeströmt war und die Flamme den Rest erledigte.

Eine Stunde später lag die Schachtel mit dem Sprengstoff auf dem durchgerosteten Boden seines Holden und Napper quälte die Zündung. Er sah die Straße hinunter. Sie glich der, in der Tina wohnte, ein Block mit Mietwohnungen, viele adrette Einfamilienhäuser, hier und da zweistöckige Reihenhäuser. Die Anwohner fast nur junge Aufsteiger, die so lange herumgemosert hatten, bis sich die Stadtverwaltung gezwungen sah, die Straße in eine Einbahnstraße umzuwandeln, selbstredend mit den obligatorischen Verkehrsschikanen alle fünfzig Meter. Er schaltete die Scheinwerfer an und stotterte vom Bordstein los. Ein Fingerbreit Wodka war noch übrig, er hob die Flasche und trank ihn auf das Wohl aller Quiche-Fresser und Scheißliberalen in ihren schmucken Häusern mit den Blechbüchsen davor. Er lebte ein gefährliches Doppelleben und sie merkten nicht einmal, wenn man ihnen Feuer unterm Arsch machte.

EINUNDVIERZIG

Wyatt langte hinüber und schaltete die Lampe aus. Er konzentrierte sich auf die Schritte: ihr Knirschen auf dem Kiesweg, dann ein feines Klackern auf dem Beton des Abstellplatzes für die Autos. Stille. Die blinkende Anzeige auf Rossiters Videorecorder zeigte 02.40 Uhr. Vier Stunden bis Sonnenaufgang am Tag zwölf der ›Operation Mesic‹ und Wyatt war seinem Geld keinen Schritt näher gekommen.

Er schlich nach hinten, in den trostlosen Teil des Hauses. Der eisenharte, kalte Betonboden schien seinem Körper alle Wärme zu entziehen. Als er auf die Hintertür zusteuerte, tauchten dort die Umrisse einer korpulenten Gestalt auf. Er schlüpfte in die eiskalte Waschküche und ließ die Person ungehindert vorbeigehen, schlüpfte wieder hinaus und folgte ihr. Geruch, Umrisse, eine gewisse Unsicherheit – dass einiges an dem Eindringling ihn zu Recht stutzig machte, bestätigte sich, als das Licht in der Küche anging.

»Eileen«, sagte er.

Sie drehte sich erschrocken um und schlug sich vor die Brust. »Oh Gott, ich hab's gewusst.«

»Bist du allein?«

Sie wich zurück und tastete hinter sich nach einem Stuhl. Ihre Bewegungen waren die eines von Erschöpfung und Mutlosigkeit zermürbten Menschen. »Selbstverständlich bin ich allein.«

»Und das Geld hast du mit deinem Kumpel, dem Cop, geteilt?«

Sie schüttelte den Kopf. »Ist es Napper gewesen? Eigentlich war's mir klar, als Ross mir erzählt hat, dass dein Partner angeschossen wurde.« Sie sah ihn an. »Ich dachte, es würde ihm nur um deine Festnahme gehen.«

»Meinst du, das ändert irgendwas? Egal wie, Eileen, du hast mich ans Messer geliefert.«

Noch vor einer Stunde war Wyatt fest entschlossen gewesen, die Rossiters zu töten. Seine Art, mit Leuten zu verfahren, die ihn verpfiffen. Doch in diesem Augenblick sah er nur ihr Elend und die hilflosen Versuche, dem zu entrinnen. Sie folgten den Gesetzen der Familie, etwas, was Wyatt völlig fremd war. Er wusste nur, dass diese Gesetze bindend waren, unheimlich bindend, und dass sie niemals für ihn gegolten hatten. Die Rossiters waren dumm und gefährlich, doch meistens richtete sich das nur gegen sie. Sie würden sich immer wieder selbst ein Bein stellen. Den Ausschlag, seinen Entschluss zu revidieren, gab jedoch etwas ganz anderes. Er musste in dieser Stadt weiter arbeiten können. Sollte er Rossiter, Eileen und den Sohn umlegen, würde das wie die Tat eines völlig Durchgeknallten aussehen, er wäre ein Mad Dog und man würde ihn als solchen behandeln.

»Weshalb bist du zurückgekommen?«

Eileen ließ sich geschlagen auf einen Stuhl fallen. »Der Wagen hat gestreikt.«

Ein treffenderes Bild für die Rossiters konnte es nicht geben. Wyatt richtete die Mündung der Waffe nach unten. Die Bewegung entging ihr nicht. »Worauf wartest du? Bringen wir's endlich hinter uns.«

Er überging ihre Bemerkung. »Wo hast du dich mit diesem Cop getroffen?«

Sie wich seinem Blick aus und er spürte ihre Scham. »In seinem Apartment.«

»Bring mich hin.«

Eileen kramte in ihrer Geldbörse. »Hier, ich schreib's dir auf.«

»Mir wird er nicht mal öffnen, Eileen. Du bist meine Eintrittskarte.«

»Bist du das, Eileen?«, rief Rossiter aus dem Wohnzimmer.

Sie ignorierten ihn. Wyatt bewegte die .38er. »Steh auf.«

»Nein.«

»Eileen, bist du das?«

»Ja, und halt endlich das Maul!«, schrie sie, um ihre Stimme im selben Moment wieder zu senken. »Warum sollte ich? Ich bin draußen.«

»Eileen, du bist eine Schwachstelle in seiner Kalkulation. Früher oder später wird er das erkennen.« Er sprach mit ihr wie mit einem Kind.

»Na dann knall mich ab und ich bin keine mehr. Mir ist das egal.«

»Aber Niall ist dir doch nicht egal. Napper wird sich erst sicher fühlen, wenn er euch alle drei erledigt hat. Wir sind ihm noch einen Schritt voraus. Das sollten wir ausnutzen und ihm zuvorkommen.«

Sie erwiderte nichts, stand auf und Wyatt folgte ihr zur Hintertür. Rossiter rief ihnen hinterher. Als sie am Haus vorbei zur Straße gingen, hörten sie ihn nochmals rufen. Draußen, auf dem Gehweg, blieb Eileen stehen; sie wirkte wie benommen und ließ sich von Wyatt zu Ounsteds Peugeot bringen. Nachdem sie eingestiegen war, lehnte sie den Kopf teilnahmslos gegen die Beifahrertür.

»Wohin?«

Sie zeigte geradeaus. »Bridge Road.«

An der Church Street bogen sie rechts ab und der Peugeot schleppte sich Richtung Richmond Hill. Über Nebenstraßen dirigierte sie Wyatt auf eine Avenue, die er als bequeme Durchgangsstraße in Erinnerung hatte. Nun war sie nur noch in eine Richtung befahrbar und alle fünfzig Meter traf man auf eine Schikane. Wyatt verlangsamte das Tempo, schaltete in den dritten Gang zurück und verhalf Stoßdämpfern und Chassis sanft über die erste Schwelle. Etwa hundert Meter weiter deutete Eileen träge auf einen Wohnblock. »Nummer sechs, erster Stock.«

Auf einmal kam Leben in sie. Sie beugte sich vor. »Da ist ja Napper.«

Vor ihnen fuhr ein alter Holden aus einer Parklücke. Der Auspuff qualmte und der Wagen hatte Schlagseite, als er rasch beschleunigte und mit einem Schlenker zur Straßenmitte fuhr. Alles an diesem Fahrstil zeugte von Hass und Wut und Wyatt sah die Bremslichter aufleuchten, als der Fahrer offenbar eine Schikane zu spät bemerkte. Die Vorderreifen schlugen hart gegen die Bodenwelle. Wyatt erwartete nun, den Holden brachial über dieses Hindernis holpern zu sehen, stattdessen sah er eine orange Stichflamme im Wageninnern und das alte Vehikel schien sich förmlich aufzubäumen, dann riss es auseinander und Teile, lichterloh brennend, flogen durch die Luft. Die Wucht der Explosion zerstörte die Fenster einiger Häuser und ein Autoreifen rollte einsam den Gehweg entlang.

Wyatt bremste und hielt am Straßenrand. Das war möglicherweise das Ende. Das Syndikat hatte er abgeschüttelt, aber was, wenn sein Geld zusammen mit dem Cop zerfetzt worden und in Flammen aufgegangen war? Doch er stieg aus, öffnete Eileen die Tür und zusammen gingen sie in Nappers Haus. Das Schloss bereitete keine Probleme. Er betrat die Wohnung.

Doch er hatte nicht vor, sie auf den Kopf zu stellen. Für eine Weile stand er nur da und versuchte, sich in Napper hineinzuversetzen. Das führte ihn schnell zu der Kommode neben dem Bett, dem Zwischenraum zwischen Teppich und unterster Schublade. Zweihunderttausend Dollar könnten diesen Platz schon ausfüllen. Er rüttelte an der Schublade, doch irgendetwas hatte sich verklemmt. Also kippte er einfach das Ding auf die Seite und brauchte nur noch nach seinem Geld zu greifen.

Pulp Master 18

Garry Disher
PORT VILA BLUES
Ein Wyatt-Roman

Deutsche Erstausgabe
Paperback EUR 12,-
ISBN 3-929010-91-7

Die Wyatt-Romane:
GIER
DRECK
HINTERHALT
WILLKÜR
NIEDERSCHLAG*
(*in Planung)

2004

Wyatt erbeutet bei einem Einbruch in das Haus einer Politiker $ 50.000 Cash und ein goldenes, mit Diamanten besetzt Schmuckstück. Bei dem Versuch, das gute Stück an eine Hehlerin verticken, stellt sich jedoch heraus, dass es seit einem Überfall d berüchtigten Magnetbohrergang auf der Fahndungsliste steht. Nic nur die Polizei will Wyatt jetzt ans Leder, plötzlich versuchen au brutale, dubiose Typen ihn und das Schmuckstück aus dem Verke zu ziehen. Doch in diesem Spiel bestimmt Wyatt nun mal die Spi regeln und Angriff ist die beste Verteidigung. Er macht den Drah zieher fernab der Heimat, auf einem malerischen Südsee-Anwes auf den Klippen des tropischen Hafenstädtchens Port Vila aus u fordert Revanche ...

»Wie Oasen kommen einem die amerikanischen Hard-boile Romane vor nach den australischen Wyatt-Büchern.«
Süddeutsche Zeitung

Pulp Master 16

PJ Wolfson
GEIßEL DER NIEDERTRACHT
Ein Polizei-Noir-Roman

Deutsche Erstausgabe
Paperback EUR 12,-
ISBN: 3-929010-57-7

In seiner Heimat Amerika lange vergessen, in Frankreichs Série Noire jedoch durch unzählige Reprints allzeit präsent:
PJ Wolfsons Noir Klassiker aus den 30er Jahren

2004

... der Macht hält es Inspektor Safiotte wie ein König aus dem ...rgenland vor dreitausend Jahren, denn die Speakeasys und Bor... der Stadt zahlen ihm regelrecht Tribut, Dealer und Buchmacher ...rreichen gewisse Umschläge, Huren sind ihm jederzeit gefällig. ... weiß, vielleicht zahlen sich diese Gefallen ja eines Tages aus, ...n der Inspektor ist immerhin ein einflussreicher Mann. Ausge...net als der Bürgermeister ihn nicht wie erwartet zum Commis...er ernennt, platzt sein Blinddarm und die Frau seines ihm unter...ten Partners erweist sich als die große Liebe seines Lebens. Als ...Banker Tinevelli (ein Sandkastenfreund Safiottes, bei dem er sein ...miergeld anlegt) Geld unterschlägt und untertaucht, um eine ...essergang zu bezahlen, schmiedet Safiotte einen skrupellosen ..., um alle Fliegen mit einer Klappe zu schlagen ...

... spektakulärste und brutalste aller zeitgenössischen Geschichten ... die New Yorker Unterwelt aus Sicht von Polizei- und Politik.«
...V YORK TIMES

KETZEREI IN ORANGE
Charles Willeford
Roman
Pulp Master Band 19
ISBN 3-937755-00-4
EUR 12,00

DIE SCHWARZE MESSE
Charles Willeford
Roman
Pulp Master Band 20
ISBN 3-937755-01-2
EUR 12,00

Titel in Planung:

Pulp Master Bd. 21: **DIE LEGENDEN VON OPHIR**
　　　　　　　　　Paul Freeman
Pulp Master Bd. 22: **NIEDERSCHLAG**
　　　　　　　　　Garry Disher
Pulp Master Bd. 23: **HIMMEL VOLL SAND**
　　　　　　　　　Rick DeMarinis
Pulp Master Bd. 24: **OUVERTÜRE UM MITTERNACHT**
　　　　　　　　　Gerald Kersh

komplette Backlist unter **www.maasverlag.de**

**In Sachen Crime/Noir & Pulp Fiction fragen Sie am besten gleich den Fachmann:
WWW.PULPMASTER.DE
email: master@txt.de**